無のまなざし

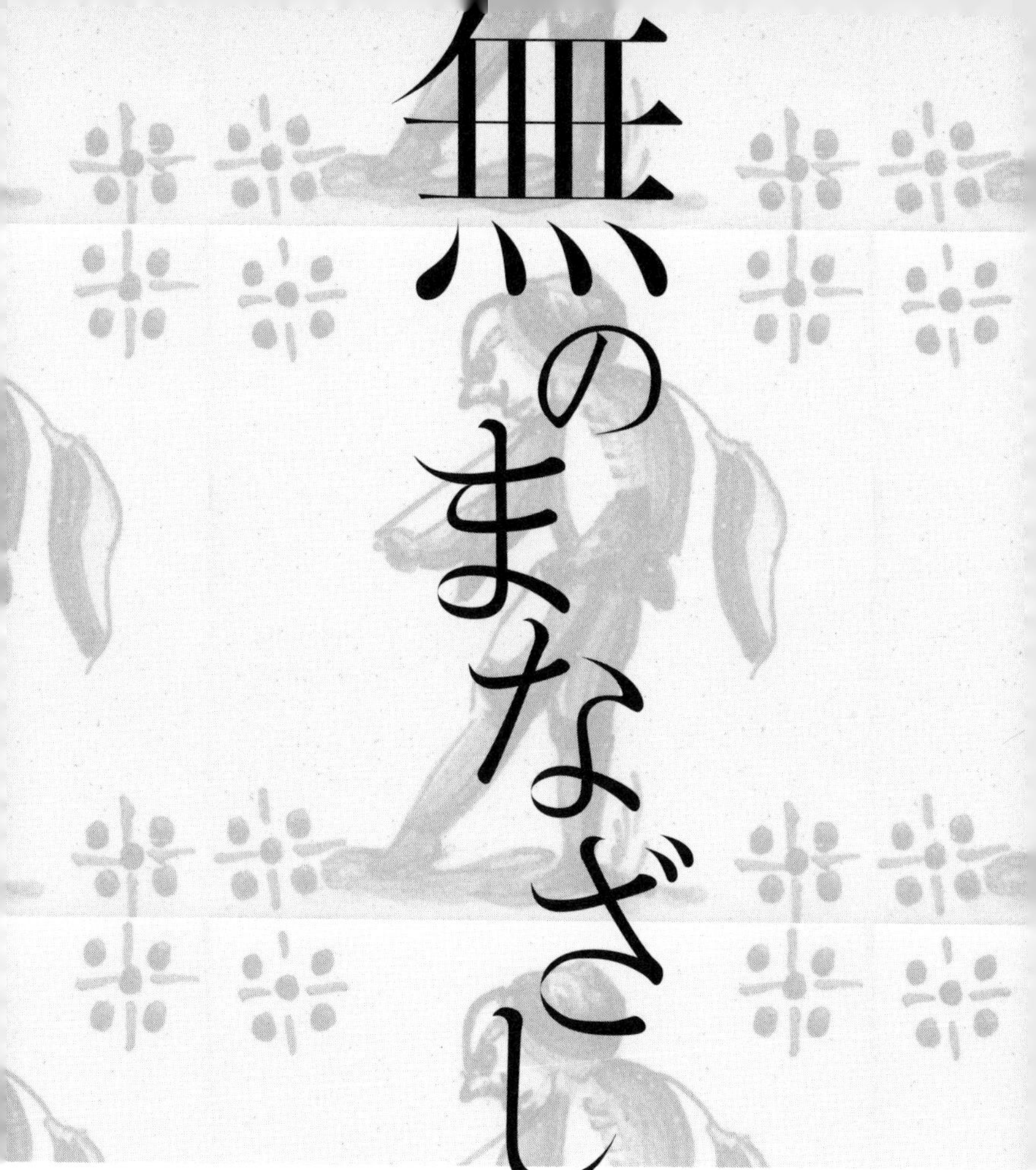

細山田純子 訳
黒澤直俊 監訳

現代ポルトガル文学選集
Série da Literatura Portuguesa Contemporânea

現代企画室

無のまなざし

ジョゼ・ルイス・ペイショット

細山田純子 訳
黒澤直俊 監訳

現代ポルトガル文学選集
Série da Literatura Portuguesa Contemporânea

「現代ポルトガル文学選集」は、1938年から1988年までポルトガル大使館の翻訳官であった緑川高廣氏の寄付金により設立され、ポルトガル大使館が運営する「ロドリゲス通事賞」の基金の助成を受けて出版された。

Obra publicada com o apoio da Embaixada de Portugal em Tóquio com base no fundo do Prémio "Rodrigues, o Intérprete", doado pelo Sr. Jorge Midorikawa, intérprete daquela missão diplomática entre 1938 e 1988.

Funded by the DGLAB / Culture and the Camões, IP - Portugal
本書は、ポルトガル政府の出版助成制度から助成を受けて出版された。

REPÚBLICA PORTUGUESA
CULTURA
DIREÇÃO-GERAL DO LIVRO, DOS ARQUIVOS E DAS BIBLIOTECAS

CAMÕES
INSTITUTO DA COOPERAÇÃO E DA LÍNGUA
PORTUGAL
MINISTÉRIO DOS NEGÓCIOS ESTRANGEIROS

Nenhum Olhar by José Luís Peixoto

Published by arrangement with
Literarische Agentur Mertin Inh. Nicole Witt e.K., Frankfurt am Main, Germany,
through Meike Marx Literary Agency, Japan

目次

第一巻

今日の天気は思った通りだ。午後にそよ風はない。燃えるような熱い空気は炎の吐く息さながら吸いこむのも苦しい。まるで、昼が終わるのを拒み、ここから暑さの盛りが始まるかのようだ。空に雲はなく、引き裂かれたように白くかすれた線が見え、冴えわたり、ダムに溜められた澄んだ水のように見える。俺は思う、もしかしたら空は真水をたたえた大きな海で、俺たちは空の下ではなく上にいるのだ。天地を逆さまに見ているだけで、地面が空のようなもので、俺たちが死ぬと、死ぬそのときには、たぶん俺たちは落ちて空に向かって沈んでいくのだ。魚のいない底なしのダム、それがこの空だ。雲は細い血管。目には見えない熱い炎を皮膚の下にはらみ、大気は内側から燃えている。ひとりの疲れた男のように宙づりになった空気。

雀一羽見当たらず、あたり一面しんと静まりかえりじっと俺たちを見つめるような沈黙の瞬間がやってくる。あいつは来る。俺はあいつを地平線に見い出す。そのことが今よくわかるように、昨日ジュダスの店に入って一杯目を頼み二杯目を頼み三杯目を頼んだときに俺にはわかっていた。それだけじゃない、あたり一面、蝉やコオロギが口をつぐんでしまい、空を背にオリーブやコルクガシの木の細い枝の先が動きを止めることもわかっていた。一瞬、枝は石になるのだ。

ジョゼがジュダスの店に入ったのは夜だった。陽で色あせた服を身体にまとい、肌は土色に鈍く光り、顔にはうやうやしい微笑みをたたえていた。先の太い汚れた杖が彼の一歩先を行き、子を産んだばかりで乳房が腫れ、腹の皮が地面につきそうな、くたびれた雌犬が彼のあとに続いた。細い紐で肩にかけていた袋を立てかけ、カウンターによりかかった。赤を一杯。彼にあいさつしたのはごくわずかな男たちで弱々しい聞き取れない声だった。他の連中は飲んだりしゃべったり、カード遊びを続けたまま、顔を挙げて、彼を見ようとした。雌犬は胴体を床につけ背中を丸めた。背骨の節が毛の上から見える。それからあきらめたように茶色い瞳の上にまぶたを閉じた。

ジョゼがコップを上げ一気にワインを身体のなかに流しこんだとき、広場の反対側から、夜と沈黙の側から見ると、ジュダスの店にいる男たちは、扉の向こうの開かれた空間だった。それはひと気のない空き地と真黒い、真暗な夜を進もうとする、かすかな光の道だ。そこから聞き分けられない言葉がひと気のない空き地や真黒い、真暗な沈黙のなかに入りこもうとしていた。ジョゼがコップを空けてカウンターに置いた瞬間、ぴったりと身を寄せるように、店の明るさと喧騒のなかから悪魔の思わせぶりな笑みがあらわれた。悪魔はにやけていた。彼ひとりだけ肌が日にやけず、アイロンのかかったシャツと折り目のついたズボンを身につけ、ハンチング帽と突き出た角のあいだの髪はなでつけられていた。笑みを浮かべていたのは彼ひとりだけだった。そのまま笑みを絶やさず赤を二杯と注文した。ジョゼは彼を見なくてもわかっていた。黙って、あと一滴であふれそうなくらい、なみなみと注がれたコップふたつを待った。飲んでいるときも悪魔はジョゼから視線をそらさず、飲みながらでさえ、かすかな微笑みを絶やさず、微笑みは分裂して幾つもの微笑みと幾つものかすかな微笑みにわかれていくのだった。男たちは果てしないおしゃべりや、終わることのないカード遊びを続けていたが、ときおりジョゼの表情の変化や誘惑者の皮肉な微笑みをうかがったり、巻き煙草の湿った残り滓を吐き出したりした。やがて、ジョゼの表情が変わった。杯を重ねていくうちに少しずつ彼はわけもなく陽気になり、カーニバルに参加する仮装した人々のような浮かれた気分になった。悪魔はニヤリとした、そしてニヤリとしながら尋ねた。どうだい、お前のかみさんを最近見かけないが、どこにいるんだ。その瞬間ジョゼの目がぎらりと光り笑いが消えた。うちのはいるべきところにいて、そこから出ていったことは一度もない。そのときの周りの男たちの混ざりあった声は、言葉の波が打ち寄せる頭の上に広がった海のようだった。波がひとつのざわめきから生まれ、遠くまで広がって、とりとめのない大騒ぎになった。その波が引くとすぐ空中には言葉の屑や堆肥置き場にあるガラクタのように、何がなんだかわからない音節が残されていた。一度もだって、悪魔は頬をゆるめ笑った。ジョゼは黙り、周りの男たちも彼の答えを聞くために沈黙したが返答はなかった。赤ワインをもう二杯。誘惑者はニヤニヤしながら繰り返した。知ってるか、ニヤリとしながら彼は言った。あの大男が言っていたが、あいつはお前よりもお前のカミさんのことをよく知っていて、どこで何をしているのかちゃんと知ってるそうだ。酒で朦朧とした意識のなかでジョゼはその言葉を理解しようと集中した。ほこりの下で男たちは、モグラのようにちっぽけな目を見開いて、笑おうとしたもののどうやって笑えばいいかわからずに、ただうなり声をあげるだけだった。ジョゼは答えた。あの大男は前にもでたらめを言った。妻はいるべきところに、俺が知っている場所にいる。だからあの野郎に会ったら俺の前に姿を見せろ、姿を見せろと言っとけ。そう言うと彼は握った拳を高々とあげ、ゆっくりとカウンターに振り下ろした。犬は起き上がりのろのろと店から出ていった。さらに、ジョゼは、あいつが姿を見せたら叩きのめしてやる、と言った。すると周りの男たちの顔が動かなくなり、しばらくたってからみんないっせいに踊り、輪になってジョゼを囲んでまわりはじめた。彼には男たちのぼやけた輪郭や混ざりあった色しか見分けられなかったが、陽気な表情に戻ると、まわって踊って何度も転んでは起き上がってまた踊った。片隅で悪魔がニヤリと満足そうに微笑んだ。

待っているあいだこんなに静かだと不安になる。最後の一匹の羊が大きなコルクガシの木の下で丸くなっている仲間たちのそばに身を横たえた。俺は思う、人間は眠らない羊だ、自分のなかに狼を秘めた羊なのだ。太陽は空気と大地をゆっくりと焦がしながら輝いている。俺がもたれかかっている木の幹の影で杖は俺に哀れみのまなざしを向ける人間のように見える。犬は俺の前でときどきけだるそうに目を上げる。こいつもまた、何が起こるか知っているのだ。

雌犬の重く確かな足取りが覚束ないジョゼの歩みの前を進んでいた。ときおり止まり、飼い主を待った。夜空の下、ジョゼが町をあとにしてモンテ・ダス・オリヴェイラス[*1]への砂の道にさしかかった頃、夜の闇はさらに深かった。男たちがジュダスの店で叫んでいたメロディーが彼の混乱した頭のなかでまだかすかに響いていた。うす闇のなかで彼の姿は、杖にすがっていると三本足で、地面に両手をついたときは四本足の奇妙なけもののようだった。そんなふうにして行き当たりばったり歩くうち、彼は側溝の茂みや薮に不審を抱きはじめた。茂みや目に見えない幻影に杖で挑みかかって、自分の身体を地面にしたたかぶつけたり、突然逃げ出したりするのだが、急に両足が巨大になってもつれるような錯覚に襲われたりした。

敷地の柵のところで、屋敷の屋根から太陽が姿をあらわすのが見えた。日がさしてくるにつれ、消えていく闇のようにジョゼの身体のアルコールも徐々に薄まっていった。頭がふたたびはっきりすると、酔いが醒めてことの重大さを感じた。ジョゼは太陽を目の前に見据えて立ち止まり、これから何が起こるのか考えた。しばらくじっとしてから坂道を登った。門をくぐるとすぐ、犬は安心したように洗濯用の流しの下にどさりと身を横たえた。ジョゼの家は漆喰で白く塗られ、すそが黄色く縁取りされていて、屋敷から数メートルのところにあり、中庭の奥の水汲み場と小さな庭の後ろにあった。庭は奥様が好んで手入れさせていたものだった。ジョゼは家の入り口全体を見据えてから、朝日に照らされた庭を突っ切り、すだれをかき分け家に入った。部屋のなかにはまだ夜の気配が残っていたが、じっとしている物たちの沈黙を破ることなく、ジョゼは妻の姿をベッドの上に見出し、悪魔のニヤリとした笑いを思い出し、そして彼の言葉を思い返した。枕の上の妻の頭と枕にかかった妻の髪は、彼が手に入れたものなのに、彼の手を離れていくものだった。揺りかごのほうに顔を向けるとジョゼの動作はさらに優しくなった。ジョゼの心に優しく抱かれ見つめられ、息子のあどけない顔は輝いていた。しばし、彼は自分の両手を見て、そのすこやかな肌に触れるにはあまりに粗野だと思った。自分の抱いている確信につぶされそうになり、そして悲しみがこみ上げ、彼は部屋を出た。

口笛を吹くと犬はまた起き上がった。格子戸を留めている針金の結び目を解くと犬は足のあいだをくぐり抜けていった。地平線のあたりで太陽が大きくなっていくあいだに犬が羊たちをひと筋の流れにして外へ追い出した。道を知っている先頭の数匹のひょろ長い身体が次々に集まり、大きくなっていくマントをひきずっているようで、毛を刈られた朝の羊たちの、おかしげな大海の潮流であった。


世界は一枚の絵になった。俺はそこに存在するだけで、杖もそこにあるだけだ。俺はナイフで杖の切れ端にある形を刻み続けることしかできず、杖もおごそかな老人のように平原を見張っていることしかできない。

小鳥たちはみな逃げてしまった。地面の虫たちもみな音を立てるのをやめた。雲はすべて止まった。そのときが近づいてくる。俺は太陽を真正面から見る。俺は思う、もし俺に言い渡された罰が俺のなかに留まり、もし俺が罰を受け入れ、それを抱えこみ自分のなかに留めおくことができるなら、おそらく俺は次の裁きに耐える必要はなく、ひと息つくことができるかもしれない。大地の向こうから音もなく響く大きな気配がある。真っ赤に燃える地平線が俺に近づいてくる。そして俺はあいつを見る。機械のような足取りでまっすぐ向かってくる。その身体は人間よりも大きく、まるで木が歩いているようで人の三倍の大きさはある。あいつが一歩進めば、普通の人間の三歩分は近づく。コルクガシの下で羊たちは身体を寄せあい丸く動かない毛のかたまりになった。近づいて、あいつは目をそらさず俺を見る。近づいて、あいつの憎悪のこもった視線に俺は捕らえられ、少しずつ引きこまれる。あいつは俺の前に立ち止まる。俺たちは見つめあう。

ふたりは目と目を合わせた。高いコルクガシの木の下で、ジョゼは開いたままのナイフと表皮を彫りこんだ枝のかたまりを握りしめ座りこんでいた。木の幹の彼の右側に杖があった。立ち止まった大男の身体が太陽を覆いかくし、伸びた影が木の丸い影にまで達していた。無言のまま、まるで夢のなかのように、大男は一歩踏み出した。ジョゼは待っていたと言わんばかりに彼を見つめた。大男の大きな二歩のあいだに長い時間がたったかのようであったが、それから続けざま三度胸を蹴られるのを感じた。しかし身を守ろうとはしなかった。杖に手を伸ばすことも、ナイフの柄を握りしめることもしなかった。大男は巨大な両手をいっぱいに開いて、ジョゼを地面に放り投げた。大男の鋲のついたブーツが彼の肉を踏みつぶし、堅い衝撃が骨まで達しはじめたときも、ジョゼは大男を見つめ、身を縮めることはしなかった。足の骨や向こう脛、背骨を蹴りつけられた。沈黙のうちに過ぎたそれらの一瞬一瞬はジョゼにはひと晩のように感じられたが、ひと晩ではなく、沈黙のなかの瞬間に過ぎなかった。汗ばみながら、大男は、動かないジョゼの身体をひっくり返した。肌は血とほこりにまみれていたが、ジョゼの視線はそのままだった。大男はもっと彼を殴ってまなざしから輝きを奪い、めちゃくちゃにしたかった。しかしそうしないで、きびすを返し振り返りもせず姿を消した。地面に転がったジョゼの身体は灌木か石ころのような、まるで風が少しずつ運んでいく物体のようだった。雀やコオロギや蝉の声が次第に近づいてきた。ジョゼは太陽を正面から見つめたままで開いたナイフをまだ手に握っていた。

そよ風が吹いたばかりなのだろう、コルクガシの葉が老人の手のように震えている。くしゃくしゃになった俺の身体は地面のでこぼこになってしまった。俺の伸びきった身体が大地の止まった波に沈んでいる。小鳥や虫は俺を見ようと戻ってきたのだ。目の前の遥か上に見える太陽は、まるで光や死の光線で俺の周りをなぞっている神のようだ。俺にはそう思える。

＊1　モンテ・ダス・オリヴェイラス：ポルトガル語Monte das Oliveiras、直訳すると「オリーブ山」とでもなるが、普通名詞としてmonteは「山」を意味し、この小説の舞台となっているポルトガル南部のアレンテージョ地方では、農村地域に住居が密集した集落の意味で用いられ、ここでは地名である。この作品では、マテウス様と呼ばれる地主の館と使用人の住居からなる集落で、モンテと略称されることもある。

三人がもたれかかっていたのはオリーブ油の大きな貯蔵タンクのひとつだった。底のほうに蛇口のついた四角い四つのとても背の高い貯蔵タンクだ。四つの蛇口の下に四つのバケツが置かれ、正確な間隔をおいて透き通った光に貫かれたオリーブ油の雫が立てる小さな叫び声を受け止めていた。夏の昼間の暑い時間帯だが、圧搾所の薄暗いその区画では夏は三人の老人のあやふやな頭のなかで燃えているに過ぎなかった。瓦や氷のように厚い石灰や古い煉瓦の下で彼らの忘れ去られた身体は涼しさを保っていた。夏だったので鉄のタンクにはオリーブ油はほとんど残っていなかったが、何年も前から染みついた匂いが空気中をゆっくり漂い、老人たちの重々しい言葉を包み、そしてそれを貫き、混じりあっていたのだ。ガブリエル老人は一番左に座っていて、うつむき加減でしゃべり、ほんの少し黙るときだけ目線を上げた。真っ黒な喪服のような黒いシャツの下に着こんだ白っぽい下着と茶色い肌がのぞいていた。湖のような深いまなざしと預言者の高潔さを思わせる皺のある顔には蜘蛛の巣がびっしりと張ったような頬ひげが生えていた。ハンチング帽を握り、手で裏返したりしていた。

わしが見つけたときあいつは死んでいるかのようだった。あいつのかみさんがドアをノックするのに気づいたとき、外では一日が始まっていた。わしは牛乳の鍋を火にかけ、これから飲もうというところだった。昨日羊を連れて出かけたきり夫が戻ってきません。それぱっかり考えて眠れず、辛い夜を過ごしました。あの女はひどく言葉少なげで、低い枝に実っているオレンジや生まれた子犬で一番元気なやつを選ぶように言葉を選ぶ。夫はどこにいったのでしょうか、助けてください。あの朝はいつもよりよくしゃべった。もしかしたらそのせいで話を真に受けたのかもしれない。ジョゼがもし羊を連れていなかったら、飲み過ぎてジュダスの店からモンテ・ダス・オリヴェイラスへ帰る道を忘れたのだと思ったろう。しかし、わしはあいつが父親のあとをついてコオロギをつかまえたり雀獲りの罠を仕掛けたりした頃から知っていて、よくわかっているが、あいつは羊を連れて行って、よほど大きな問題でも起こらない限り自分のやるべき仕事は果たす。砂を踏むブーツが間延びした音を立てていた。歩きながら耳を澄まして何かが起こったと気づいた。あいつを見つけたとき、あいつは死んでいるかのようだった。首は意識を失って曲がり、地面の上に伸びた身体は、まるでそこで発生したまま妙な気まぐれによって人間そっくりの形に作られた石のようだった。雌犬は羊をひと晩じゅうひとつにまとめておく務めから解放され、何もかも話そうとする子供のようにわしに駆け寄った。頭を撫でてやると、わしの手を舐めた。ジョゼは死人のようなガラスの目を見開いたまま太陽を見つめていた。犬に助けられ、あいつを木の幹に寄りかからせると、わしではあいつを支えきれないので手押し車を取りにもどった。坂のところで、あいつのかみさんがわしをじっと見て、わしの心を読み取るのを避けることができなかった。奴のことを尋ねたときには、すでにまるで他人事のようで、わしの返事を待つまでもなく黙りこんだ。折り曲げた手足が手押し車からはみ出し、地面につきそうになりながら、運ばれていくあいだジョゼはずっと目を開けたままだった。その前を犬が羊の群れを進ませていた。死人のようにあいつは太陽を見据え、心臓が脈打つたびにシャツの生地が動いていた。

ガブリエル老人の右側に、ぼんやりとあらぬところを平行に並んだ視線で見つめている兄弟がいた。彼らのまなざしは同じだが同じものを見ているわけではなかった。ふたつのものを見ている同じ視線だ。圧搾所が止まっている数か月のあいだ、貯蔵タンクの管理はこの兄弟がしていた。いつも一緒に並んでそばにいて同じように年を取っている。背中の曲がり具合も同じで、おぼろげな足取りも同じだ。本人たちは知らないが頭の白髪の数までぴったり同じだった。晴れ渡った八月の朝、母親の胎内から破り出て、いっしょに生まれた日から七十年以上もすでにたっていた。年寄りたちが親の世代から聞いた話によると、へその緒を切るとすぐ母親は双子を見てシャム双生児だとわかったという。そして数分後には何も言わずに息を引きとった。彼女の埋葬には村じゅうのみんなが参列し最大級の悲劇とされた。村人はみな、兄弟の父親に妻と子供に対する悔やみを述べた。というのは、そういう子供はまともに育たないだろうと誰もが思ったからである。しかし、母親が埋葬されているまさにそのときにも、子供たちは父親の寝室の母親が多量に血を流して死んだベッドのそばで三枚のたたんだ毛布の上で眠っていた。しわくちゃな皮膚の彼らはシーツの上につながった手を出して眠っていたが、それは兄弟であることを無邪気に誇っているかのようであった。それから人々が心配そうに見守るなか、彼らは普通の子供が育つように育っていった。何年かのあいだに何人もの人が彼らの手を調べたがり、誰もが目にしたものに身震いした。ひとりの右手ともうひとりの左手が小指でつながっていた。とても優雅なほっそりとした、指の長い手をしていたが、小指の最後の関節からふたりの指はひとつになり、たったひとつの爪で終わっていた。それを見た誰もがふたりを引き離す方法を考え出したが、なかでも一番しつこかったのは、歯をペンチで引っこ抜く男だった。その男は顔を真っ赤にして、戦争でたくさんの脚や腕を切った男を何人か知っているとか、症例の図が載っているような本を何冊も読んだとか、子供の指を切り取るのは、ぶどうの枝を間引くより簡単だとか言った。そこで兄弟の父親が、では、どうやってこの子たちのどちらを指無しにするかを決めるのかと彼に尋ねた。するとペンチで歯を抜く男は即座に、それについてはすでに考えてある、一番公平なのはふたりとも指を切ってしまうことだと答えた。父親は男を一瞬見つめたが彼とは二度と口を利かなかった。

　兄弟の名はモイゼスとエリアスだ。彼らに向かって立つ者にとって左がモイゼスで右がエリアスである。あたりまえのことだが、モイゼスは右利きでエリアスは左利きだ。このささいな点を除いては彼らは何から何まで同じだった。しかし、すべて同じで身のこなしも驚くほどうまく連携し、見た目には区別がつかないにもかかわらず、ふたりを分かつ、あるいは、ひょっとしたらより強く結びつけるひとつの違いがあった。エリアスは口を利かなかった。より正確に言えば、話すのではあるが、モイゼスの耳にだけで、そんなときモイゼスは、弟が囁いた言葉を急いで声の形にするのだった。子供の頃からそうだった。彼らが不用意に話しているのを聞いたことがあると言う人もいて、ふたりはちんぷんかんぷんな言葉、おそらく外国語か動物の言葉のようなもので会話していたというが、一度もはっきりと確かめることはできなかった。そして、薄暗りのなか、わずかな光のオリーブ油のタンクのひんやりとした陰のなかで、エリアスは兄の耳元に近づき何かシューシューという音で囁いた。モイゼスは耳を澄ますと弟が言ったことを大きな声で繰り返した。

ジョゼほど結婚に熱をあげている奴はいなかった。結婚式の前の晩、わしらはジュダスの店にいたが、あいつの目は大きく開かれ、ただ笑っていた。そこにいた誰もが、その笑いが多くのことを、大男やほかのことを忘れたいためだとわかっていた。結婚を望み、そして実際に結婚したものの、妻に起こった出来事をどうしても忘れることはできなかった。というのも、周りのみんなも忘れなかったし、ジョゼの妻も決して忘れなかったからだ。みんなは妻のことや大男のことに触れないよう気を使ってあいつとしゃべっていたのだ。

ジョゼの妻がまだ子供で、父親がまだ生きていて煉瓦焼きの窯で働いてた頃を憶えている。当時、夏の盛りの夜明け頃、荷車でトメの製材所へ向かっていると、あの子の父親はもう水汲みのバケツを手に井戸の周りにいて、粘土をくわで整えたり足でこねたりしていた。その時間にはもう型に粘土が詰められ、積み上げられた煉瓦が一列になってまだ涼しい日の光に干されていた。あの子は母親がいなかったから、ひどく汚れた服を着てそのあたりにいて、道に現れては愛想よくわしらにあいさつし、ほんの数メートルだけ荷車の後ろの横木につかまったりした。夕暮れ時、わしらが町へ向かう頃、あの子の父親は窯の前で肌が水のように、まるで川の水面のように見えるほど汗を流しながら煉瓦を何列も炭火と炎のあいだに並べていた。あの子は朝よりさらに汚れた服で、また近づいてきてわしらにあいさつして荷車の後ろにぶらさがるのだった。坂の上の曲がり角のところで、後ろを振り返ると、あの男がひとりで炎のなかで働いているのが見え、あの小さな女の子が満足そうに窯の周りを走っていた。

エリアスがモイゼスの耳に囁くのをやめると、言葉の端々にすでにあった沈黙が三人の老人の顔にただよう唯一のものになった。一瞬、バケツに落ちるオリーブ油の雫がふたたび大きく響くようになった。一瞬、影がさして、今度はモイゼスが自分の思ったことを言葉にして、弱々しく、か細く、まるで唇を動かしていないかのように声にした。

まだあの子の父親が息を引きとる前だったか、わしらが会いにいくと、あいつは咳きこんでベッドの上やシーツの上に炭や灰を吐いていた。九月のある日曜日だったと憶えている。咳をするたびに鉄のベッドがきしんでぎしぎし音を立てていた。ジョゼの妻は十六かそこらのお腹を空かせた貧しい痩せた小娘だった。そこらじゅうを歩きまわり、わしらのあいだに割って入ったり走ったりしていた。まるで自分が何かをすれば、例えば洗濯石に何度もこすりつけ日に乾かして洗ったタオルを持ってくるとかすれば、父親を死なせずにすむかのように、まるでタオルをあの子が持ってくれば父親が肺を吐き出すほどに咳きこんで煤や血をたくさん吐かずに済むとでもいうようだったし、あるいはミルクを一杯持ってくるとか、あの子が頼んでは断られ頼んでは断られ、二度と来るなと言われてやっともらったミルクを、まるで一杯のミルクさえあれば、父親が内側から熱く焼けずにすみ、さらにその後、何もかもを吐き、一杯のミルクさえも吐くことがないかのように。

あの子が走りまわっていたのは、父親しかいなかったからだ。九月のある午後だった。父親はまだ息を引きとってはいなかったが、ときどきわしが気になったのは、外で大男が通りすぎては、かがんで窓をのぞきこんでいたことだ。

まだ父が息を引きとる前、あの兄弟が見舞いにきた。特に私が憶えているのは、指のくっついたあの兄弟がいつも私の前にいて邪魔だったことだ。私が左によけるとふたりのうちひとりが目の前にいて、右によけるともうひとりだか同じ奴だかが目の前にいた。私が温めたミルクを持って戻ってくるとひとりの背中が目の前にあり、横によけると同じ背中が前にあり、もう一度反対側によけるとまた同じ背中が目の前で、間合いをはずして、ようやく私は通ることができた。あの兄弟は紙を切り抜いて作った、手のつながった人形で、永遠にぐるぐるとまわる定めにあるかのようだった。父は少しずつ死につつあり、私は少しずつ父が死んでいくのがわかっていたが、それを認めたくなかった。私にとってたったひとりの父は最後の力をふりしぼって煉瓦焼き場はどうなっている、とか兄弟に聞くのだった。少しずつ死にかけているのに、窯のことや井戸のことを尋ねるのだった。煉瓦焼き場は父のものではなかったが、持ち主のマテウス様のというよりはやはり父のものだった。マテウス様はバケツで粘土を運んだこともなければ、粘土を手や足でこねたこともなく、粘土を見にくることさえなかった。お前、マテウス様に地代を渡しにいっておくれ。私は焼けるような日差しの下を汗で湿ったお札を握りしめ、モンテ・ダス・オリヴェイラスへの道をたどるのだった。ジョゼの顔をじっと見て、マテウス様に地代を持ってきました、と言うと、いつもジョゼは私を見もせずにお札をしまうのだった。帰りはゆっくりと緊張が解けて、コルクガシの木の下で涼み、頭を冷やしてジョゼの悲しみをたたえた美しい目について考えていた。煉瓦焼き場に戻ると、父はそこに居て、死ぬ直前に向けたような視線を私に向けて、思っていることを口には出せずに、沈黙のまなざしでそれを言わんとするかのようだった。死を意味する枝にとまったハゲワシのような兄弟のことや、チュールのみすぼらしいカーテンごしに見えた外を行ったり来たりしている大男のがっしりとした腰つきなどが頭から離れない。父は自分だけが知っていて自分だけが知りうることについて考えこんでいるかのように、ちょうど今ジョゼが宙を見据えているように、まっすぐあらぬほうを眺めて黙りこんだままだった。父とちがってジョゼは死にはしないが、死にゆく者たちだけに明かされる秘密を知っているようだ。昨日私が洗ったばかりのシーツにジョゼは横たわり、骨折して胸に包帯を巻き、礼拝堂の祭壇の天使のように大きく目を見開いている。包帯でぐるぐる巻きになっているのは昨日ここに骨接ぎを呼んだからで、交響曲のような音階で指の骨をポキポキと鳴らしてから、指先をジョゼの皮膚に突きたてた。背骨から首へと触診し欠けている部分はないか見ていたが、肋骨まで来たとき、ほらここだと彼は言った。私が彼を見ると、ここだよほら、と繰り返した。それから黙って、ジョゼの胸に指を深く食いこませパキッという音がひとつ響いたあとに、俺が肋骨を引っぱらなければ肺に穴があいていただろうよと言った。私はお金を払い、包帯でぐるぐるまきにしたジョゼをおいて骨接ぎは出ていった。しかし、ジョゼのあらぬほうを見つめたままのまなざしはそのままだった。視線の整体をするのは私だと思っているのだろうか。赤ん坊はちょっと前に眠りつき今やっと休めるというのに、私はずっと落ち着かない。この部屋にいると父が死んでいった部屋を思い出す。はては大男が窓のところをあっちへ行ったり、こっちへ来たりするような気さえしていた。まるで父が死んだ翌日のようで、埋葬されたばかりで遺体がそのまま地面の下にあり、虫もまだわかず、かわりに父に死なれた深い悲しみで激しく痛む私の心が虫にかじられているようだった。たったひとりの父で、私のために悲しんだり苦しんだり、私を大事にしてくれるたったひとりの人を失った痛み。私の幼子の時代が終わったのだ。その日、大男が家のドアをノックし、しゃがれ声で祈りとも呪いともつかないような調子のお悔みの文句を一度だけ唱え、細身の私の身体を見まわしてから抱きついた。そうして私を抱きしめ抱き上げ、きつく抱きしめた。私はふたたび父の腕のなかの少女のようになり、たくましい父の腕に抱かれ、ぐるぐるまわりながら朝と春しかない世界でもう一度微笑むことのできる小さな女の子だった。それから、私の身体はシーツの上で引き裂かれ、狼の鋭い牙でずたずたにされ、裂けた身体から血が噴き出るはずなのに何も流れなかった。父のベッドの冷たいシーツの上で、大理石のような冷たいシーツの上に私の血は流れなかった。大男は私の上に乗ったまま、あばずれと言った。耳元であばずれと言った。部屋の天井が涙で溶け、夜空がそのまま見えた。男をまったく知らず、何もそういったことを知らなかった私が、大男の火山の噴火のような息が耳を熱くするたびに、風が囁くため息のような、あばずれ、あばずれという言葉を聞いていた。あいつはベッドのそばで目に笑いを浮かべたまま、私を凝視し服のボタンをかけた。シーツの上で私は髪を振り乱し、腕は胴体を離れ、脚はひっこぬかれ、頭も半分ねじれたぼろ人形のようだった。次の晩、また大男はやってきて、その次の晩も、またその次の晩も次の晩もやってきた。彼を見ずに私はドアを開け、うつむいたまま父の部屋で身体をナイフでかきまわされるように感じた。毎晩、天井が開いて実際の夜の海にはあるはずのない星が見えた。生理がやってこず、月のものが止まっても、私は大男には言わなかった。というのも彼は私の言うことなんか聞かなかったし、私も今日まで彼にひと言もしゃべったことはなかったのだ。お腹はみるみる大きくなった。十五日で二か月目と同じくらいのお腹になった。ひと月で四か月目と同じくらいのお腹になった。冷たいやっとこが私のなかに入ってきたとき、私は感じることをやめた。聞くことをやめた。見ることをやめた。入れ歯で手のごつごつした婆さんが樹脂の前掛けをしていたという記憶はある。解剖台のような硬いベッドの上に寝かせられた記憶もある。木のスプーンで固まらないようにかき混ぜられる新鮮な豚の血みたいに、身体の下にたらいを置いて血を集めたのも知っている。でも私は見ていないし、聞いてもいないし、感じてもいなかった。耳も聞こえず目も見えず、腫瘍か呪いのように私から引っぱりだされた赤子のことなど頭に浮かばなかった。まるで人生に靄があって、それは私の骨に入りこみ、失われたものを、朝や晴れた空、そして春、それから、お父さん、あなたに抱きしめられる心地よさなどを見えなくさせるかのようだった。私はもう子供ではなかった。夜になっても家にもう大男はやってこなかった。黒い喪のショールに身を包み、壁づたいに私が通りかかると女も男も話をやめ、じっと私を見るのだった。まるで私のまなざしを探り視線で私を辱め、視線を通じて私にあばずれと言っているかのようで、いつも視線が私を追いかけ、私にあばずれと繰り返す、あのまなざしが私の意識のなかに根づいていた。オリーブの収穫の季節が来ても私はまだ仕事を見つけられず、父がぜいぜいと喘ぎつつ何か言うたびに吐き出す煤にまみれた手で残してくれた、ほんのわずかなお金で生活していた。オリーブの収穫の季節になった頃、マテウス様のところの年老いた女中が高齢のために死んだ。マテウス坊ちゃんの朝ごはんのことを心配しつつ死んだ、というのも彼女にとってマテウス様は、結婚し何人も子供をもうけても、依然として奥様が慈愛深くもリネンのシーツの上にお産みになった坊ちゃんだったからだ。モンテ・ダス・オリヴェイラスへと続く道をへとへとになって進んで欠員を埋めさせてくれと頼むとすぐに雇われた、というのもマテウス様は朝ごはんがまだだったからだ。今ジョゼは死んだようになっているが死ぬことはないだろう。私は死の匂いを知ってるが、罰について考えているガラス玉のようなジョゼの瞳からは感じられない。あの頃ジョゼはときどき現れては羊を追い立てたり、父親とともに屋敷のばかでかい暖炉に薪をかついで運んだりしていた。ガブリエル老人はすでに百歳ちょっとで菜園でキャベツや青菜を作っていた。私は屋敷に閉じこもって毎日過ごした。夜は他の女中たちと一緒に屋根裏部屋の鉄のベッドで眠った。誰も私に話しかけなかった。マテウス様は屋敷に現れなくなり二度と姿を見かけることはなかった。ときおり、異国の街から奥様に絵はがきが届いた。私は、奇妙に先が尖った建物や今にも崩れそうに傾いた塔の写真から、その街を空想し、料理女に怒鳴られるまでその街のことを思い描いていた。絵はがきが奥様に届いていたが、彼女もまた身の周りのものすべてを荷造りして出ていってしまった。私たちだけになったが、だんな様夫婦がいるかのようにすべてを執り行った。その頃、ほこりを掃いているときに櫃のなかに閉じこめられた声を聞くようになった。他の櫃と同じように蜘引きされた古い櫃で、屋敷では何もかもが古くて蜘引きされていた。大廊下の口ひげのねじれた人の絵の下にある櫃で、なかから声がした。はじめはそこに閉じこめられた人がいるのかと思ったが、私に話しかけてきた、その午後に料理女が気にしなさんな、ただの声だよと言ったのだ。そのこもった声は叙事詩の本を読んでいるかのごとく、おごそかにこう言った。おそらく人は存在し、人である、おそらくそのことに特別な理由などない。おそらく人は無秩序を内にはらんだ混沌のかけらであり、おそらくそれが人というものなのだ。櫃のなかに閉じこめられた声を無視することはできなかった。それは男の声だった。この発見の翌週には声を聞くためだけに大廊下にいて仕事をしているふりをした。声はまさに真理だと思えるような言葉を言っていた。私がそれに返事をすることは決してなく、櫃に閉じこめられた声もたぶん私に気づくことは決してなかっただろうが、私はその声を友と見なすようになった。聞き入ってうんと頷いたり、声の向こうに広がる水平線のような想念にじっと視線を注いだりしていた。他の女中たちにさぼっているのが見つかると大廊下から台所まで追いやられた。私は料理女に柳で編んだかごを渡され、町までおつかいにいくよう命じられた。麦畑のあいだを抜けコルクガシの下を通り、砂を踏み太陽に照らされ町まで歩いた。町に着いて壁ぞいに行くと、女たちや男たちの一団がじろじろと探るような目で私を見て、すれちがいざま子供を堕ろしやがってというのだった。堕ろすと聞いて、さらに恥ずかしくなり、ますます壁にはりついて、壁にはりついて平らな紙切れのようになった。食料雑貨の店では欲しい物を口では頼まず、料理女のおぼつかない字が書かれた紙を差し出してすべてをかごにそろえた。広場を通らないように大きく回り道をしたが、悪魔からは逃げ切れなかった。曲がり角の陰にひそんでニヤニヤしながら私を待ちぶせしていた。そのにやりとした表情を見ると私の足は仮縫いの糸のようにもつれた。私の足は粘土のようにぐにゃぐにゃになり、かごを腕にかけ、さらに頭の上にも載せ、そして別のかごを両手に握って、ロープの前でスケートをする酔っぱらったサーカスの芸人みたいだった。あの視線は私からすべてをはぎ取り、他人の目から私を隠し同時に私自身の目からも隠す城壁をすべて取り払うかのようだった。街道の入り口にたどり着いた頃にはもうくたくただった。ジプシーのラバのように荷を担いで太陽を真上に仰ぎ汗だくで、声には出さずに料理女を呪った。涼しい台所に着いたときには砂漠をいくつも越えてきたように感じた。そんなときには休息に五分間もらった。厚紙の切れ端で顔や襟元をあおいだ。かたむいた椅子に座り、両足を開いて股のあいだの素肌に心地よいそよ風を感じた。この頃、いつもちがったことを言う櫃に閉じこめられた声はこう言っていた。おそらく苦しみはかたまりで人々の上に降ってくるが、大きな苦しみが落ちるのはある人々だけに限られ、それ以外の人にはほとんどあるいはまったく降りかからないのだろう。

俺は思う、おそらく苦しみはかたまりで人々の上に降ってくるが、大きな苦しみが落ちるのはある人々だけに限られ、それ以外の人にはほとんどあるいはまったく降りかからないのだろう。この痛みや黒い痣のできたふらつく足、踏みにじられ血まみれでくっついている折れた肋骨、光のような触手に包まれ割れるように痛む頭、完全になすがままに鞭打たれ、肉に刻まれた深い傷からにじみ出る苦しみにあえぐ肌、それらは全身の骨が筋肉や肌を突き破ろうとする、終わりのない絶え間ない苦しみだ。身体が痛むのに俺には苦しんでいる感覚がない。妻が家じゅうをうろうろしているのがわかる。赤ん坊が眠りについて彼女はもう休めるというのに落ち着かない。彼女が何を考え、家のなかを歩きまわっているのかわからない。まるで赤の他人だ。ちょうど初めて出会ったばかりで、いつまでも初めてのときのままのようだ。声を聞くことも近くにいるという感じすらなく、唐突な彼女の動きを目で追っていても、何を考えているのか理解できない。少女のような狭い額やその強いまなざしをじっと何度も見つめたが、扉も窓もない彼女の感覚の壁を通り抜けることはできなくて、そのなかの部屋を歩きまわってみたり、ぼんやりととてもかすかなランプであったとしても、そこを照らし出すことはできないのだ。彼女についてわかっていることは、初めて彼女を自分のものにしようと思った日から変わっていない。

オリーブの収穫の季節が来てジョゼの妻は屋敷で雇われたが、身体は疲れた子供のようだった。がりがりに痩せて屋敷の隅々を歩きまわっていた。肩が落ち首が長く見え、彼女の存在は仕事を命じる者にとって目障りなシミだった。ジョゼも他の女中たちも料理女もガブリエル老人も誰も彼女にひと言も言葉をかけなかったし、彼女が何かしゃべったり感嘆の声を思わず漏らすとか、溜め息をついたり囁いたり、果ては息を吐く音すら聞いた者はいなかった。それでも誰かが畑で働く者を運ぶ荷車に乗って町へ行き、広場を通ったり、ジュダスの店に入れば、誰もが彼女のことを尋ね、みなが堕ろした、堕ろしたと言うのだった。ジョゼも他の女中たちも料理女もガブリエル老人も誰もそれには答えなかった。

それからふたつの夏がめぐり、料理女はビーフステーキと子羊の煮込みを作り、そしてビーフステーキと子羊の煮込みをまた作るのにうんざりして、ステーキと煮込みがテーブルの上で冷めて、主人のマテウス様が黒い木製のなめし皮のどっしりした椅子を引いて座り、ワインをグラスに注ぎ香りを嗅いだり逆光に透かしたりしてから、おもむろにやっと飲むということもないのにうんざりして、遂にはステーキと煮込みがテーブルの上で冷めていき、奥様が紋章の刺繍のあるナプキンを上向きに折り返してひざの上に置いて座ることも、さらに誰も寝なかった空っぽの部屋から奥様が出てくることもなく、大皿に盛られたステーキと煮込みが犬の餌皿に空けられるのにうんざりして、料理女はモンテを出て町のしっくい塗りの家に住むことに決めた。別れのハンカチを手にモンテを去る料理女が、フランネルのズロースを詰めこんで紐で結んだピクニックかごをいくつか荷車まで引きずっていたそのとき、そして五十年間にわたって屋敷に仕えた感慨で涙を流す料理女を待ちかねて、雌ラバがいらいらしはじめたまさにその瞬間、突然、他の女中たちも自分たちもいいかげん限界に達していたことに気づいた。主人夫妻のアイロン掛けされ、きれいに整ったベッドを整えては崩し、整えてはまた崩すのにうんざりし、部屋の家具のほこりをはらっていても、寝椅子《シェーズロング》にねそべっておらず、寝椅子に腰かけた奥様から女中たちに指示したことが何もできてないと咎められることもないのにうんざりして、あるいは廊下の家具のほこりを払っていても、後ろから主人のマテウス様がそっと忍び寄り、両の乳房をつかまれ首に息を吹きかけられ、心臓が止まるほど驚くこともないのにうんざりしていたことに気づいた。突然、いいかげん限界に達した女中たちはベッド脇のテーブルの引き出しにしまっていた物を小さなハンカチのなかにまとめた。ベッド脇のテーブルの引き出しと小さなハンカチのなかにすべて収まるくらいの持ち物しかなかったのだ。そして、女中たちは料理女と一緒に出ていくことに決めたが、料理女のほうは道連れができて、ずいぶんと慰められ出発することができた。しかし、料理女も女中たちも誰ひとりとしてゼニアオイの花壇にまぎれて姿が見えなかったジョゼの妻に気づかなかった。その朝からジョゼの妻は屋敷の管理をするようになった。

　カーペットが汚れていれば洗い、ほこりが溜まれば掃除をしたが、ベッドは常にベットメイクされていたので整えなおすことはせず、階段にワックスをかける必要があればかけたが、ステーキや子羊の煮込みは作らなかった。というのも女中には卵がときどきかけられる程度の粗末なパン粥ぐらいしか食事が許されていなかったからである。屋敷の手入れはしたが、もう主人夫妻が帰ってくるとは思っていなかった。主人夫妻がいつでも戻ってくるかもしれないと信じる材料はもはやなかった。毎日午後に、櫃に閉じこめられた声の前に座って聞いた。ときおり、かごを持って町まで歩き食料雑貨屋に行くと、堕ろした、堕ろしたという声が聞こえた。そして帰りに町を出る前には悪魔と出くわした。悪魔はニヤニヤしながら彼女を見つめ、ずっとにやけていた。

ジョゼは父親の伴をしていたが、あるいはもうその頃にはおそらく父親が彼の伴をしていたのだったかもしれない。ジョゼは二十六か二十七で父親は七十だったが、もっと老けて見えた。ジョゼの母親は病床でやせ細り眼窩が黒ずんで目が落ちくぼみ死につつあった。段々と花が萎れて黄ばみ、とうとう黄色く枯れてしまうように胸から発病し全身にひろがる病気だった。病気は母親の全身にまわっていた。ジョゼの母は全身に広がった病気で死につつあり、そして暑い夏の、ある土曜の午後に息を引きとった。ジョゼの父親はますます老けこんだ。それはまるで、その午後を境として、妻が息を引きとったその瞬間を境に、妻の心臓が鼓動のひとつを止め、胸が一瞬静かになり、次の鼓動を待っているが、それはついにやってこないという、まさにその瞬間、ふたたび呼吸することがなくなり、筋肉の最後の意志のように頭ががくりと落ちるちょうどそのときに、まさにその午後を境として、ジョゼの父親はあたかも二倍の人生を老けこんだかのように、そしてガブリエル老人とほとんど同じ年齢に達し、しかしもっと死んでしまったかのようだった。ジョゼはそんなふうに年老いてしまうわけにはいかなかった。ちょうどその午後にも羊の世話にいったり、葬儀の手配をしなければならなかった。埋葬があったその日も羊の世話にいかねばならなかった。その明くる日も同じように、そして翌日も翌日も翌日も。ジョゼの父親はモンテには戻らなかった。口を利かなくなり口に運ばれるスープしか飲まなくなった。蹄鉄工と結婚して町に住んでいたジョゼの姉が父親を引きとった。見てよ、他にどうしようもなくて、と彼女は近所に言っていた。父親は一日じゅう裏庭の鶏小屋の前のベンチに盲人のようにどこを見るともなく座っていた。週に一度の決まった日に口数の多い床屋がやってきて、こんにちはと言うと、父親の首にタオルを巻き、ひげを剃り、そういうわけでこうしたもんで、とずっと喋りっ放しで、チョキチョキチョキチョキ、三毛猫みたいだが、はいできあがりと。だいたい三週間おきに床屋はうわっぱりのポケットからはさみを取り出して、ジョゼの父が無関心だろうとお構いなしに、そういうわけでこうしたもんで、チョキチョキチョキチョキ、三毛猫みたいだができあがりとのべつ幕なしにおしゃべりを続け、はさみを取り出しては根元ぎりぎりになった少ない髪の毛を切るのだった。この床屋の他にある程度定期的にやってくる訪問者はジョゼだった。父の隣に座り、ふたりして黙っていた。そのとき初めてジョゼは、昼間は羊の群れを追って一緒に過ごし、夜はたくさん話をしたと印象があったのに、実際はお互いなんにも大したことを言っていなかったと気がついた。鶏小屋のほうを向いて並んで座って、午後そのものが、まるでふたりの言いたいことであるかのようだった。

父も不在になり、主人のマテウス様も旅に出てしまったので、ジョゼはマテウス様がそのあたりに所有していた土地や商売の管理をするようになった。執事のようなものだったが、誰も彼をそう呼ばなかった。しかし責任が重くなったからといって、日々の生活は変わらなかった。それまで通り羊の世話をしていたし、それが彼の主な仕事だった。ときどき、町に行った。父親に会いにいったり、料理女に会いにいったりした。ちょっとだけジュダスの店に立ち寄り、赤ワインを一杯飲んだ。そうやってちょっと立ち寄っていたある日のこと、にこにことみなにあいさつしながら悪魔が現れたのだった。ジョゼがコップの底に残ったワインを飲み干して、出ようと向きを変えたとき、この誘惑者はジョゼに微笑みかけ、やがて彼の妻となる女性についてたずねたのだった。ところで煉瓦職人の娘はどうしてる、と悪魔は言った。とても元気にやってるよ、とジョゼは答えたが、本当はそんなことは何も知らなくて、黙って答えずにそこから離れたい一心だった。しかしすでに男たちはみんなふたりから目を離さずに聞き耳をたてていた。悪魔は、ややこわばった微笑みを浮かべて言った。聞いたところによると、あの女は自分がしたことをまだ忘れていなくて、いい男をつかまえたらすぐにまたそれを繰り返したがっている、というじゃないか。ジョゼは人々の視線のなか客のあいだを掻き分け、店の扉のところで、そんなことは俺には何の関係もない、と言い残して外に出た。

翌朝早くジョゼは屋敷のドアをノックし、ドアを開けた彼女の悲しげで生気のない顔をいつもより気をつけて見た。樫の薪や香菜の束を抱えて台所を通るあいだも目を離さず、ついに彼女の、その両腕や華奢な体つき、白い肌に見入った。やがて朝が本格的になり生暖かい太陽が照りだすと、ジョゼは貯水タンクの裏に隠れて彼女がワイヤーに洗濯物を干すのを見ていた。たらいを置く彼女は繊細でか弱く、ジョゼはその繊細で、か弱い姿にぼうっとなってしまった。彼女は誰もいないものと思ってシーツの表面のきらめきのなかを行ったり来たりして、肌も白く、太陽を反射していたから彼女はまばゆさのなかに溶けあっていた。それから午後に羊を放して野原へ追っていくあいだ、ジョゼはずっと彼女の肌と光のまばゆさについて考えをめぐらせた。その日から彼女を自分のものにしようと決めた。

俺は思う、おそらく苦しみはかたまりで人々の上に降ってくるが、大きな苦しみが落ちるのはある人々だけに限られ、それ以外の人にはほとんどあるいはまったく降りかからないのだろう。俺は苦しい。妻が家のなかをうろうろしているのはわかっている。彼女に目を向けることはない。家の上に広がる空の太陽を見る。天井と屋根を通して俺には見える。正面から太陽を見る。河の流れが俺に流れこみ、すぐに満たしてしまうかのように、俺を清める、その光を見る。光というよりまるで水のように俺の汚れを取ってくれる流れの向こうに、妻が家のなかをうろうろしているのがわかる。目で見ることはできないが、俺には見える。彼女は考えている。妻よ、何を考えているんだ、お前の顔の下にいるのは誰だ。しかし沈黙はこの問いに答えてくれない。自分のことがよくわからず、彼女の声も聞こえない沈黙、忘却と無関心、沈黙の沈黙があるだけだ。太陽の光の線からはるか離れて、俺の肌のそばで、おそらく自分を見失い、しかしおそらく知っていることは確信して、彼女は家の中をさまよっている。俺には彼女が必要だ。でも彼女はまるで他人だ。

二十歳をちょっとすぎた頃のジョゼの妻は大廊下の椅子のひとつに腰かけ、櫃のなかに閉じこめられた声を聞いて何時間も過ごしていた。ジョゼは三十ちょっとで、彼女を見ること以外は眼中になく、何日の何時にどこでどのようにという具合にノートに詳しい状況を記録していた。水曜日午前九時半、菜園でガブリエル老人にキャベツを注文する、手首が細かった。木曜日午前八時十五分、中庭にいた。それから町へ行った。土曜日正午の十五分前、鶏にえさをやる、彼女の声を聞く。ジョゼは彼女の生活パターンを明らかにしようとした。そうすればもっと効率的に彼女を待ちぶせたり、あとをつけたりできるからである。しかし彼女は朝も夜も関係なく洗濯をするし、決まった日に町へ行くでもなく、家畜にえさをやる時間も適当だった。ジョゼは彼女への思いでやつれんばかりだった。夜が明けきらぬ頃に目を覚まし、最初に考えるのは彼女のことだった。羊を放牧にいくときも彼女のことを考え、ときどき、彼女の顔が思い浮かばないと一生懸命に頭を絞り想像しようとした。その頃、ジョゼは目をぎゅっとつぶって、彼女のひとつひとつを組み立てていくのだった。唇や鼻、髪の形、目のひとつひとつを思い出し、それから頭のなかですべてをつなぎあわせるのだ。眠りにつくときも彼女のことを考えた。彼女の様子をうかがっているときは、こめかみのあたりで脈が速まるのを感じた。

そんなふうにして数か月がたち十二冊ほどのノートが埋まった。実は彼女のほうは彼が見張っていることをわかっていて、彼を悩ませている感情の正体もはっきりわかっていた。それはあるとき、彼がのぞいている現場をおさえたからではなく、自身に何か自然を超える能力があったからでもない。それは彼女が女だったからで、女というものは感情の問題に関しては目に見える以上のことがわかるからだ。そして、ある日の午後の終わり、日が弱くなって畑のあたりもぼんやりした明るさになり、それが平原全体、そして世界は平原の果ての地平線で終わっていたので世界全体を覆ったとき、そんなある日の午後の終わりに、彼女は中庭を横切り、貯水タンクと奥様が好んで手入れをさせていた小さな庭を通り過ぎ、ジョゼの家のドアをノックした。彼が出てきたとき彼女がじっとその目を見つめると、彼の表情は一瞬かたくなった。そして、最初に行動したのは彼女で、黙ってすだれをくぐりジョゼがその後に続いた。それからふたりは部屋に入りセックスをした。乱れた身体の疲れも感じずに、まだ最後の日が残っているうちに彼女は黙って外へ出た。

翌朝、羊たちに草を食ませ、それから急いで小屋に戻したあとでジョゼは町へ行った。姉の家の裏庭で、父親は相変わらず同じ椅子に腰かけ、まるで老いていく大理石の像のようだった。ジョゼは腰をおろして、一時間ほどたった頃、俺は結婚するんだ、と言った。ふたりの男の表情に何の変化もなかった。それから小一時間ほどして、ジョゼはもう結婚式の準備のためにそのあたりをまわっていた。そして三週間後に結婚した。

それは七月のある土曜日のことだった。ジョゼはたった一着きりのスーツを着た。それはマテウス様のものだった黒いスーツで、ジョゼには袖幅が広く、ウエストをつめて母親の葬式と姉の結婚式で着た黒いスーツだった。新婦は白いワンピースを着たが、これは奥様のものだったのをぼろ布の山から拾い出したのだった。彼らの結婚式は悪魔によって執り行われた。というのは町の者たちを結婚させていたのは彼だったからである。新郎の付き添い人はモイゼスとエリアスで、新婦側の付き添いは料理女と、たまたま礼拝堂の門の前を通りかかってなかに引きこまれたパーリャ通りの気がふれた女だった。招待客はガブリエル老人、ジョゼの父親、姉、蹄鉄工の義兄、それと七か月になる甥だった。悪魔は平服で祭壇にあがり、にやついた表情で黒表紙の本を読みはじめた。ジョゼの父は片隅でなさけない様子で、受難の表情をした蝋人形のようにぴくりともしなかった。姉は頭にプラスチック製のチューリップの花束をつけ、壊れた時計のように息子をあやしていたが、赤ん坊の叫びは空襲警報のサイレンのように礼拝堂じゅうに響いた。料理女は機嫌が悪く、口を開けずに何かぶつぶつ言っていた。パーリャ通りの気がふれた女はよだれを垂らして、ニクバエに襲われる仔牛のように、突然あっちを向いたりこっちを向いたりしていた。悪魔が満面の笑みを浮かべて言葉を切ると、ジョゼは、はいと答え、妻はうなずいた。付き添い人はみんな十字で署名をしたが、パーリャ通りの女だけはわけのわからない殴り書きの署名だった。礼拝堂の出口で誰ひとり迎える者はなく、花を投げかける人もいなかった。昼食も、水一杯すらなかった。そして、それぞれがそのまま自分の家に帰った。その晩、ジョゼの妻は彼と一緒に床についたが、愛しあうことはなかった。

日曜日にはジョゼは羊の世話をしにいかねばならなかった。若き新妻は銀婚式を迎えた夫婦のような無関心さでコーヒーを準備し、屋敷のタンクの洗い場に洗濯をしにいった。ジョゼが彼女の姿をのぞきにいくことはなかった。

俺は思う、おそらく苦しみはかたまりで人々の上に降ってくるが、大きな苦しみが落ちるのはある人々だけに限られ、それ以外の人にはほとんどあるいはまったく降りかからないのだろう。たとえ俺の胸の痛みが耐え難いとしても、破滅の重みとはどれぐらいのものなのか。俺は目が見えないまま崖に向かってじりじりと向かっているように感じているが、このベッドから起き上がらなければならない。自分のものではないこの両腕を持ち上げねばならない。自分のものではなく、大きな岩でできているようなこの両脚を持ち上げ、羊の世話をしにいかねばならない。俺の犬。野原。大きなコルクガシ。大きなコルクガシの下には今どんな影ができているだろうか。たとえ昼下がりに歩いていても夜のなかを進むようであり、太陽がてっぺんまで昇っているときでさえ夜のもっとも暗いときのようで、夜のなかにある夜のようだとしても、俺の目にはすべてが夜なのであるから、とにかくこのベッドから起きなければならない。たとえ苦しむために苦しむのでも、俺は自分がなるべき自分に立ち向かわねばならない。それがなるべき姿であり、それから逃れることはできないから、自分が何かになることは避けられないのだ。

包帯でぐるぐる巻きにされたまま、ジョゼは起き上がり身支度を始めた。妻は彼を見つめたが何も言わなかった。赤ん坊が目を覚ました。

その三人の老人はかなり長い時間ずっと黙ったままだった。圧搾所の壁には、ざらざらしたセメントを覆うように搾りかすが層になって固まっていた。それぞれの顔の色は圧搾所の暗がりが染みついたようだった。三人とも黙ったままだった。モイゼス、エリアス、ガブリエル老人のそれぞれがひとつのことを考え、そして他のふたりは別のことを考えているのだろうとそれぞれが思っていたが、三人とも同じことを考えていた。モイゼスはジョゼの結婚式とその日に知りあった料理女のことを考えていて、エリアスは煉瓦焼き場にいた頃のまだ小娘だったジョゼの妻のことを考え、ガブリエル老人のほうは成長してすでに傷物になり、モンテ・ダス・オリヴェイラスに隠れるように暮らしていたジョゼの妻のことを考えていると思っていた。エリアスはジョゼの結婚式とその日に料理女にのぼせていた兄のことを考えていて、モイゼスは煉瓦焼き場にいた頃のまだ小娘だったジョゼの妻のことを考え、ガブリエル老人は成長して傷物になり、モンテ・ダス・オリヴェイラスに隠れるように暮らしていたジョゼの妻のことを考えていると思っていた。ガブリエル老人はジョゼの結婚式とモイゼスが祭壇で料理女に近づこうと小指が裂けるほどエリアスを引っぱっていたことを考えていて、モイゼスは煉瓦焼き場にいた頃のまだ小娘だったジョゼの妻のことを考え、エリアスは兄と同じことを考えているだろうと思っていた。
　モイゼスはジョゼの結婚式とその日に出会った料理女のことを考えていた。

　あれは七月のある土曜日だった。わしと弟は一番新しいスーツと海軍のボタンのついた上着を着た。その上着は仕立て屋が死ぬ前に作った最後の服で、死ぬ前にどうしても、わしと弟に礼服として着られるようなきちんとしたものを作りたがったのだ。というのも、わしと弟が着られるような複雑な仕組みのボタンやホック、革紐を考案して、シャツやセーター、上着を作ることができるのは彼ひとりだけだった。土曜日だったのでわしと弟は少し遅く八時半に起きた。コーヒーを飲んで、水を入れた鍋をふたつ火にかけた。お湯が沸いたら、鍋の陶製の部分も熱くなっているのでぼろきれでつかんで、台所の真ん中に置いたふたつのほうろうのたらいに空けた。冷たい水をほんのちょっぴり足して入浴した。ふたりで青いせっけんを分けあい、同じタオルで身体を拭いた。火のそばの二脚の丸椅子に座って手足の爪を切った。寝室の椅子の上に、前の晩にアイロンをかけたスーツが、おろしたての靴下と磨いた靴と並べて置いてあった。何につけてもエリアスのほうが手先が器用なので、服にアイロンをかけたのはエリアスだった。持っているなかで一番新しいスーツといっても、わしと弟が若い頃に仕立てたもので、うっかりするとアイロンのこての重みで焦げて跡がくっきりついてしまいそうだった。エリアスがわしにアイロンを振ってなかの炭をおこしてくれと頼んでいたのを憶えている。それならお手のものだ。わしも弟もひげが薄いので、香水をほんの少し頬にかけて、金色か白に近い二、三本の細い毛を整えた。

外ではもう強い太陽が壁や地面や空にあふれ、壁や地面や空などあらゆるものをもうひとつの太陽にしてしまっていた。わしらはくつろいで歩いていき、微笑みがこぼれていたかもしれない。その日もいつもの土曜日と同じように、何かいいことがありそうに思えた。わしらの足に驚いてめんどりが逃げていった。犬たちはやさしいまなざしをわしらに向けていた。人々がおはようとあいさつした。礼拝堂に着くと門は閉まっていた。三段ある階段の前で、ジョゼの姉が息子を胸に抱いていた。その子は辛そうに泣いていて、耳をつんざくラッパのような泣き声が朝の空気のすみずみまで埋め尽くそうとするかのようだった。ジョゼの姉はとめどなくしゃべり続けていたが、何を言ってるのかほとんどわからなかった。あたしは本当についてないよ、あたしらみんな、こんな日なたで誰も戸を開けにこないし新郎新婦も来やしない、あたしは本当についてないよ、こうして乳をやったばかりなのにこの子は黙らないし、おしめを替えたら、もう目が覚めて今度は眠くてぐずってる。次々と発せられる言葉は淀みなく、嘆きとも小言ともつかなかった。蹄鉄工はひどい猫背で壁にもたれ、タバコを吸いながらぼんやりと地面を見つめていた。ジョゼの父親は催眠術にかかっているみたいに、子供のような姿勢で礼拝堂の階段に座り、首の周りには布のリボンを巻いていた。わしと弟はおはようと言ったが、誰もあいさつを返さなかった。待つより他に仕方がなかったが本当に気まずい雰囲気だった。太陽がだんだんと近づいてくる。あの子供はたちが悪く、わめき続けていた。

悪魔がやってきたとき、わしと弟は上着の袖で額の汗をぬぐっていた。合う鍵を見つけるまでのあいだ、わしらは彼の後ろに列をつくった。憂鬱そうな様子の蹄鉄工はジョゼの父親に近づいて軽く触って立ち上がらせ、犬の首輪のように首にリボンを巻いた、この意思のない男を引っぱって連れていった。実際、それは犬の首輪とリードそのものだった。彼を座らせて首の紐をはずした。わしと弟も座った。子供はわめきっ放しだった。こんなちっぽけな肉の塊なのに、そんなふうに泣きわめくほど喉の力が強いなんて嘘みたいだった。はりついたような笑みを浮かべたまま、悪魔は祭壇を歩きまわり、用意をすべて整えた。礼拝堂には聖具を納める部屋がなかったので、わしらはその一部始終を見ていた。ろうそくを点けようとしてもマッチは擦ったそばから消えてしまい、まるまるひと箱分空にした。カビだらけの聖体のパンを試食し、背中の縫い目がほころびた短い上祭服をはおった。悪魔がそんなことを続けているうちに彼女がやってきた。背後から光を浴びて礼拝堂の入り口に現れ、そのシルエットにはじめは目がくらんだ。料理女が町へ引っ越していたことは知っていたが、それまで彼女の姿を見たことがなかった。モンテ・ダス・オリヴェイラスで働いていた五十年間に彼女を一度も見たことがなかった。というのも、わしがあそこに行くときにはいつも、彼女は忙しくしていたし、彼女が町に来たときにもすれちがうことすらなかったからだ。けれども彼女が引っ越したことは知っていた。窓のない部屋でものを書いている男の家のそばに引っ越したことも知っていた。ここ何か月オリーブ圧搾所から帰るときに何かと口実を作ってその道を通ったのは一度や二度ではなかった。それにもかかわらず礼拝堂に彼女が入ってきた、その瞬間までその姿を見たことがなかった。とても暑かったのに紫のビロードのドレスを着て、レースのついた靴下で向こう脛を包んでいた。祭壇の前を通っても彼女は聖櫃に向かって十字を切らなかった。もっとも誰も聖櫃に十字を切らなかった。十字を切るやり方を誰ひとり知らなかったということもあったが、そもそもこの礼拝堂には聖櫃と呼べるようなものがなかったからである。壁沿いの通路をすり抜けるようにして、ちょうどわしの隣に座った。暑いだの、服がきついだのと不機嫌そうにつぶやいていて、わしらにあいさつもしなかった。暑さで赤くなった顔を扇子でぱたぱたあおいでいた。あとで知ったことだが、それは奥様がセビーリャの市で買ってきてくれたものだった。

新郎が新婦と腕を組んで入場した。料理女は、パーリャ通りの気がふれた女を礼拝堂のなかに引っぱりこんで、さあ始めるから、と言った。ジョゼの姉の息子は泣き止まない。祭壇上の新郎新婦の立ち位置からして、わしがジョゼの立会人になることになったが、料理女は新婦の立会人になることを拒み、堕ろした、堕ろしたくせにとぶつぶつ言って、わしのほうに来て新郎の立会人になった。ぶつぶつ言う彼女の香りがふわりと漂ってくる。まさしく女だ。かばんからハンカチを取り出して鼻をかむ女らしいしぐさ、くどくどと言葉を反芻する唇の動き、いらいらして脚を組みかえる姿。どれをとっても女らしい。しかも、わしと弟がくっついているのにも驚かなかった。わしにふっと微笑みかけるそぶりすら一回見せた。わしの目をふっと見つめるようだった。彼女はまさしく女そのものだ。

エリアスはジョゼの結婚式のことや、その日に料理女にのぼせていた兄のことを考えていた。

礼拝堂の壁は表面は石灰で平らに塗られていたが、それでもでこぼこして粗かった。両側にひとつずつそれぞれ聖人の像があったが、それはただそこにあるから聖人だと認識されていただけで、実際、聖人らしいところは何もなかったし、しかも本当のところは、誰の像なのか誰も知らなかったのである。式は進んでいった。ニヤニヤしながら、悪魔は賛美歌のように抑揚をつけて決まり文句を読み、兄は料理女にのぼせていった。ちっぽけなステンドグラスもふたつあった。木の床板は虫喰いだらけだった。ジョゼの姉の子供はいっこうに泣きやまず、息をつく間も惜しむようにひっきりなしにわめいていた。祈りの文句は耳に届いていたが、悪魔がときおり言う言葉は聞き取れなかった。パーリャ通りの気がふれた女は、わしとともにジョゼの妻の立会人になった。女の髪はもじゃもじゃで、シャツの胸には大きなよだれのしみがつき、スカートにはさらに大きな血のしみがついていた。脚はとてつもなく汚く黒かった。靴下は履かず、首のあたりにはノミが這いずりまわっていた。何かに操られているかのようにけいれんし、身体を揺すっていた。宙に浮かぶ何かを目で追い、わしが目をこらしても見えなかったが、何か飛ぶものがあり、それが彼女の頭を機械仕掛けのように首の上で動かすのであった。ジョゼの姉の息子の叫び声は教会の壁にぶつかって反響し、こうなると真っ赤な顔で大口開けて泣き叫ぶ子供の声と、壁に響くこだまとが区別できないくらいだった。壁と子供が同時に叫び、四方八方からわめかれているような気分になった。料理女は何度となく鼻をかんでいた。派手な花柄染めのハンカチで鼻をかみ、それをバッグにしまわないうちにもう鼻をずるずるさせていた。子供がけたたましく泣いているというのに、料理女が鼻をかむこもった音は聞こえるのだった。兄は彼女をうっとりと見つめていた。料理女は祈るようにひっきりなしにぶつぶつと文句を言っていた。口をほとんど開けずに小声で早口につぶやいていた。米粒をひと粒ずつ食べるような、あるいはひとさじのスープをすするように、その顔はいまいましそうにゆがみ、憎しみに満ちていると言ってもよかった。それを兄はうっとりと見つめていた。そのうち料理女は煩わしくなったのか足を組みかえた。おそらく靴がきつすぎたのかもしれないし、花嫁か泣きわめく子供に苛ついたのか、あるいはパーリャ通りの気がふれた女からこやしの匂いがしていたからだったかもしれない。それを兄はうっとりと見つめていた。指輪を交換する段になったが新郎新婦は指輪を持っていなかった。だがそんな些細なことにはこだわらず、お互いの指に架空の指輪をはめるしぐさをした。兄の目は料理女に釘づけになっていたので、その場面を見ていなかった。まるでわしとではなくて、彼女とくっついてしまったみたいだった。まるで彼女が女であるかのように。

ガブリエル老人はジョゼの結婚式のことや、モイゼスが祭壇の上で料理女に近づこうとして、小指がちぎれんばかりに弟を引っぱっていたことを考えていた。

モイゼスはじりじりと料理女に近づいていたが、あれは観察というには度が過ぎていた。あの女に近づけば近づくほど、よりその丈を測ることができて、ちゃんと観察できるとでもいうようだった。肩を寄せ、腱や太い血管の筋がいくつも浮き出るほど首を曲げて、あの女の髪に鼻をうずめるくらいすぐ近く、その耳まで指二本分の距離まで近づけば、彼女の値打ちがわかるというかのようだった。目ではなく肩で見つめているかのようだった。まるで形の悪い、ぼんやりとした輪郭の大きめの耳に視線を集中させれば、距離をおいて女が歩いたり通り過ぎたり、わしらとすれちがったりし、それから遠ざかっていくのが見える、それも彼女を見る行為ではあるのだが、わしらが女のことを考えれば、それができるとでもいうように。そしてモイゼスは首をひねったまま真剣に、たいして美しくもなく女らしくもない、完璧とは言えない、あの耳をずっと見つめていた。モイゼスが弟から離れれば離れるほど、兄弟が着ている上着がどれほど複雑かわかった。ふたりに共用の袖の内側と、その腕の下のほうの腰のあたりには締め紐を通す穴があり、幅の広い紐と隠しボタンがついていた。その点さえ除けば、しゃれた上着に見えた。色は上品な青で、袖口と正面に、いかりが刻まれた大きな金メッキのボタンがついていた。上等な生地で、背中にふたつの灰色がかった染みが肩甲骨のあたりを示すようにみえた。モイゼスは料理女に近づこうとして弟を引っぱっていた。逃れられない重りのようにぐいぐい引きずられながらも、弟は気づかないふりをして、結婚式や悪魔の笑み、パーリャ通りの気がふれた女の有様や虫喰いだらけのチュニカに遠いはるかな文明の色褪せた走り書きのようなものが安全ピンで留めてある聖人像に注意を集中しているかのようだった。兄弟が伸ばした腕でできた水平線上に新郎新婦が背を向けて、そして満面の笑みをうかべた悪魔が正面を向いていた。本を読み上げては微笑んだ。古い聖衣を着て微笑んでいた。やがてその本を新郎新婦の目の前に置いて、それに口づけるよう促した。ふたりは本に口づけすることはしなかった。ジョゼの姉の子供は泣きわめいて、その頃にはもうわしらの頭のなかで響いていて、というのも少しずつその声はわしらの漏斗状の耳の穴から入ってきて、その頃にはもうわしらにはその声しか聞こえないほど十分な量に達していたからだ。頭のなかの声の、そのなかの声がこだまして、さらにそこからも声が響いていた。そして、ほとんど聞こえないか、まったく聞きとれないような長い質問を悪魔はして、それから黙って笑みを浮かべていたが、それでもその無言の質問は問いつめるような悪魔のまなざしのなかに宙づりになっていたようだった。ジョゼは、はいと言った。ジョゼの妻はうなずいた。新郎新婦に署名が求められたとき、料理女は背もたれから身を離して歩き出したが、モイゼスはそれを見て呆気にとられたようだった。たぶんあの女のことを鼻をかんだりすすったりする彫像だと思っていたのかもしれない。子供はわめき続けていた。外では髪にプラスチックの花の枝をさしたジョゼの姉が、からっぽの倉庫にカラス麦を荷車いっぱいどさっと空けるように喋りまくっていた。空中で麦粒の上にまた粒を重ねるように、とめどなく言葉の上に言葉を重ねて、まるで麦か言葉の蛇口を開けっ放しにしているように、ひと粒のすぐあとにまた麦粒が出てきて、でもその前にも麦粒があるように、前の言葉の半分も終わらないうちに次の言葉があふれてその次の言葉が半分出かかったところでようやく終わり、また次の言葉につながっていた。ひとりで悪魔はニヤニヤしていた。パーリャ通りの気がふれた女は礼拝堂の前の広場の隅の、ほこりと石ころだらけのところにいた。といっても、礼拝堂の前の広場全体、ひいてはこの町のすべての通りがほこりと石ころだらけだったが、そのほこりと石ころの上に脚を開いて立ち小便を始めた。膀胱がシューシューと鋭い音をたて、泡立つ小便の水溜りができた。ジョゼの父はひからびて枯れる寸前の内側の樹液のめぐりが悪い老木のように立ちつくしていた。新郎新婦は別れのあいさつをしたが、祝福をするものは誰もいなかったし、何か言葉をかける者もなく、もそもそ言いながら別れを告げ、ふたりはそそくさと立ち去った。新郎新婦がいなくなって突然、みなはそこに一緒にいる理由がないと気づいた。蹄鉄工はポケットからリボンを取り出しジョゼの父の首に巻きつけ、かみさんと子供を連れて立ち去った。子供の泣き声が町を通り過ぎていき、曲がり角ではより大きく聞こえたりしながら、やがてだんだんと小さくなっていった。ときおり聞こえる声は遠くからうつろなそよ風に乗ってくるのか、あるいはまだ耳にこびりついているもののようだった。やがて料理女も立ち去った。モイゼスは彼女のあとをついていこうと弟を説きふせ、ふたりも立ち去った。もう昼だった。パーリャ通りの気がふれた女が礼拝堂の前の敷地をひとりでうろうろしていた。

夕暮れが屏風のように圧搾所の上の空を覆った。三人の老人は何も言わぬままだった。

その夏が終わるまで兄弟は幾度も料理女の家の前で過ごした。日が暮れ八月の夜が訪れると、窓のない部屋でものを書いている男の家の玄関脇に腰かけて、夜が更けるまでずっとそこにいた。道を入ってすぐ、隅のほうに蛇口のついた水場があった。そこから通りのもう一方の端まで、並びの家に住む人はみな、玄関を開けて扉のところに座っていた。窓のない部屋でものを書いている男だけが例外で、家から決して出てこないことにモイゼスが目をつけたのだった。その場所へ行こうと、一週間のあいだ、毎晩毎晩弟を説得し続け、やがてそこへ行くのが習慣になってからは、いちいち説得する必要はなくなった。モイゼスは料理女の家の向かいに住む季節労働者の男と大声でしゃべり、彼女とは小さな声でときどきしゃべった。やっかいなことに料理女の側になるのはエリアスで、そのためモイゼスと料理女が話そうとすれば前からか、あるいは後ろから身体を近づけなければならなかった。エリアスには誰も何も話しかけなかった。エリアスも誰にも何も話しかけなかった。生温かい夜で料理女のメグサハッカやベルドロエガスなどハーブについての退屈な話や、星とか、ひと筋になって水場の水面に落ちていく冷たい水のためにエリアスはうとうとしてしまった。誰かが通るときにだけ目を覚ました。次々と、ジグザグに連なって近づいてくる「こんばんは」で目を覚ました。通りのあっちで「こんばんは」、反対側で「こんばんは」、こちら側で「ごんばんは」、反対側で「こんばんは」という声が聞こえた。モイゼスは眠らなかった。ベッドのなかにいても料理女のことを考えると眠れなかった。九月、日が短くなりはじめ、涼しくなってきた。そして、ふたりの兄弟は日に日に涼しくなってくるというのに夕涼みをやめず、窓のない部屋に閉じこもって、ものを書いている男の家の玄関脇に最後まで陣どっていた。

九月の末の太陽は八月と変わらず暑かったが、もう夕涼みするような時期は過ぎていた。料理女とモイゼスは会わなくなった。モイゼスはじっとしていられない性質の男だったので、ある日これしかないと思った。次の日もこれしかないと思った。その次の日もこれしかないと思った。二週間後、なんとか手はずを整えて食料品の店から出てくる料理女に会った。日づけは忘れてしまったが、土曜日にふたりは結婚した。料理女の家のほうが大きかったので、兄弟がそちらに引っ越した。荷車で三台分の家財道具を運んだ。彼らの家は他人に貸して、それほどの額にはならなかったが、それでもいくらか足しにはなった。

兄弟はそれほど金を使うことはなかった。服は持っているしオリーブの圧搾所から受け取る分で、じゃがいもをゆでたのにキャベツを添えてオリーブ油をたっぷりかけた料理を昼と晩に食べるのに十分だった。料理女はそれまでの人生ずっとモンテ・ダス・オリヴェイラスの主人たちの食事の味を見るのに慣れていたので、キャベツでは満足しなかった。はじめのうちはキャベツとじゃがいもを使った、ありとあらゆる調理法でキャベツとじゃがいもを料理していたが、すぐに新しい材料を手に入れるべく知恵を働かせた。最初の何週間かはゆでたじゃがいもにキャベツを添えていた。すると兄弟は座って食べた。それから、キャベツとじゃがいもでパイやタルトやグラタンふうの大皿料理を作った。すると兄弟は座って食べた。一か月が過ぎるとキャベツとじゃがいもで彫刻を作った。それは恋に落ちた女のようにため息をつき、キャベツの葉でできた分厚い唇で口づけを送っているように見えた。緑の唇から口の端を伝ってオリーブ油がしたたっていた。エリアスは驚きモイゼスは喜んで座って食べた。ある晩の夕飯に料理女はテーブルの真ん中に大皿を置いた。大皿で出されたのは、なまめかしい脚をかたどったじゃがいもとキャベツでできた湯気の立つ女性器だった。キャベツの女性器は湯気を立てて開いていたが、料理女の仕掛けによって兄弟の目の前でぐんぐん縮んでいき、とうとう元に戻らないくらいに閉じてしまった。乾いたキャベツの女性器には最後はオリーブ油がひと筋垂れていた。エリアスは戸惑い、モイゼスはうろたえたが、座って食べてしまった。モイゼスと料理女は見つめあい、言葉にしない思いを分かちあった。翌朝、モイゼスはガブリエル老人にカブの葉と玉ねぎを頼んだ。日曜日の朝には兄弟はオウテイロ・ダ・フォルカ[*2]に雀獲りの罠を仕掛けにいった。それからしばらくして、モイゼスはパスタを二箱買った。それからキノコのいいものを選び、それからサメを四分の一切れ買い、それからどんぐり取りにいき、それから裏庭にニンニクとキャベツを植え、それから桶でパセリとコリアンダーを育て、それから木箱でこしらえた檻でうさぎと雌鶏を飼い、それから鰯を三匹買って、それから果物を買った。兄弟の前の家の家賃は食費に当てられるようになった。

俺は思う、おそらく男たちの内面にはひとつの光があって、おそらくそれはひとつの明かりで、おそらく男たちは闇でできているのではなく、確信はおそらく男たちの内面のそよ風で男たちはおそらく自分が持っている確信そのものなのだ。

ジョゼは式のあと、すぐには妻と話さなかった。手をつないでいくこともなく黙ったままモンテまでの道を歩いた。太陽と果てしない平原のなかをジョゼと妻は歩み、そしてその肌を汗がつたっていった。太陽と果てしない平原のなかでジョゼと妻は新郎新婦のいでたちで輝いていた。モンテに着き家に帰っても、ジョゼは礼服を脱がず、妻もドレスを脱がなかった。彼は黒い子羊の皮を肩にかけ杖をつかむと羊の世話をしにいった。彼女はぼろ布をエプロンのように巻いてすでに洗ってある二枚の皿を洗いにいった。夜は同じベッドで眠ったが互いに触れることはなかった。

ふたりは同じベッドで眠るのをやめなかった。なぜなら夫婦なのだし、夫婦はいつも同じベッドで眠るものだし、ベッドはひとつしかなかったし、そもそも寝室にはベッドはひとつしか置けなかったからである。しかし彼らはふたたび触れあおうとはしなかった。それは夏だった。まだ太陽と希望に満ちた日々が長かったように日々は長く過ぎていき、空はとても大きくひらけ、空と太陽とさらに希望の濃厚で素朴な青色で一面塗られていた。日々が過ぎるのは長く、ジョゼはそのなかでひとりの生まれ変わった男であり、穏やかな顔で未来を待ち、切望し、毎日毎日、次の日を切望するのだった。ジョゼの妻はあいかわらず物言わぬ悲しみ、あらゆる悲しみをたたえた深い井戸の悲しみを抱えて自分の家と金持ちの屋敷の手入れを続けた。そして、内側から扉を閉めて鍵をポケットに入れ、櫃のなかに閉じこめられた声を午後は毎日ずっと座って聞いていた。そしてそんなときには微笑みをもらすことさえあった。ジョゼは彼女が悲しげにしているのはわかっていたが、何を考えているのか見当がつかなかった。悲しんでいるのはわかっていたが、疲れているとか具合が悪いとかイライラしているとか、怒っているとか他人などどうでもよいとか悲しいとかだろうと想像していた。ジョゼは彼女が悲しんでいるのはわかっていたが、謎めいた沈黙に慣れてしまっていたので、彼女を変えようとは望まなかった。彼女をとても好きだった。ときどき、羊のなかから一頭を選んで、あるいは木々のなかから一本を選んで、妻の名前で呼んでみた。しかも大きな声で。そしてその名前が宙を漂って光のなかへと消えていくのを見ていた。野原でひとり、あの名前を繰り返し、一瞬それが宙に漂うのを見ていた。その名を繰り返し、ふとやめて微笑んだ。日陰に座りこんで微笑んでいた。

その夏の最後の晩に、十八のときから季節が変わるたび、その最後の晩にいつもそうしていたようにジョゼは盲目の娼婦の家に行った。「娼婦」という言葉は、このあたりを旅していた人が残していったもので、町に住む人たちが盲目の娼婦を名づけるために利用したものだった。へんてこで難しいその言葉は口のなかでもつれるが、町の住人は盲目の娼婦のことを指すときにだけそれを使ったが、非常に適切な言葉で、それは売春婦という言葉ではなかったからである。盲目の娼婦は売春婦ではなく、れっきとした女性で、盲目ゆえに悲しげではあったが、他にできることがなかったので自分の身体を許していたのだった。彼女の母親も彼女と同じで、彼女の祖母も彼女と同じだったが、彼女の曾祖母は気分屋の男爵夫人だったと言われていて、ワインの樽のあいだに娘を捨てたのだという。女の子だったから捨てたのだった。まだ自分の血で汚れた赤ん坊の彼女を見たとき、男の子だろうと思ってリスボンで買った産着などの一式も揃えていたのに、そうではなかったことに腹を立て、その赤ん坊の彼女を見たとき、初めて赤ん坊の彼女を見たとき、売女の顔をしやがってと言った。男たちが言うには、その祖母についた傷痕が盲目の娼婦の腹や背中にまだ残っているという。誰もが言うことには、トゲが彼女の祖母をめしいにして、そのまま身体の中にとどまって、生まれてくる娘はみんな目が見えなくなるのだという。盲目の娼婦の母は盲目だった。盲目の娼婦には盲目の娘がいた。一歳の娘でめったに表には出てこなかった。小さかったが可愛いく、盲目だった。盲目の娼婦は売春婦ではなく、ジョゼは夏の最後の夜に彼女のところへ行くのだった。女はパーリャ通りに住んでいて、軽く三回ドアをノックすると、もう彼を待っていた。わざわざ彼のために、石油ランプにとてもかすかな灯をともして、くすんだ明かりがしみになったような暗がりのなかジョゼの前を進み、寝室に入った。寝室のあいたドアからランプのかすかな光が一層弱々しく差しこみ、その光でジョゼはシーツを掛けて寝かされた子供の身体を見てとることができた。それは女の子の小さな身体で、髪の毛は黒く長く、まぶたが無かったが目玉の穴が開いていた。たぶん眠っているのだろう。ふたりは声も出さず物音もたてずに服を脱ぎ、女の子のそばに横たわった。セックスをして互いの身体を知りあい、互いの身体を自分のものにした。ジョゼは台所にあったたらいで身体を洗い、粗末な木のテーブルの上に金を置いた。夜道をモンテへと戻る道すがら、ジョゼは盲目の娼婦の目のことを考えていた。ふたつの穴はとても深くとても滑らかな鮮血の色をした肉だった。女の顔の血の色をしたふたつの穴。

次の日、十月一日に目覚めたとき、ジョゼは妻の目を見たいと思った。そして彼女が服を着るところを見たいと思った。横になったまま、彼女の腹部に注意が向いた。近づいて、腹のあたりを触ってみた。固い起伏はへそのあたりで盛り上がり、撫でるにつれて手もせり上がっていった。ふたりが見つめあったとき、朝の陽射しが寝室に差しこんできた。ジョゼは家畜の世話をしてから町へ向かった。姉の家の裏庭で父親のそばに腰を下ろした。午後をそんなふうに過ごして、いつともなしに、俺は親父になるんだ、と言った。ジョゼは一点を見つめたままだった。ジョゼの父も一点を見つめたままだった。そんなことにはお構いなしとでもいうように、午後は止まったようにゆっくりと過ぎていった。

俺は思う、おそらく男たちの内面にはひとつの光があって、おそらくそれはひとつの明かりで、おそらく男たちは闇でできているのではなく、確信はおそらく男たちの内面のそよ風で男たちはおそらく自分が持っている確信そのものなのだ。

その週にモイゼスは料理女と結婚した。どちらもすでに七十歳を過ぎていたが、ふたりとも多くの夏、七十以上の夏を越えてきたおかげで、それなりの気骨がそなわっていた。エリアスが兄の立会人になった。他の立会人は金で雇った。誰も招待しなかった。モイゼスと料理女は同じベッドで眠り、触れあっていた。冬になり、明け方にモイゼスがオレンジで一杯のかごを抱えて家に入ってくるとき、吹きこむ風も冷たく感じられるようになった。驚くほど器用に、片手だけを使って、エリアスはカルバリャル・オレンジの皮をむいて指で皮をはさんで、もう一本の指で実をはずし、別の指で実をおさえて房をひとつひとつ取り分けて見るからにうまそうに食べていた。料理女は双子をいつもよりまじまじと見ていたが、ふたりはべつに変だとは思わなかった。夕食がテーブルに並んだ、にんじんとトマトを切って細工した花がレタスのサラダの真ん中で花開き、咲いた花をレタスが取りまくさまは大輪の花に咲いていく、ひとつのつぼみさながらだった。大皿の上では、エンドウ豆の目にパンの髪の小さな女性が、パン粥の揺りかごのなかの子供に寄り添っていた。モイゼスは鶏の胸肉で形どられた小さな女性を食べ、エリアスは揺りかごと鶏のもも肉で形どられた子供を食べた。その夜、三人がうとうとしかけた頃、料理女は真剣な顔をして、あんた父親になるんだよと告げた。ゆっくりとモイゼスの無表情な顔に笑みがこぼれた。料理女の険しい顔にも笑みがこぼれた。そしてふたりとも、とうに七十を過ぎていることが頭をよぎることは片時たりともなかった。

＊2　オウテイロ・ダ・フォルカ：Outeiro da Forca、直訳すれば「縛り首の丘」とでもなるだろうが、ここは地名なのでカナ書きした。

到着したばかりの羊たちが貪欲に牧草を歯で食いちぎり、そこらじゅうがかきまわされ食いちぎられる音であふれるとき、俺は大きなコルクガシの根元に腰を下ろした。脚を伸ばすと、雌犬が憂鬱そうなまなざしで俺を見る。まなざしは物悲しくほんの一瞬しか続かなかったが、そのまなざしはすべてが終わると告げていた。毎日いつも帰っていくように、お前はモンテへ行くが、夜がよりゆっくりと過ぎていく気がするだろう、巣に帰る鶫の群れが空を飛んでいるのを肩越しに見て、その瞬間、鶫になりたいと思うだろう、引っぱって行かせまいとするかのようにブーツが重くなり地面が重くなるのが感じられるのだ、まなざしはそう告げていた。羊をモンテへ連れて帰る時間になっても、お前は大きなコルクガシのところから腰を上げたくなくて、手足を縮めていなくなったふりをしたり、地面に飲みこまれたふりをして、もう何も自分の責任ではないふりをしたいと思うのだ、とまなざしは告げていた。家の敷居をまたぐのが辛くなり、帳を下したばかりの夜を見つめて、夜がお前も黒くなり、夜に溶けあって、あわよくば、ひとつの星になれと誘うのを見るだろう、とまなざしは告げていた。

金持ちの屋敷の大廊下で、ジョゼの妻は櫃に閉じこめられた声の前に座ってそれを聞いていた。もしかしたら空は真水をたたえた大きな海で、俺たちは空の下ではなく上にいるのだ。天地を逆さまに見ているだけで、地面が空のようなもので、俺たちが死ぬと、死ぬそのときには、たぶん俺たちは落ちて空に向かって沈んでいくのだ。

雌犬が離れていったのは何か悲しい思いであるかのようだ。羊たちはまだ草の根元のところを噛んでいて、小さな羊は、他の羊たちについていけないので俺がいつも脇に抱えて連れていくのだが、忙しく母親の乳を吸っていた。小さな羊は身体がやせていて、毛は短く柔らかく可愛くて、朝のように甲高く可愛らしい声で目を閉じ、夢中で生ぬるい乳を吸っていた。毛を刈り取られた羊たち。いくつかのおとなしい群れに分かれ、地面の上で身をかがめるように、大地とほとんど一体になっていた。親父が羊飼いで旦那様のマテウス様がモンテの仕事に気を配っていた頃、マテウス様は羊に自分のものだというしるしをつけねばならないと考えた。男たちは声をあげて笑ったり、ニヤニヤしながら、丸のなかにrの文字のついた鏝を青いインクのなかに突っこんでは、次、次と言いながら、メエエエエと鳴く羊たちに印をつけていたのを俺は憶えている。吹きだしたりニヤニヤしたりしていたのは、羊の群れは他の群れと絶対に混じることはないし、群れが行く牧草地はすべてマテウス様のものだったし、群れが通る土地や小道や街道もみんなマテウス様のものだったからである。みんなが声をあげて笑ったりニヤニヤしたりしていた朝だった。ひとりの男の人生はこんなことの積み重ねなんだ、と思ったことを憶えている。空を見たのでそれを思い出した。コルクガシの葉のすき間に縁どられた空は、平原の上に広がるもうひとつの平原となり、ほんの少し丘をかすめてその向こうで途切れていて、太陽とその光を支えるだけでなく、その澄んだ表面で輝きを超えるものとなっていた。空は穏やかで澄み切って、限りなく透明に近いと言い切れるほどで、死に絶えたかのように穏やかで、その空の血が圧倒的なものでなかったとしても、その空の血が崇高なものでなかったとしても、俺たちの頭上で、そして俺たちの真ん前にまた俺たちの身体の内に、打ち消せないほど明らかなその血があって、たまたま俺たちがその血を見つめただけで、常に俺たちの血となることができ、また俺たちの人生を作っていくのだ。男たちが声をあげて笑い、ニヤニヤして羊に印をつけていた朝の空がよみがえる。空を見た。俺の目には悲しそうに見えた羊たちの、かつてあった印はもはやない羊たちの、その日の空を今、俺は思い出す。悲しい日の空、なぜなら、その日、俺はちょっとだけ死んで、自分の上に広がる空にほとんど別れを告げようとして、馬鹿げているかもしれないが、あの空に俺は別れを告げたのだ。空は哀れみをこめず嘘もつかずに俺を見て、かつて俺がそうであったかもしれないものについて、今の俺が何者であり何になりたくて、しかし、決してなれないのかを見せてくれる。空は雌犬の真実のまなざしのように、また母のまなざしのように、そして空がそうであるように率直である。

昼寝はしなかった。雌犬のまなざしがまた俺に語りかける、お前は沈黙のまま長い道のりを歩むことになると告げる。

八月が終わりつつあるその晩、町を歩いていくと、夜の下、家の戸口に座っている人たちは、びっくりしたような声で彼にあいさつし、姿が見えなくなるまで好奇の視線を隠そうともしなかった。背中に黒い子羊の皮をはおり使い古した袋を紐で肩にかけて広場に入った。身体には大男に蹴られ、石ころや大きなコルクガシの樹の突き出た根っこの上にひと晩放り出されていたため、まだ痛みが残っていた。ブーツには土がついていた。ズボンの布地の色はあせていたが、まなざしは太陽に染まっていた。胸には骨接ぎの包帯が巻かれていた。そして、シャツは汗まみれだった。広場に入り、雌犬がそのあとをついていった。彼がジュダスの店に入るとしんとなった。カウンターの片側には悪魔の微笑みが見え、反対側には身をかがめてはいるが頭が天井までつかえている大男がいた。男たちは散らばってばらばらになり、混ざりあい、どこからがひとりでどこまでがもうひとりなのかあいまいだった。男たちは店のあらゆるところにいて、ぼうっとした目でワインや樽の匂いのなかで息をのんだ。ジョゼは杖を置かず、袋も置かず、カウンターに近づくこともせず、大理石の表面の脈のような模様に触れようと手を置くこともなく、赤ワインの一杯を頼むこともなかった。人々の顔を炭でなぞったようなベールをまとった大男がジョゼに近づき、彼を突きとばした。広場で夜の闇にすっかり包まれて、ジョゼは大男に脚を蹴られて倒されるまで、それなりの時間立って持ちこたえた。店の戸口のところで悪魔は黙ってニヤニヤしていた。男たちは不定形の塊のように広場のあちらこちらに散らばって口を閉ざしていて、さらにしんと黙りこくっていた。大男は物音ひとつたてなかった。ジョゼは息をしていなかったか、あるいはしていても、そのかすかな息はしーんと静まり返ったなかでほとんど耐えがたいようなそよ風と区別がつかなかった。大男のブーツが倒れたジョゼの身体にめりこむ。大男のブーツが無防備なジョゼの身体にめりこむ。大男のブーツがジョゼのいないジョゼの身体のない身体にめりこむ。広場を取り囲む家々の白壁が夜で黒かった。大男は飽きて立ち去った。悪魔はニヤニヤしながら姿を消した。男たちはゆっくりとジョゼに近寄った。目が見開かれていた。太陽のようだった。ジュダスは赤ワインのグラスを指でつまんで、小指は宙に引っ掛けるように曲げ、店から持ってきて、彼の乾いた唇にかけた。中身の詰まった大袋か死体のように、たくさんの腕がジョゼを、その場ではジョゼは誰だか知るよしもなかったが、ある男の荷車に積みこんだ。骨接ぎの包帯がまだ胸をきつく締めていた。モンテへ向かって嵐のように夜を横切って、雌犬は荷車のあとをついていった。

小羊を地面に放し、錆びた針金を巻きつけて格子戸を閉めた。羊たちはバケツであけた水飲み場の新鮮な水に向かったり、ほこりのなかを行きたいほうへと向かっていった。ジョゼはほんの数メートル先の家へ向かって進みはじめた。そしてその短い距離にひたすら時間がかかり、ひたすら長く感じた。妻と妻を信じることが苦しみそのものであり、ジョゼのあらゆる苦しみがあの距離のなかに凝縮されていたのだ。そして、一メートル一メートルが何里もの長さの道で、その何里もの距離のなかで午後はいつまでも続こうとして、まるで男たちが疲れに打ち負かされたときにさえ死にたくないと望むように、男たちは人生の避けられなかった敗北のあとに、絶対に夜を受け入れようとはせず、日が暮れて昨日が明日が思い出になることを絶対に望まないように、男たちはその肉体に対する大地の勝利のあとに思うように動かすことのできない肉体や、暗黒の夢のなかで自分たちに残された、その空間のなかで役に立たない両手や、果てしない孤独の暗く冷たい壁を前にして歩くのを拒む両脚を絶対に受け入れようとしないのだ。ジョゼが家へ向かって歩き出すと、褐色の空で鶫たちはかまどの火のようではなく森林の火事のように大きな口を開けて木の幹や細枝や乾いた葉っぱや空までも飲みこむ勢いのように見えた。午後は少しずつ消え入るようにジョゼの内部やものの中心に入ってきた。つまり、屋敷の白壁のなかとか、あたり一面果てしなく広がる平原や、雌犬のまなざしの影のなかに。ジョゼが進むと午後が彼を包みこみジョゼは午後の上を進んでいった。そして、時間の形が歪みはじめる、というのもジョゼがその数メートル進むのにかかった時間は静脈を流れる時間よりも、つまり心臓の鼓動のあいだの静けさの時間よりも大きかったからである。それは止まった時間だった。止まっていたのだ。息絶えることを欲しない午後のなかで、止まったまま飛んでいる鶫や小鳥たちと空が止まったまま通り過ぎていった。それは苦しみのなかの死に絶えた時間だった。長い時間がたった。その長い時間のあとでジョゼは家が自分のほうにやってくるのを見た。とうとう夜になった。ジョゼはドアの前にいて、なかに入った。

ついさっき火をつけたばかりのテーブルの上のランプの灯心からかすかではあるが、はっきりと石油だとわかる匂いが漂っていた。黒い水のように細長い影をレンガの床の上に散らして、その一点の灯りの下でジョゼの妻は息子を胸に抱いていた。コーヒーを混ぜるスプーンでスープを与えていた。ジョゼに視線を向けることはしなかった。子供は胸元に皿を拭く白い布を襟元から挟んで、父親に向けてたくさん笑った。ジョゼの曇った顔は笑っているような泣いているような間の抜けた表情で固まっていた。生まれて六か月と二週間の子供は、生まれて六か月と二週間では苦痛に疲れ切った男の沈黙を理解できる者などいないだろうから、子供はおかまいなしに子供らしい目で父親を見ていた。ジョゼは力なくその身体にそって両腕を伸ばし、両手の指もひらいたままだった。ジョゼの大きくくたびれた両手は、両目を閉じて日なたに座っている日に焼けたふたりの老人のようで、太陽と乗り越えてきたすべての死のみを感じていて、かつては人間だったそれらの顔は地面の下に埋められていて、大地の下にある夜の長さと離れ離れになった死者たちの上に覆いかぶさる大地の広大な距離であり、それがジョゼの打ち棄てられた手のなかの大地の重さだった。妻の目は黒い石でできていて、玄武岩かもしれないが、冷たく完全にまっすぐな線を描き、本質的なものの上に悲しげに向けられるのだ。髪が軽く乱れていた。そして、ジョゼはその美しい妻の髪を愛撫して、お前、と声をかけたい衝動にかられた、お前、と言って手の平だけでやさしくそよ風のように彼女を撫で、そして指を、指は指先を髪のなかに、ジョゼがお前、と声をかけながら、お前、と言いながら、そっと髪のなかに指を通してやさしく撫でたかった。そして、ジョゼのなかには何もかも頼れるものがなくなったという絶望的な苦痛があった。確信を失った人間は人間である意味をほとんどすべて失っている。まるで肉のない身体のようであり、まるで思考のない概念のようであるのが確信が抜けてしまった人間なのだ。確信のない人間で抜け殻の人間である。ひとりの男の皮が知らない女と、男に向かって微笑む知らない息子の前にいたのだ。子供の髪はジョゼと同じ巻き毛だった。ほうれん草のスープをパン粥にして、スープを飲むことが一大事であるという様子で食べていた。よく食べていた。そして微笑んでいた。背中を丸めて妻は息子の食欲を誇らしく思う母の気持ちなどには頓着せずに、まるでそこにいないかのようにスープを与えていた。黒い水のようにレンガの床の上に長い影が広がっていた。杖も、ロープで肩に結びつけた袋も置かず、背中にかけた黒い子羊の皮を脱ぎもせず、何も言わずにジョゼはまっすぐ町へと向かって出ていった。

妻よ、お前の白い肌は俺が過ごしたいと望み、そして拒まれた夏だった。道は間違ってはいなかった。俺を誤らせたのは光と朝ごとに繰り返すくもった瞳だった。一日じゅう、野原を駆けまわり、広げた両腕の長さで畑の大きさを測る、かつての自分のような息子になる夢は叶わなかった。お前の夫や、お前の顔の表情のなかにあり、そしてお前の、つまり俺たちの息子のなかでかつて俺がそうであった息子になるという夢は叶わなかった。やりなおすための朝などもうないことは今はわかっている。記憶のなかにある朝から新しい日々を作り上げることなどできない。俺はこれらすべての星のうちのひとつから、お前を勝手に思い描いたのかもしれなかった。ひとつ星を取ってその星に七月の朝を与えてやりたかった。家の前で七月の素晴らしい朝、母はおいしい昼ごはんを作り終え、すると父が戻ってきて、ふざけ半分に、昼の用意はまだなのかと文句を言い、子供の俺は地べたに座って、たぶん地面に穴を作っているか、あるいは紙の馬で遊んでいたのだ。紙の馬をひとつ持っていた。お前に話したことはなかったし、話したことなどほんの少しだったが、紙の馬を持っていた。一緒に遊んだし、かわいかった。そいつのことがすごく好きだった。とっても、とっても好きだった。父が本格的な包みにくるまれていた、それを持ってきてくれたとき、紐を解きはじめるのももどかしく、急いで開けたかった。小さな耳が立ち、きらきらする目のそれを見たとき、それを前に固まってしまった。一週間のあいだそれが自分のすべてだったんだ、信じられるかい、紙でできた素朴なあの馬が一週間のあいだ俺のすべてだったんだ。でも、ある土曜日に外に置き去りにしてしまった。何かで父に呼ばれ、母にも何かで呼ばれ忘れてしまった。信じられるかい、紙の馬を裏庭に忘れるなんて、どうしてあんなことをしてしまったのだろう、どうして思い出さなかったんだろう、どうして人は自分が大切にしているものをそんなふうに忘れるんだろう、紙の馬を裏庭に忘れて、どうして眠れたんだろう、どうしてシーツを口元までかぶって眠ることができたんだろう、どうして簡単に眠ることができたんだろう、紙の馬を裏庭に忘れてしまったんだ、信じられるかい。そしてその夜雨が降った。日曜の朝、稲妻に目を突き刺され、雷鳴が胸のなかで響いているような思いで目を覚ました。紙の馬は、俺の紙の馬はという思いで裏庭へ駆けだした。パンツとシャツのまま台所を突っ切り、裸足で駆けぬけ、きれいな水溜りと湿った土のあいだ、空中にしたたる雫のついた木の葉のあいだの下に紙の馬は裏庭で置かれたままの場所にあった。ぐちゃぐちゃに形がくずれた紙の山になって、ダイヤモンドのような悲しげなふたつの瞳がまだ見分けられ、滲んだインクが地面や石を染めていた。その前にしゃがみこみ、俺は泣いた。あの朝、俺は泣いた。そこから俺自身を引き離したのは父だった。お前や俺たちの息子、そして俺自身のために雨のない紙の馬を与えてやりたかった。避けることのできない過ちから自由の、手の届かない詩的な純粋の愛の世界。お前と俺に過ちなどなかった。俺たちが生まれて存在していることそのものを責められているのだ。だから、かけっこのゴールは断崖なんだ。走者は勝たねばならないが、目指すゴールは断崖絶壁なんだ。あるいは俺たちの上に吊り下げられたナイフ、いつ何時でも理由もなく俺たちの背中に突き刺さるナイフ、ときどき俺たちが見あげるとそこにあっていつでも落ちる準備ができていて、いつ何時でも理由もなく落ちることがわかっているナイフなんだ。背中に突き刺さったナイフは俺たちが苦しむための、つまり俺たちを苦しむように仕向けるためなのだ。こんな運命を選んだんじゃなかった。どれも同じではないかと思っていたが、選んだ道はやはりどれも同じだった。道など選んでいなかったし、これも選んだ道ではなかった。俺を町に戻らせ、ジュダスの店に戻って悪魔のうわべだけの微笑みを見るようにさせるような、この夜だって俺が選んだわけじゃない。この夜は俺の歩みとともに過ぎていき、俺をせきたて大男のもとに俺を戻らせる。そして、お前は俺が望んでいるんじゃないことを十分よくわかっているだろう、それはお前が自分の名前や他のあたりまえなことをわかっているのと同じで、俺が望んでもいないし、自分から進んでするわけじゃないことはわかるだろう。確かに俺は行くことになるし、俺は自分で進んでいくし、俺を見たやつは自分の意志があると思うだろう。俺の歩き方はまさしく俺の歩き方だ。進んで選んだわけじゃなく、望んでもいないが、いやいや進んでいくわけじゃない。行かないことは無理だとわかっている。行くしかないのだ。行かないのは無理だ。それしかない。雌犬が俺のあとをついてきて、一歩一歩をゆっくりと噛みしめるような俺の足取りの合間に雌犬の短い足が見える。暗がりのなかでも蝉たちの声で平原の広さがわかる。俺は思う、人生はひとつの罰で、過ちも罪もないのに受ける罰、そして救われることのない罰である。人生は妨げられることも認められることもない罰である。お前がこの夜を俺の目のバルコニーから見て、この千を数える星の森のなかへ入るところを思い描き、この星たちは大地を照らすほどではないが、周りの空の小さな円周を照らす。お前が小さかった頃、お前の父さんが、お前を眠らせるために歌って午後には煉瓦焼き場で口笛で吹いていたあの歌でお前がこの子を揺すって寝かしつけるあいだじゅうに俺の話を聞いてくれることを心に描く。

息子よ、そのお前の微笑みの意味を教えてくれるようなそよ風がちょっとでもあれば、そして、俺の沈黙の意味をお前を苦しめずに教えてくれるような、もうひとつのそよ風もあったなら。お前の唇のしぐさや目の表情を憶えて、お前が俺の年になったときにお前にそれを教えてやりたい。俺もかつてはお前のように無邪気な存在だった。そして、そこから俺に残ったのは馬鹿正直に信じてしまうことで、お前が遊ぶための空を与えることができ、人生は自分たちが望むようになると信じてしまった。つまり、俺たちが望んで、がむしゃらに頑張って働きさえすれば十分で、そうすれば欲しいものを得ることができるというふうに。大げさなことやきれいな服とか乗り物とか俺は言わないが、おいしくて味つけのよい食べ物とか、万が一お前が雨の夜裏庭に忘れたとしても大丈夫なように新しい紙の馬とかをあげよう。微笑むお前の目の幸せがお前の母親の目や俺の目にも反映して、そしていつまでもそのままお前の目のなかで続いていくと俺は信じていた。俺はたくさんのことを信じたんだ。わかるか、俺は町に近づきつつあるが、俺を待っているのは少しだけもっと死ぬことなんだ。できることなら、お前に知られたくはないが、残念ながらそれさえ俺は隠すことができないのだ。なぜならいつの日か、誰かがお前にお前の生い立ちを話すとき、星の夜、お前の父親は町へ行って、殴られたんだと言われ、さらにその数日前にも野原で殴られていて、胸を包帯でぐるぐる巻きにされながら、何が待っているのか知りつつも歩いて町へ行ったんだと言われるのだ。その道すがら俺がお前のことを考え、お前に秘密を話したとは言わないだろう。そいつらにはわからないだろうから、お前の父親がお前のために進んでいき、お前のあの父親がお前に与えたいと夢見ていたことのいくばくかでもお前のもとに残るように、そしてより強いものから、いつだっていつも、より強いものから少しでもお前を守るためにそうしていた、とは言わないだろう。お前の父親は一発殴られ、さらにまた殴られたと聞かされ、お前は俺のことを恥じるだろう。年月がたてば俺が確かだと思ったけれども、決してそうではなかったことのすべてが消え去り、ただ起こったことのみが残るだろうけど、結局はそれさえも消えてしまうのだろう。年月がたって俺が消えていくのが、お前にもわかるだろう。それを俺は悲しいとは思わない、なぜなら、そうだろうということはずっとわかっていたからだ。だが、お前を決してひとりぼっちにしたくはなかったということだけは言っておかなければならない。そうなったとしても、そうしたかったからじゃないんだ。明るくて自由な幼い愛しい息子よ。今、俺は町に入った。人々が俺を見て、聞きとりにくい声のこんばんはが響く。お前は幼すぎて俺が言いたいことのすべてを理解できないとはわかっているけど、せめて父さんという言葉、何よりもまして、せめて父さんという言葉だけは憶えていてほしい。俺はお前に俺の目を見つめていてほしい、たとえそのときには、そのずっと以前に俺が消えてしまっていて、大地とその孤独を分かちあっていたとしても。今、この夜に俺がお前のために想っていることを見つけて理解してほしい。俺は今広場にいる。店に入る。カウンターの一方の端で悪魔が微笑んでいる。もう片方の端では大男が頭を天井につけ、かがんでいる。

きのう荷車の通る音が聞こえたのは真夜中のことでわしは寝室の窓から顔を出した。パウロのせがれがジョゼを運んでいた。下着のシャツと股引にブーツをはいて、外へ出て今度はどんな具合なのかを見た。手押し車で野原から運ばれたときのように目を見開き、身体は殴られてボロボロだった。見たところ血は出ていなかった。パウロのせがれにそのまま行くように促し、親父によろしくなと言った。寝室の窓から荷車がジョゼの家に着いて、ノックもしないうちにジョゼの妻がドアを開けるのが見えた。びっくりしたようにも心配しているようにも見えなかった。黙ったままだった。彼女が腕の下あたりを支え、パウロのせがれが足を持ってジョゼの身体を家に運んだ。荷車はガラガラと鉄の車輪を鳴らし、石に当たって火花を散らし、年の割には速く進むラバたちに引かれ町へ戻っていった。ジョゼの妻はドアを閉めに出て、わしは明かりを消していたが、闇の向こうも見通すか、あるいは雌猫の目を持っているかのごとく、わしのほうを見て、ドアを閉めた。

今日、モイゼスとエリアスと料理女の家に行ったとき、三人のうちまだ誰も起きていなかった。ドアをノックして、声をかけ、もう一度ドアをノックしてから、部屋に閉じこもって、ものを書いている男の家の玄関口に腰を下ろした。四十ぐらいの若いのが通りかかったが知らん奴だった、というのは生まれたり死んだりどっかへ行ってしまった連中とか、あいつやこいつの息子や孫とか、あいつやこいつのひ孫や玄孫とかいった勘定をもう忘れているからで、そいつらは確かにわしの知り合いだったし、そいつらは確かにわしが一緒にコマをまわしたり、落ちたオリーブの実をたくさん拾った連中だった。若いのがひとり通りかかったが、そいつにお前は一体誰の息子だとか、お前は一体誰の孫だとか、お前は一体誰のひ孫だとか尋ねる気にもならなかった。若いのがひとり通りかかって、わしに丁寧にあいさつし、囁くような声で、ジョゼにあまりすぐには町に戻らないよう伝えてくれと言うのだった、というのも悪魔が彼をまたいじめてやろうとしているからで、悪魔は彼に憎しみをつのらせていて、また苦しめようとしているからだと言うのだ。どうしてそんなことを知っているのかとは、その若いのに聞かず、ただわかったと答え、伝えておくよ、と言った。若いのが水場の水のちょろちょろと出る蛇口のあたりを通り過ぎた頃、兄弟の家の玄関の錠がまわる音がした。寝ぼけた料理女だった。時季外れのエンドウ豆のひと袋を渡して、なかに入った。兄弟はコーヒーを飲んでいるところでおしゃぶりの形をした妙なビスケットをかじっているところだった。エリアスにしてもモイゼスにしても薄くなった白髪が乱れていて、娘のせいで眠れないんだと言ったのはモイゼスのほうだった。エリアスはモイゼスの耳に囁き、囁かれたほうがわしのほうを振り向くと、あの子は夜は寝ないくせに、今、見にいったら気持ちよさそうに寝てるよ、と繰り返した。まったくいつもそうなんだ。料理女の家は大して広くはなかった。台所が大部分を占めていて、炉には火を絶やすことなく、周りには鍋や手洗い、テーブル、流しがあり、ほうろうやアルミ、銅のものまで、ありとあらゆる鍋や深鍋が壁を埋め尽くしていた。台所には裏に通じるドアがあり、モイゼスはその畑をいつも肥料たっぷりの元気なキャベツ畑にしていた、というのも彼らはそこで用をたしていたからだった。みんなで寝るベッドの大きさの割には寝室は狭く、ベッドと洋服だんすのあいだに小さな揺りかごが押しこめられて、さらに狭くなっていた。寝室の一方の壁は窓のない部屋に閉じこもって、ものを書いている男の家と隣りあっていて、モイゼスによれば、夜、娘が泣くことを忘れているときや力を回復しようとちょっと休んでいるときには、万年筆で紙に字を書く音が聞こえ、隣人が何ページもの紙をしわくちゃにする音が聞こえ、ときには、ペン先をとても心地よさそうにインクつぼに浸す音さえも聞こえると言うのだった。寝室のドアをほんの少し開けてみると本当にモイゼスの言った通りだった。娘は、何もかけず満足げに大人のように眠っていた。その大きくてまん丸い頬が規則正しく息を吐き、肉のたっぷりついた腹は突き出ておむつの上でふくらみ、しわがたくさん寄った両脚は開いたまま投げ出されていた。そっとドアを閉め、弱り切った顔の兄弟のほうを見た。料理女は料理をしていた。モイゼスが言うには、娘のことは大好きで、この子を見ているときは、まるで太陽を見ているみたいなのだが、三か月になった頃から丸ひと晩眠れたためしがないのだそうだ。エリアスはゆっくりと頭を横に振り、それを認めた。ふたりとも目のふちが黒くなって眼窩がくぼみ目が穴の奥に落ちこんでいるように見え、目をしょぼしょぼさせていた。料理女の妊娠中は、誰もが双子だと思い、ひょっとしたら同じようにくっついているかもしれないと思った。だれもがそう思ったわけは、料理女の腹は妊婦の腹ふたつ分よりも大きく、九か月目に入った日には、そのなかには三歳の子供がひとり、あるいは憶測が認められるとするならば、一歳半の子供がふたり入るほどだったからだ。そんな前代未聞の腹にもかかわらず、料理するのは決してやめず、自分のために望むままのごちそうを作っていた。焼きイワシのメレンゲや鳩のカステラ詰め、家畜の睾丸のゼリーなど。*3 冬半ば、料理女の腹は七か月で、皆が寝ていると、押し殺したような叫び声が寝室に響きわたって、みなが起された。そこで、毛布に覆われ山のようになった腹のなかから聞こえてくると気づいた。料理女が声がすると言い、腕で腹を抱えて、かすれ声を合間に交えて、歌を歌うと、やがて静かになり眠ってしまった。破水した日に料理女は太陽の下の雌狐さながらにあえぎはじめ、兄弟は産婆を呼びにいったとのことだった。すると産婆のほうは、大工の作業台で棺桶を作っていた自分の夫を呼んだ。とても年寄りだし双子に違いないから、死ぬに決まっているわ、と産婆は小声で確実に失敗するものと決めこんで言うのだった。出産は十二時間以上長引き、午前の半ばから料理女と兄弟の家の前には人が集まりはじめた。昼食後には、人だかりが部屋に閉じこもって、ものを書いている男の家の玄関まで達した。夕食後には、人だかりが通りの端の水汲み場まで達した。産婆は、ほとんど何もかもひとりでやってしまった料理女の頑丈さにかなり驚いていた。兄弟の家の前の道にはほとんど町じゅうの人全員がいて、賭けをしたり討論したりしていると、モイゼスが娘の重さに苦労しつつ抱きかかえ玄関に出てきた。真っ赤な顔をして、十一キロありこんなに丸々とした子供は町でも見たことがなかった。目を開けて、世界を見て驚いた様子で生まれたのだった。待っていた人々は手を叩き、歓声や叫び声をあげて娘と産婆とモイゼスとエリアスを胴上げした。パーティーになったが、次の日は仕事だったので夜明け頃までは続かなかった。料理女は疲れきって寝室で眠っていた。

昨日、私がもうたらいを準備してお湯を火にかけていたときに、ジョゼを載せた荷車が着いた。彼を荷車から降ろすのを手伝った。見た目には血が出ていないので少し驚いた。運んできた男は弁当の袋と杖を私に手渡して去っていった。ガブリエル老人が自分の家の窓から私たちのことを見ていた。百いくつになるというのに、まだ自分に関係ないことに興味を持っている。ジョゼの服を脱がせ、骨接ぎの包帯は取らないまま、私にできる範囲内でたらいになんとか押しこんだ。首はぐらぐらして、両手両足は床に伸び、身体はたらいの形に沿って曲がり、目だけに光というか、命の場所を保っていた。お湯が生ぬるく、ちょうどいい温度になったので、鍋の中身を彼の胸にあけた。するとお湯は太い筋になってほとばしり、ぬるま湯の小さな流れが空中で曲線を描いてから身体の上を進んで支流に別れ、湖になり貯水池のようになった。彼を、そしてその肌を洗った。両の手の平に水をためて胸や背中にかけた。足や肩に石けんを滑らせ、肉の隆起が私の指先をなぞっていった。彼を、そしてその身体を洗った。顔をタオルでくるむと、安らかでより穏やかな顔の輪郭がふたたび現れた。タオルを取って彼を包んだ、おそらく抱きしめたのだろう、なぜなら、私の腕のなかに、つまり私の乳房のあたりに彼を感じたからだ。ベッドに寝かせたけれど、もし彼の目が内に秘めた物思いにふけるように見開かれていなければ、私もほっとしただろう。子供は安らかに眠っていた。私も安らかに眠った。

今日は朝に私は自分の仕事をして、彼は動かずに深い不眠のなかか、あるいは深い眠りのなかにいたままだった。子供の世話をしてちょっと遊ぶと、また眠くなったのかベッドに寝かせてやった。火のそばにまだたらいがあったので、私はこの子が生まれてひと月後に身体を洗ったときのことを思い出した。それは妊娠後初めての生理のときで、そして、その最後の日で、血が布きれのなかで小さくなって、何もなくなるまで小さくなって、日が暮れるときに私は身体を洗いたいと思った。たらいを満たして、立ったまま自分の身体にお湯をかけていった。熱いけれどさわやかなお湯は私をきれいにするきれいなお湯。その日も子供は眠っていた。耐えきれずに私は腰を下ろした。たらいの外に腕、両脚、髪を伸ばし、目を閉じてじっとしていた。身体のなかの幾千もの軍隊がやっと休憩して、心地よさのなかで息をするのも止めてしまった。裸で、カーテンを通る蜜のような月の光に照らされていた。身体のなかでは男たちが仕事の手を休め、くわを置き、ラバたちは一日じゅう荷車を引いたあとに戻ってから初めてひと掴みのまぐさにありつき、掘り返された大地は夜の休息のなかにようやく秩序を見出していた。水のなかでゆっくりと私の垢と血の熱さが溶けていった。そしてゆっくりと私は自分を取りもどした。

兄弟のまなざしの長い沈黙を捉えて、わしは前の晩にジョゼに何が起こったか話した。ふたりとも視線をそのままに黙ったままだったが、料理女が、理由のはっきりしない色恋沙汰の恨みで二十年以上もわしと口を利かなかった料理女が、その恨みを乗り越えて、かまどから振り向き、こう言った、ジョゼはいつもいい子だった、夜に時間があるときは私と一緒に屋敷の庭でおしゃべりをしたり、畑で香草を見つけたら台所に持ってきてくれて、私はクミン、タイム、メグサハッカ、イタリアンパセリを全部子羊の煮込みとビーフステーキに入れたものだった。でも、あの子が結婚したあれときたら、あの子が結婚したあれときたら、と言って、その声はぶつぶつと聞き取れなくなり消えていった。わしは料理女の声に本当は驚いた、ずいぶんと老けていたのだ。

　圧搾所はそこから遠くはなかったので兄弟とともに万事順調かどうか見にいった。行き帰りに話したのは大したことではなかったので、もう憶えていない。戻ると、昼食ができるところだった。わしらは席に着いた。食べたのは上空から見た町を細部まで忠実に再現したものだった。真ん中に広場、通りや白い家々があった。どれももっとも小さな部分まで細かく、地面や岩は豚の赤身を型で抜いたもので、土ぼこりはこしょうで家はマッシュポテト、屋根は赤ピーマン、家々の煙突からは本当に煙か湯気が出ていた。娘が目を覚まして、昼ごはんを食べているのも見えた。料理女は娘のために粉を練ってばかでかい熊を作り、それは縫いぐるみのように見えた。最初、両足を食べ、それから両腕を食べ、それから胴体、頭、そして最後にげっぷをした。

　町を出る前にジョゼの父に会いにいった。娘の家の裏庭で死んでいるようなジョゼの父は鶏小屋の前に座って生きていた。生きているとわかるのは、胸がゆっくりと上下に動いて、自分のものではない呼吸と連動しているからで、それは彼が自分の呼吸をずいぶん昔に放棄してしまったからで、彼にはそれは何年にも思えたかもしれないが、というのもジョゼの父は死んだ人間で永遠のなかで止まっていて、永遠のなかで終わりもなく始まりもなく、一瞬が永遠であり、永遠のなかで過ぎていく時間は永遠を積み重ねたものだったのだ。わしは彼のそばに座ったが、あらぬところを見つめるその忘れられた視線からジョゼの父親は死んでいるのだとわかった。もう誰もあんたにひどいことはしない。あんたがいる場所では沈黙は苦痛だ。あんたは決して人生から逃げなかったのだから、苦しみから逃げることもなかったのだ。死の哀しみはわしらの肩にのしかかるけど、友よ、それから逃げる者がその最大の犠牲者になるんだ。わしらふたりにはわかる。今や、あんたはもう休むこともできまい、抗うことのできない死の底の果てしない内側に引きずりこまれてしまったから。あんたは引きずられて、もっとも深いところへ落ちていく。あんたの身体、伸びた両腕、開いた両手、崩れそうな姿勢で固まった両脚、曲がった背骨、どこを見るともないまなざし、驚いたような顔、それらがこの裏庭のわしの前にあるけれど、あんたはここにはいないのだ、ああ友よ。かつては強かったあんたは今日はもっとずっと強い、なぜなら死の門を通り過ぎ、絶望の庭に入りこみ、夜明けに暗闇が消えることのない場所にいるからだ。あんたはひとりきりで夜に行くことしかできない道を進んでいる、なぜならわしらには誰でもひとりきりで夜に恐怖を抱えながら、それを越え、それに包まれて通る門と庭があるからだ。あんたは死んでいて、死のなかで自分は死んでいるとわかっている。わしらはふたりともわかっている。あんたが希望という言葉について思い描いていたものは意味を失った。希望などないのはわしらがあまりにもちっぽけであまりにも取るに足らないものだからだ。わしらは大火事を前にした一本の松の葉で、地震の前のひと粒の土で、嵐の前の一滴の夜露なのだ、ああ友よ。世界はジョゼの父を閉じこめジョゼの父がその内側に閉じこめている世界などおかまいなしに続いているのだ。ひよこたちが哀しげな声でピーピーと細かい雨のような音を立て、雌鶏たちは鳥らしい苛立ったような声で鳴き、雄鶏がときおり雄叫びを上げる。日陰だったが、太陽は燃え焼けつくようだった。裏庭の塀で囲われたなかで太陽は小さな穀物畑の跡地のようなところで灼熱の濃霧を立ちのぼらせていた。言葉は何かを言うにはもっともふさわしくない方法なので黙ったまま、わしはジョゼの父を見て、彼が私の話を聞くことはできないとわかっていたが、あんたの息子の具合はとても悪い、苦しんでいるんだ、と言った。それ以上は言わなかった。それは言うべきことが尽きてしまったからではなく、たとえ言葉を尽くしたとしても、言うすべがなかったからである。苦しんでいると言うときにそこで言われることの全部を言い表わす手立てはないのだ。

午後が力を失っていく。ようやく窓を通していくらか光が認められるくらいだ。私は陰のなかで家を取りもどした気分だ。ジョゼはそのままだ。私にシーツをかけられて、私に二個の枕に寄りかからされて、起き上がる前に座っているかのように、ジョゼは目を見開いたまま、まなざしで世界を飲みこもうとするかのようだった。台所の床の上に敷いた毛布の切れ端の上で子供が木のスプーンで遊んで静かにしている。あんなふうに穏やかでいられたらどんなにいいだろう。私のなかでは午後は力を失わない。私のなかでは日が燃えさかり午後の終わりはやってこないだろう。毎日毎日が燃え続けるという確信がある。毎日毎日私が尽き果てるまで、そしてそのあとも、八月も夏の盛りも毎日毎日燃え続ける。毎日毎日、永久に夏は真っ赤に焼けた鉄のミキサーのように私を焼いていくのだ。これは私のなかにある確信だ。ドアを開けたまま子供が見えるようにして庭へ出る。じょうろを満たして幾筋もの水を花に振りまく。こんなふうに水を浴びるフョウになれたらどんなにいいだろう。こんな水が、本当に冷たくてこんなに本物の、そんな水が私の葉っぱや茎を流れ私の根っこやつるを浸すことがきっとあると信じて、暑いときに耐えるフョウになれたらどんなにいいだろう。午後が遠のいていく。ガブリエル老人は坂道を登って、あそこに現れるだろう。午後が遠のいていく。平原は多くを見すぎて年老いている。空への使者として放たれた小鳥たちの命を知っている。暑さのあとでも歌えるようにその地表のなかではぐくんでいる蝉たちの命を知っている。慈悲深く許し、葬ってやる人たちの命を知っている。ここから見えるコルクガシの木々は地面ぎりぎりまでよじれ、根っこで感じる涼しさを幹のすべてに、樹液のすべてと先端の枝のすべてに求めているようだ。断罪された者たちのように地面すれすれによじれ、太陽が子供の柔らかい肌を焼くように、コルクのかさぶたを作るのに不満をもらしているようだ。薄いトタン板のじょうろの小さな穴から分かれて流れる水の下に指を伸ばしてみる。ガブリエル老人が坂道を登って、あそこにやってきている。こんにちは、と私に言う。彼のほうを見る、それが返事だ。ことわりもなく家の開いたドアから入ってくるが、それはジョゼがいるときは、決してことわったりしないからだ。子供は彼のほうを見て止まり、彼は子供のほうを見て止まる。百歳を過ぎたひとりの老人と世の中のことを何も知らないひとりの子供。世の中のことを何もかも知っているひとりの老人と六か月の子供。じょうろを置く。寝室の窓に近づく。遠くから老人が藁の椅子に腰かけるのを見る。寝室の窓に近づく。私は壁に身体を寄せ息の音すらたてない。ふたりは黙っている。壁に寄り添ったまま、目の前の閉めきった屋敷のほうを見つめ、空気が入ってジョゼの頑固さを吹き払ってくれないかと少し開けた窓越しに耳をそばだてるとふたりとも黙っているのしか聞こえない。鳩たちが飛ぶのをやめて、屋敷のひさしに止まり、そこから壁に貼りついた私を見ている。ガブリエル老人は午後の終わりを叫ぶ多くのものたちの沈黙を破り言葉をつむいで、これからしばらくは町には戻るな、また行くんじゃない、悪魔がもう一度お前にちょっかいを出そうとしている、お前を嫌っていてちょっかいを出そうとしているとわしは聞いた。わしに敬意を払い、顔を立てる気があるのなら、また町には行くな。あの哀れなお前の親父のために、お前をとても愛していた母親のために、ここにいるお前の息子のために、町に戻るんじゃない。何としても一、二か月はやり過ごすよう頼む、とにかくここからしばらくは町には戻るな、と言った。

平原に囲まれたこの街道を歩きながら、わしは死に囲まれたジョゼの父親のことを思う。夜のような死の平原。夜のような、つまりあたり一面が昼間だとしても、物事の輪郭を照らし出す、このあやふやな光。この平原。それにこの大地全体が、その上に横たわって全体を覆い隠せるくらい自分が大きくなりたいと思わせる。平原全体が時間を超えている。深い悲しみのなかのこの平原は、自分自身の果てしなさに埋もれてしまっている。畑で働く男たちを乗せた荷馬車がわしのそばを通り過ぎる。疲れた様子でやってきて、表情にほんの少しこの平原を映している。わしに敬意を払い、すれちがいざまにあいさつするために身体の力を振りしぼる。ありがたく思い、わしもあいさつする。明日、朝早いときに奴らはまたこの道をたどるだろう、何度も何度もたどるので、いつの日か午後の終わりに戻っていく先が家なのか、明け方に畑へ戻るのかわからなくなるだろう。わしの行くところ、行こうとするところに平原がついてくる。コルクガシやトキワガシが後ろに過ぎていき、別のコルクガシやトキワガシが代わりに現れる。わしが目をやったところには、しなびたコルクガシの若木が伸び、ほんの数メートル先では、巨大なコルクガシになっている。歩いて、モンテに近づく。上り坂に着いた。道のたくさんの石を足の裏に感じる。石の年齢を足の裏に感じる。ジョゼの妻は奥様が好んで世話していた小さな庭で水やりをしている。こんにちは。ジョゼの家のドアは開いていて、私はなかに入る。彼の息子が、枕を背もたれに毛布の切れ端の上に座り、とても小さな手に木のスプーンを握っている。子供とは思えないほど、強くわしを見つめる。一人前の男になるだろう。寝室では、ジョゼの大きなまなざしはみなしごがみなしごになった瞬間のものだった。彼の前に腰を下ろす。彼の内側を見ようとしてジョゼを見つめるが、わしを通さない柵があり、まるで閉ざされた夜のカーテンのような黒い壁がある。外では、ジョゼのかみさんが今壁にもたれかかっている。それがわかるのは、彼女が見えたり、わずかな物音が聞こえるからではなく、壁越しに彼女の存在を感じたからで、彼女の聞こうとするかすかなざわめきを聞いたからで、それは音をたてずに何かをすることなどできないし、もし十分に注意深くこういうことがわかるくらい十分に生きていれば、その音が判別できないということはないからである。ジョゼはそのままだ。わしの言葉を聞いてわかってくれないかと思い、これからしばらくは町には戻るな、また行くんじゃない、悪魔がもう一度お前にちょっかいを出そうとしている、お前を嫌っていてちょっかいを出そうとしているとわしは聞いた。わしに敬意を払い顔を立てる気があるのなら、また町には行くな。あの哀れなお前の親父のために、お前をとても愛していた母親のために、ここにいるお前の息子のために、町に戻るんじゃない。何としても一、二か月はやり過ごすよう頼む、とにかくここからしばらくは町には戻るな、と彼に言う。

＊3　メレンゲやカステラ、ゼリーなど、現実の世界ではデザートであるが、これをイワシや鳩などの材料と組み合わせて奇抜な印象を与えている。

人々は世界の小さな一部だが、俺には人々は理解できない。彼らがやっていることもやっていることの直接の理由も知っているが、それを知っているということは目に見えているものを知っているということで、つまり何も知らないことだ。俺は思う、おそらく人間は存在し、人間であり、たぶんそのことに何の説明もないのだ、おそらく人間は自分たちが内に含む無秩序の上の混沌の断片で、おそらくそれが人間を説明するのだ。俺のまなざしのなかの太陽のなかの太陽に太陽があったけれど、俺の外側に俺がそうなってしまった、まさに夜のような光の外側で、俺の外側の空のなかに俺の外側の俺がいる部屋のなかで、今日、ひと晩が過ぎたことがわかる。妻と息子が安心して眠っていたこともわかっている。俺の目を見えなくさせる太陽の、その闇のなかで形を現した怪物たちが俺を拷問にかけ、巨大な足と巨大な爪で俺の存在を引き裂いていたが、妻と息子は安心して眠っていた。それはそれでよかった。苦しんで打ち負かされるのは、俺がいつも守ってやりたかったお前たちのまなざしよりも、俺のほうがいいのだ。一気に殺すよりも、じわじわと壊していくものからお前たちをずっと守りたかった。ずっとお前たちを守りたかったけれど、それにも俺は敗れ、すべてにおいて敗れた。というのも俺にはわかっている、遅かれ早かれ、お前たちの顔にも苦しみの表情が現れるだろうし、遅かれ早かれ、妻よ、何よりも愛していたお前も死んでしまうだろうし、息子よ、お前も死んでしまうだろう。墓地の俺たちの墓はしばらくは残された連中が気にかけ、訪れてくれるだろう、だが、そいつらもやがては死ぬだろう。そして俺たちの墓には苔や雑草がはびこり、誰かが俺たちのそばを通っても足を止めないだろうし、その俺たちのあとに残された連中のことも誰も思い出さないだろう、というのも、そいつらが愛していたものはみな死んでしまっているから。俺たちにとって大切なこの家はなくなっているだろうし、もしかしたら、その場所にはコルクガシが一本生えているかもしれない。そして俺たちがいる墓地は平らにされて、まったく知らない誰かが俺たちが姿を変えたその土地を耕し、俺たちのことを思い出すこともなく、その誰かはたぶん自分の子供たちのことを考え、夢を見て、自分もまた死んで土に返り自分の小さな子供たちも、子供たちのまだ生まれていない子供たちもまた死ぬということを忘れて大地を耕すのだろう。朝が、そして午後が、それから一日が過ぎて、ガブリエル老人が俺を訪ねてきたのは知っている。彼は何か言葉をしゃべったけれど、俺には音楽と、なにやらハープの音楽のようなものと区別がつかなくて、それから俺はガブリエル老人が人間でないことに気づいた。百年過ぎても生き長らえ、身体がくたびれもせず、生きる意欲が燃え尽きない人間などいるはずがない。彼がうらやましい。小さかった頃に彼が野菜畑で宙にくわを振り上げ、力一杯大地に突きたてるのを見ていたのを思い出す。彼が教えてくれたことすべてを、そしてまるで同い年みたいに、でも実際はそうじゃないといつもわかっていたが、ふたりで鳥の巣のところまで行ったことを思い出す。彼が大きな敬意を俺に払ってくれて、俺も決して義務などからではなく、彼へそれなりの尊敬を返していたことを思い出す。今ではさらに彼を深く尊敬している。そして俺の息子もあなたから教わるだろうと知っているし、俺の息子もあなたとともに掘り返した大地の匂いや大地に沈むくわの音に慣れるだろうと知っている。それが悲しいはずなどない。彼のしゃべっていた言葉は解読できなかった、なぜなら口を出た途端、音楽に変わってしまったからだ。聞いたことのないような音楽、知らない楽器の音楽だけれど、おそらくハープのようなものだと思えるのは、ハープは天使の楽器だからだ。解読できない言葉をしゃべっていた、なぜなら、ガブリエル老人のまなざしがあらゆることを意図していたとしても、それは解読されるべきものではなかったからだ。やがて夜が戻ってきた。それは確信なのだ。夜はいつも戻ってくる。

ひと晩が過ぎた。朝が平原全体に、そして屋敷の屋根にも訪れ、ジョゼはいつもの朝のようにひと晩眠ったあとに起き上がるかのように起き上がった。妻も目を覚ました。身支度を始め、ジョゼが動きを止め他のものすべてを視線から外して彼女を見つめていたときですら、彼女は床から視線を上げなかった。ジョゼは表へ出て身体のなかまで空気を吸いこんだ。それは生き返るには最高の朝だった。だいぶ早い時間であるにもかかわらず、とてもかすかなそよ風やジョゼの肌に触れる空気もすでに暑くなりはじめているのが感じられた。貯水タンクをまわって、洗濯をするタンクに近づき、きれいな水がいっぱい入っているのを見て、両手を浸し、まるで何かを解き放つのを待つように、まるで血で汚れていてその血がだんだんと取れていくかのように、長いあいだ見つめていた。タンクに顔を寄せ、だしぬけに両手を持ち上げ顔を水で濡らした。一回、二回と水が顔を流れたけれど、思ったほどの冷たさは感じず、目覚めるとか生まれかわるとかいう感じはしなかった。冷たくてきれいな水でも疲れはごまかせなかった。このときにはもう雌犬が彼のあとについていた。ジョゼと雌犬はゆっくりと羊の群れを囲っている格子戸へと向かった。羊たちはみな屋根の下で寝そべっていた。およそ二百頭の羊が屋根の下に寝そべっていたが、風も雨も陽射しも避けられなかった。古い屋根の狭い並びの下にいた二百頭の羊、古い梁に固定され、羊毛が擦れるため脂じみて子羊の臭いのついた松の幹から宙に張り出した屋根。飼桶にはガブリエル老人が昨夜持ってきた沢山の干し草の残りがまだ入っていた。格子戸に雌犬が身体をあて開くのを待った。ジョゼはからまった針金をほどいた。雌犬が駆けこみ若い頃に吠えていたのとはすっかり変わった吠え方で羊たちを外へ追い出した。吠える声は単調だったが、羊たちは素早く動かされて急いだので出口で押しあいへしあいしていた。体重のほぼすべてを杖にかけて、ジョゼはゆっくりと羊たちについていった。雌犬は群れの周りを走って、きりのない仕事をこなし、群れをまとめ羊飼いを待った。ジョゼの姿はひどく疲れたひとりの男の影であり、あの風景にほど遠かったが、内面的には平原と子供の太陽にとても近いとも言えた。ジョゼは手に杖を持ったひとりの男の影で、肩には自分が育てた黒い子羊の皮を、その子羊は他と何ら変わりはなかったけれど、上着としてその皮をはおるときはいつも思い出すのだった。ジョゼは袋を紐で肩に結び、小さな子羊を腕の下に抱えたひとりの男の影だった。

ジョゼの知るよしもなかったが、まさにそのとき、町のとある寝室で彼の名が囁かれた。モイゼスと料理女の娘が眠ったばかりだった。胸当ての内側に子供の小さな口でたるんで緩くなった乳房を整え、料理女はシーツのなかに入り、顔をモイゼスのほうに向けて言った。今日あんたにモンテ・ダス・オリヴェィイラスへ行ってほしいんだ、日が沈む前に今日行かないといけない、私の伝言をジョゼに伝えるの、子羊の煮込みの入った器を持っていって、これからしばらくは町へは戻ってくるんじゃないとあの子に言うんだよ。もしどうしてだと聞かれたら、私にそう言えと言われたと言うんだ。気が進まなかったが、モイゼスは、しばし、その考えを受け入れ、目を閉じた。

弟はいらいらしている。料理女と娘のことで文句を言いっ放しだ、まるで娘が夜中に起きていて昼間に寝ているのは料理女のせいで、娘が三か月なのは娘の非であるとでも言わんばかりだ。今日、圧搾所を早く片づけてモンテに行くと彼に言ったとき、すぐさま身体を寄せ、わしの耳元で、行かない、言っとくが行かない、太陽の下あの道を歩く気もないし、行ってすることなんか何もない、といらだった様子で囁いた。わしらはむっつりとして歩いてもどった。テーブルに着いたとき、料理女が作ったものは、わしらにそっくりの双子の兄弟をふたつと、彼女にそっくりの料理女が丸々太った女の子を胸に抱いているものだった。肖像画のように、人形の特徴は非常に忠実で、その満足した様子も忠実なものだった。そのときには弟はわしに近づき、まだモンテに行く気があるなら、行ってもいいと言った。大皿のなかでポーズをとって並べられている人形はしっかりした練り物でできていたが、自分にはなんだかわからなかった、魚の味がしたので、たぶんナマズかバスか、コイかもしれない。

町の一番はずれの家をあとにした途端に、汗が本当にハンチング帽の下にも両脇の下にもズボン下にも、全身から噴き出しはじめた。沼のあたりのカーブに差し掛かった頃には、もう器が腕に重たかったけれど黙っていたし、弟にちょっと持ってくれとは言わなかった。マテウス様の土地の一区画で男たちが道に近いところのコルクを剥いでいた。わしらがちょっと立ち止まると、水売りの女たちがやってきてコルクの器に入った水をすすめた。わしを通して礼を言い、弟は受け取った。わしは断った。そして、木の上に登って斧でコルクガシやその若木のコルクをはぎ取っている男たちをじっと見ようとしたけれど、男たちが自分と同じくらいの大きさのコルクの板を荷車のてっぺんに山積みにした一番上に放り投げているのをじっと見ようとしたけれど、見えたのは水売りの女たちがこれ以上ないくらいゆっくりと水差しのコルク栓を抜いて、冷たい水をコルクの器に注ぎ、弟がゆっくりとそれを飲み、水の音がゆっくりと喉を通り、弟がおかわりして、水売りの女たちが微笑んで、これ以上ないくらいゆっくりと水差しのコルク栓を抜いて、冷たい水をコルクの器に注ぎ、弟がゆっくりとそれを飲み、水の音がゆっくりと喉を通るところだけだった。ふたたび歩き出して、煮込みがいっぱい入った器が揺れてさらに腕に重たかった。弟は元気を取りもどし、わしは少ない日陰を通るあいだに回復しようとしていた。

やっとモンテの手前の柵にたどり着いて、わしは費やした努力をすべて忘れてしまい、大して険しくもなく大して長くもない、その上り坂にだけ集中して、もうすぐだ、と思った。まだ上り坂の四分の一もいっていなかった。太陽はその果てしない力を最大限にして照りつける。上り坂の四分の一のところまでたどり着き、もうすぐだと思う。へとへとに疲れるこの距離をさらに三倍歩くのだ。これにかかった時間の三倍の時間、もうすぐだと思い、行ってこのことを伝えるんだよ、とわしをモンテまで行かせた料理女のことを思う。彼女のまなざしを思う。わしらは柵から登りきったところにたどり着く。ジョゼの家のドアを叩く。彼の妻にあいさつする。彼女は答えずわしらを見ない。彼はいるかと尋ねる。彼女は本当に答える必要があるのかよく考えるかのように、首を横に振り最小限の言葉を選んで、口の前に手をやり声を抑えて、彼は野原にいると言う。わしらは礼を言う。彼女はドアを閉める。わしらは屋敷の前の日陰の石灰で塗ったセメントのベンチに腰を下ろし待つ。

何年も羊の番をしているが俺をまっすぐに見たやつは一頭もいなかった。俺の妻はある日俺をまっすぐに見た。一年ほど前の、ある午後の終わり、俺たちは子供を作って、誰かが誰かに出会うということはすべてそんなものだと俺は思った。ひとりの人間がどこからともなくやってきた、やってきた動機はないか、あってもよくわからない動機のためで、そして他の人と一緒になるが、その人はそのすべてが自然だと思っている、なぜなら誰かが誰かに出会うということはすべてそんなものだからで、そしてその大事な瞬間に、ふたりは生涯身を委ねあい、後ろを振り返ることも少し考えるということもなく、ふたりは生涯互いに身を委ねあう、なぜなら、その大事な瞬間から、生きるということすべてはそんなふうに自然で、説明のつかない大きなものになるからだ。ある瞬間には世界であったものが、ずっと世界であり続けることはないなんて俺は知らなかった。結婚する前は街の男たちは彼女をあばずれと呼んでいた。ところで、そのあばずれは元気か、というふうに。彼らはまた彼女を売春婦とも呼んでいた。ところで、売春婦は元気か、というふうに。俺が結婚したあとはあばずれとか売春婦とは呼ばなくなった。ところで、お前のかみさんは元気かと聞いて、そして心のなかであばずれ、売春婦と思っていた。俺たちは結婚したが、俺の妻はもう二度とモンテから出ていかなくなった。彼女が微笑むところを見たことがなく、何度となくそれを想像したが、もうだいぶ前からそれを見るのを期待しなくなった。彼女の両手に触れたことがなく、柔らかいかもしれないし、ざらざらしているかもしれないと何度となく想像した。彼女が楽しそうにしているのを秘かにさえも束の間さえも見たことがなく、もうだいぶ前からそれを見ることを期待しなくなった。何が俺たちを壊したのかわからない。俺たちは瓦礫だ。俺たちはかつてはひとつの家で、活気のある人と成長しつつある子供たちがいて、煙突から煙がたちのぼり、夏の夜には窓が開かれていたけれど、今では煉瓦が地面に散らばり雨で角が削られて、瓦が地面で砕け、漆喰のかけらと土が腐った木の床に散らばり、雑草が床板のすき間から伸びている有様だ。俺たちがゆるぎない存在で活気のある家であったことが一度でもあったのだろうか。俺にはそうだった。妻にはどうだろうか。彼女の考えることは何ひとつ俺にはわからなかった。

今のこの瞬間などどうでもよいが、家へ戻る時間だということはわかる。雌犬がそのことを告げ、俺を見ながらせかせかと俺の周りをまわる。雌犬に向かって叫ぶが、そう思うだけで声は俺から出ない。雌犬が群れをまとめる。俺たちはモンテへと向かう。群れはなんとか流れていく川であり、石という石に躓いて、より大きい流れによって飲みこまれてしまう。野原は俺の家族の一員だ。俺たちはもう何度も話をしている。彼は俺にいろいろなことを言った。俺も彼に誰にも言ったことのないことを打ち明けた。彼は俺を守り俺をはぐくみ、俺を励ましてくれた。午後が少しずつ野原に入りこんでくる。太陽はだんだん弱くなっていく。羊を囲う針金を閉める。年寄りの女中が座って旦那様の子供たちが遊ぶのを見ていたベンチから兄弟が立ち上がるのが見える。俺に近づいてくる。

モイゼスはジョゼに近づいた。大男に殴られたことについて彼が聞いていたことには何も触れず、そのことについては何も尋ねず、その話題につながりうることにも何も触れなかった。器を差し出し普通にあいさつしたけれど、いつもとはちがったまなざしで彼を見た。ジョゼの妻が外へ出て、たらいを空け水を遠くまで飛ばし、それから貯水タンクのそばの小さな庭に水をまきにいった。今やジョゼは彼女から目を離さなかった。モイゼスは本当のところ言うつもりもないたわいのないことを言った。ひさしぶりだなとか、とてもかわいい娘がいるけれど眠らせてくれないんだとか、料理女はこのモンテのことをよく思い出しているよとか。たわいもないことを言い、親父さんは元気かとか、息子は元気かとか、お前も元気でやってるのかとか、たわいもないことを尋ねた。ジョゼは答えなかった、なぜなら、聞いていなかったのだ。ジョゼは妻を見つめていた、妻のひとつひとつの動作を鋭い表情を顔に浮かべて見ていた。エリアスは兄の耳に何か言って急がせた、というのは、畑で働く人たちを運ぶ荷車のひとつに乗せてもらいたかったからである。モイゼスはこれ以上時間を無駄にせず、これからしばらくは町へは戻ってくるんじゃないぞと言った。ジョゼの顔は微動だにせぬままだった。モイゼスはこれからしばらくは町へは戻ってくるんじゃないぞ、お前に言えと言ったのは料理女だからなと繰り返した。ジョゼはそのまま視線を留めたままでモイゼスの言葉のひと言も聞いてなかった。兄弟は別れを告げ、立ち去った。昼が夜そのものになるまでジョゼは中庭の真ん中にいたまま、周りの様子にはおかまいなく、妻のひとつひとつの動作をじっと見ていた。

最後の荷車に乗せてもらうのには間に合わず、わしらは歩いて町へ帰った。まだ道のりの三分の一も行かないうちにわしらの周りは真っ暗になった。暑さはもうそんなにひどくなかったが、わしらはいい加減年寄りだ。弟が娘にいらいらしているのはわしにはわかる、料理女にもいらだっていてわしに口答えばかりしているが、それもわしにはわかっている。わかるのは知っているからだ。だが、わしがここにいるのと同じくらい確かに、弟が娘のことを父親のわしと同じくらい好いていて、ジョゼの結婚式で出会った日からひそかに料理女に好意を持っていることも、わしはよくわかっている。わしらと娘だけでいるときには、彼は手で娘の顔をなでて、おーよちよちと言う。髪をなでる。すると彼女は、わしらがそっくりなのが気になって、三か月の女の子なりに精一杯の不安に満ちたまなざしで彼を見るので、彼は、わしらしかいないのを確かめると、おーよちよちと言う。料理女には何も言わないけれど、彼女があの芸術的な食べ物を出すそのたびごとに彼が彼女をどんなふうに見つめるかをわしは見ている。まるで彼女を祝福するかのように愛情をこめて見つめるのだ。わしらの家の家賃が、毎月毎月、料理に消えていくのを見るのは辛いとよく知っているけれど、弟はそのことを思い出さずに昼食を楽しんでいるときのほうがそのことを思い出してわしの耳元で嘆くときよりも多いというのは確かだ。そして、町へ向かう途中、わしはそのことを自分に向かって繰り返し、それからわしらは年取ったなと言った。昔は、わしらの足は一日に四、五回この道を行き来して、あっちへこっちへとこの道を行き来しても、今の疲れの半分も感じなかったものだ。もしわしらが急いでいれば、そもそも若い男というのはいつも急いでどこかへたどり着こうとして、またそこからよそへたどり着こうとして、またそこからよそへという具合だから、もしわしらが急いでいれば、いきなり走りだしたものだ、そして町へ着いたときには、午後のあいだずっとそこにいて座って話していたかのように平気だった。今では自分の体重がかかって足は重い。どこに足を置くか見ながら転ばないように用心して歩く、片足でも折ったら、ふたりとも死ぬことになるからだ。目に見えない震えを足に感じているが、今日はその震えが倍になって、もう目に見えるほどだ。骨も前のようには曲がらない。呼吸もかつてとはずいぶん違う。昔は流れるようなもので無意識にできた。今では、空気を吸うにも余計に力がいり、吐くときには喘息のような音をたてて、まるで喉が半分ふさがっているか錆びついた笛を飲みこんでしまったかのようだ。やっとのことで町に、そして家に着いた。娘は休んでいた。夜には全然眠らないだろうよ、と弟がわしに言った。料理女はわしらがブーツを脱ぎ足の指を伸ばすのを手伝った。子供の逆転した時間につられ、わしらの時間も変わっていて、まだ早かったが夕食をとることにした。わしらが腰を下ろすと料理女は今日は何の日か憶えてる、とわしに聞いた。ちょっと考えたがこれといって何も思い出せなかった。弟が耳元で、もしかして今日で結婚一周年じゃないのか、と囁いた。そうだった。若い娘のように微笑んで、料理女はわしだけのための料理をひと皿出し、それはハートの形をしてどこまでも続くらせん状のものだった。それは弟が採ったキノコと、それだけで家賃収入のひと月分くらいした牛フィレ肉の細切りでできていた。また、突拍子もないほどに香辛料の混ざったもので、そのどれひとつとしてわしには何だかわからなかった。今までわしに出されて食べたもののなかで一番おいしいもののひとつだった。全部食べた。手の甲で口をぬぐうと、料理女はわしのそばをすっと通り過ぎ、愛してると囁いた。わしは微笑んだ。疲れていたし、娘が十五分おきに目を覚ましたけれども、その夜、料理女とわしは一度ならず愛しあった。

明け方モイゼスは庭の畑に行った。穂の出たキャベツのつぼみに寄りかかって排泄しはじめた。やっとのことで尻を拭き立ち上がった。うとうとしながら弟は待っていて、腹が痛むのかと聞いた。彼らはベッドへ戻り、そして圧搾所へ行く頃にはもうこのことを思い出しはしなかった。気がついたことと言えば、モイゼスは前の晩よりもずっと疲れていたことで、すり減った身体のだるさはひと晩眠ったあとで初めて身体につらくなるので、エリアスは手足に絡みつく疲れをそのせいにしていた。ひさしの影はまだ伸びていて、兄弟はかがんでその狭い影の下を歩いていった。道を見ずに歩いていった。誰もまったく気がつかなかったが、モイゼスが結婚して以来、兄弟はいつも自分たちの家の戸口まで行き、そこからまわれ右をして最初に通った道を戻り、それから圧搾所へと行く道をたどるのだった。昔の家に向かうことは反対側に戻るので無駄だったが、彼らはそうしていたのだった。迷信からそうするのではなく習慣によるものだった。そして、今回は石灰塗りの家々は最後までひどく悲しげで、むなしく兄弟に話しかけようとしているようだった。まるで何としても彼らの注意を引こうとしているかのようだった。まるで兄弟に別れを告げようとしていて、すでに彼らのことを懐かしんでいるかのようだった。石灰塗りの家々は毎日兄弟の通り道だった。ずっと変わらないもののあいだには絆が生まれるもので、彼らが毎日あの家々のそばを通り過ぎることは家々の石灰と同じくらいずっと変わらないものだった。家々が持つ記憶がゆっくりと通り過ぎる兄弟と調和していたのは、空に調和したり太陽と調和するようなものだった。ひとつひとつの家の前のあの同じ道を兄弟が通り過ぎて積み重ねた時間は家の一生においてさえ相当長い時間だった。そして、兄弟が通り過ぎたとき、石灰に光の涙が流れた。

圧搾所の門の前でふたりはできるかぎり背を伸ばしたが、ポケットから鍵を取り出して鍵穴に差しこんだのはモイゼスだった。そのあとにもうひとつの鍵穴。オリーブ油のタンクから嘆くような周期的な声がしたたり、まるで息子を悼む母の叫び声のようであり、オリーブ油の雫の音のなかに描かれた黒い絶望の叫びのようだった。モイゼスとエリアスが感じていたのは暗黒だった。トンネルのなかに入ったかのようにますます自分自身のなかで彼らを引き離そうとする何かが近づいてくるのがわかった。その瞬間が未来のある点で立ちはだかり、彼らを待ち受け、時間が彼らの前で燃えて消えていくことがそのなかに読み取れた。同時に、そして同じイメージで、かつ同じ言葉で兄弟は自分たちがあとにしてきたものを思い出した。娘や料理女、記憶のなかに刻みこまれた父の顔、母親について聞いたことや想像したことなどだ。娘が夜中に目覚めたときに組みあわせた四本の腕のなかで眠るのを思い出した。娘は目を閉じ、いつか大きくなったときにわかるよりもずっとよく、彼らが彼女を愛しているのだとはっきりわかっていた。料理女は炉のそばに腰かけ彼らが食べるのを見て、自分が食べるよりも嬉しそうだった。好きな女が幸せであるよう願う男が願うように幸せそうだった。彼らに人生の半分を教えた父は、まるで彼らが自分のすべてであり自分の成し遂げたことを誇るかのように彼らを見ながら死んだ。そして母については顔さえも知らなかったけれど、ふたりとも想像のなかでは見ることができた。とても若く髪は巻き毛で目は茶色くて大きい。残してきたすべてのもの、朝のやわらかな太陽や圧搾所への道、すべてが急ぎ足で彼らの記憶のなかを過ぎていった、なぜなら彼らを引き離そうとするものが近づいているからだった。ペンチで歯を引っこ抜く男よりもずっと恐ろしく、彼らを切り離そうとする鋭いナイフよりも、はさみよりも恐ろしい。朝が町の通りや町を取り囲む平原の上に現れたが、圧搾所のなかは沈黙が音もたてず暗くなっていった。

彼らは座ったまま黙っていた。それぞれが互いに違うほうを見ていたが、何も見ていなかった。ふたりは悲しい顔をして思いをめぐらしていた。頭のなかでモイゼスは弟がそれを聞いてくれるだろうと彼に言葉を言った。頭のなかで、それは一瞬のことで、あとはひとりぼっちなのだと言っていた。初めて、わしらは互いに名前で叫びあうだろう。わかっていたかい、わしらは互いを呼ぶ必要などなかったのだ。わしの名前がお前の声でどんなふうに呼ばれるのかわしは知らない。お前の声で、弟よ、弟よ。お前の名前がわしの声でどんなふうに呼ばれるのかわしは知らない。初めて、わしらは互いに名前を叫びあい、そして絶望の次には悲しい痛みが控えているだろうが、心臓のない人間が胸の暗い空洞に慣れるかのように、わしらはそれに慣れてしまうだろう。お前はいつもわしの命のなかに生きていたし、お前が微笑んだときにはわしはいつも一緒にいた。今日からはひとりぼっちになるのだ。わしらはふたりとも消えてしまって、わしらであることをやめて、ただのお前とただのわしになってしまうだろう。だが忘れることはない。思い出すことはわしらが何であったのか、わしらがどこにいたのかを思い出すこと、そしてもはやそのときにはそうであることができないこと、それが最大の苦しみとなるだろう。目が覚めて互いを見たときのことを思い出すだろう、なぜならわしらは同時に目覚めて同時に互いを見ようと思ったものだからだ。わしらの話し方で話したこと、そしてわしらだけのこの言語、決して他の誰に対しても使うことのなかったこの言葉はわしらの頭のなかだけに存在するということをわしらは記憶するのだ。今日、わしはお前をあとに残す、いつもお前が一緒にいてくれたことをいつも愛しく感じていたことを心に留めながら。そして一度も言ったことのないこの言葉ももう恥ずかしくない、愛というこの言葉。愛。結局、わしらは言うことができなかったが、今日は言わねばならないこの言葉。心から、本当だよ、弟よ。わしはお前がいないのが身にしみるだろう。誰もそばにいないからそのことを誰にも説明できないことで、お前がいないのが身にしみるだろう。そして、わしが永遠にさまようことになる平原がどんなに暗くとも、それはいつも日没の痛ましい記憶であり、いつもお前だけを思い出すという苦しみなのだ。

それから、突然彼自身のなかに光が走り、モイゼスのはらわたは荒れ狂う、圧倒的に息が詰まる以外の何ものでもない炎で燃えあがり、炎と光が腹に穴を開け、腹に釘を打ち、腹を斧で切り裂くようだった。モイゼスの腹のなかで幾千もの軍隊が炭火の上を裸足で歩き、幾千もの艦隊が研ぎすまされた薄刃の舵で燃えさかる火の満ち干を裂いていく。モイゼスの腹のなかには、光と炎、光と炎、突如生まれた真昼のように強い太陽、彼の内側に広がった石油の上に落ちるマッチの炎があった。モイゼスは腹をおさえてかがみこみ、エリアスも腹をおさえてかがみこんでいた。ふたりの兄弟は内側から皮膚を焼く同じ地獄を感じていた。圧搾所では壁が金切り声のような合唱を奏でていたが、兄弟の耳には、その鋭い音はひとつで、耳のなかを尖った燃えさしでほじくられているように聞こえ、兄弟はあの声は世界じゅうでそう聞こえるのだと思った。小川を流れる水もあのようなきしむ音で、平原の小鳥やコオロギの沈黙は嵐のような貪欲さで木々をなぎ倒し家や石を掘り返し人々を狂わせる、あの強烈な音のない状態に置き換えられたのだ。モイゼスは内側から焼け焦げ、エリアスも同じ炎を感じていた。しかし、ふたりとも死につつあるのはモイゼスだとわかっていた。モイゼスはがっくりと膝をつき、エリアスもがっくりと膝をついた。そして、兄弟のはらわたのなかで、血走った目の魔女が炎と炭火の大釜をかきまわし、その底からひと筋の流れがあふれ出し、畑を炎と燃えさかる炭火の海にし、大勢の狂ったものたちが花火を打ち上げ、夜空を炎に、そして星のすべてを真赤な炭火に変えていた。モイゼスは口から泡を吐いた。そしてふたりは目の力をふりしぼって両目を閉じ、真っ暗な闇が自分たちを飲みこむのが見えた。さまざまな色彩にあふれる光の屑となって、まぶたに下りてくるだけの闇ではなく、夜に眠りにつく前に昼を、あるいは朝を思い浮かべるときの闇でもなく、孤独の完全な闇で無情な闇、完全な孤独が果てしなく続く果てしない暗黒。モイゼスは口から泡を吐いたが、それは意思に反し、彼のなかをこみ上げてきて外に出るもので、丸い形のまま崩れずに口から吐き出されたものだった。白い泡ではなく、なぜなら彼の体内で血や内臓の黄色いかけらが混じっていたからだった。そして、次第に、あらゆる痛みが耐えがたくなった。兄弟は火よりももっと焼けるような火に、彼らの耳をつんざく聞き苦しい金切り声に、そして彼らの目を見えなくさせる死の闇にあらがいながら、ついに互いを見つめあった。そして、この長く大切な瞬間に彼らは内側から燃え尽きるわけではなく、お互いを見つめあい、まなざしでも言葉を語らなかった。互いのなかに入り身体を入れ替えるようにして抱きあった。その瞬間の終わるとき、ぼろぼろになってモイゼスは死んだ。

夕食の時間が過ぎて夜に料理女は彼らが戻らないのに気づき、向かいに住む季節労働者に彼らを呼んできてくれるよう頼んだ。そしてモイゼスの頭をエリアスが抱きかかえ、エリアスがさんざん泣いたあとの顔で泣いているのを見つけたのはその男だった。彼らの影を圧搾所の暗闇で見つけて彼らを照らすためにマッチを擦ったのはその男だったが、それが照らすことのできない暗闇だとはおそらく知らなかったのだろう。エリアスの顔に大きな川を描いて流れる水を見つけ、それが目からあふれ出ているのを見て、泣いているということだけはわかった。しかし、エリアスが死ぬことなく死を感じていたことはわからず、いったん死んだあとに死を生きのびて苦しみ続けているということもわからなかった。そこでその男はたくさんの黙ったままの男たち、暗くて深刻そうな悲しげな男たちとともに戻ってきて、彼らはモイゼスを運び上げ、荷車にのせた。エリアスはずっとそのそばにいて泣いていた。荷車の鉄の車輪が道の石やほこりの上で軋み、夜の葬列の静けさのなかでそれだけが音をたてていた。荷車が通るとその前の通りがゆっくりと明るくなった。それはすべての家の戸が開いて人々みんなが死を悼んで兄弟を見ようと出てきたからだった。家々の戸口では帽子を脱いで腕を伸ばしたままの姿勢の男たちが立ち尽くしていた。その妻たちはそばにいて、まなざしで心を深く痛め、嘆いていることを表現していた。男たちは暗黒の夜に壮厳な夜そのものとなって兄弟を探しにいき、今はゆっくりと歩いてラバの手綱を引いていた。荷車の上には死んだモイゼスと、彼の上にかがみこんで抜け殻のようになったエリアスの身体とその涙があった。料理女の家に着くまで、夜のなかの沢山の夜を抜けるように時間がかかった。やがて荷車はついに止まった。未亡人となった料理女が玄関先で彼らを待っていて、濃い黒の服を着て打ちひしがれ泣いていた。終始無言のまま、まるで微動だにしないかのように男たちはモイゼスを運び上げ、ベッドの新しいカバーの上に横たわらせた。娘の揺りかごの場所は空いていて、それは季節労働者が圧搾所から助けを呼びにもどってくるとすぐに、料理女と近所の女たちに知らせるとすぐに、女のひとりが娘を自分の家に連れていき、そこで眠らせたからだった。男たちはモイゼスの両足をそろえ、右腕を胸の上に置いてから出ていった。三人だけになった、家のなかは悲しみそのものだった。床の上にある影のように、料理女は出ていき、たらいと布を持って戻ってきた。同じように力を失ってしまった、ふたりの兄弟の服を脱がせ、布の端をたらいのなかで湿らせ、彼らを清めた。水気をふき二枚組みの真っ白な一張羅のシャツを着せて、礼服を着せた。礼服は黒ではなかったけれど、それしか無かった。金メッキのボタンをひとつひとつかけた。つながっている袖のボタンや革紐の組み合わせを解いて、それから締めた。ふたりの髪をとかしてから近所の女たちが家から持ってきてベッドの周りに置いた椅子のひとつに座った。石油ランプの光は明け方まで痛みに震えるようだった。夜が明ける時間にひとりめの女がやってきた。未亡人と弟にお悔やみを述べたが、ふたりの耳には入らなかった。それから女は通りに面した入り口の扉を開けて木のつっかい棒で固定して、ランプを吹き消し窓の外側の扉を開けた。エリアスは自分が生きたすべてのものを悼んでいた、なぜなら彼の命のすべては死んでしまって彼の前でベッドカバーの上に横たわっていたからだった。料理女は夫を亡くしてしまったことを嘆いていた。そして、さらに前よりもずっとそのことの重大さが身に沁みていたし、その確信がさらに彼女を苦しめた、なぜならその人生の友、その人のために生き、そしてうんと幸せでいてほしいと願っていた人を永久に失ってしまったからだった。ふたりめの女がやってきた。お悔やみ申し上げます、お悔やみ申し上げますと言って、モイゼスの遺体をじっと眺めたあとに、ひとりめの隣に腰を下ろした。食べたのが何かの毒キノコだったんだよ、とひとりが囁いた。エリアスは兄の目を手で触れ、それからその手で兄の唇に触れた。彼の顔を流れ落ちる涙はとてもきれいだった。悲しげに朝が少しずつ窓から入ってきた。

わしらをつなぐ指から進行していこうとする病気のように、あんたの死がわしのなかに入りこんできている。自分の手をあんたのと同じくらい冷たく感じ、手の血管を通る血が冷たくなって全身を巡るのを感じ、自分の身体があんたと同じくらい冷たくなっているのを感じる。兄さん、死ぬ前にわしはあんたの声を聞いていたのに、今はあんたはわしの声を聞くことはない。このわしの言葉は白い紙に書かれ、白いままでいる言葉のように、それを読む者には見えない言葉で、それを理解できる者がいないので廃れていく言葉で、意味を失い、そよ風に紛れてわからなくなってしまい、誰も気づかない言葉のようだ。兄さん、わしのすべてのまなざしは粉々に打ち砕かれてしまった、それは兄さんには何も見えないということがわかっているからだ。わしのすべてのまなざしはあんたが黙っていたのでは役に立たず、すべてはあんたの生と死を思い起こさせる沈黙に変わってしまった。朝の光が音をたてなかったのはあんたが死んでいたからで、それに音を与えていたのがあんただったからだ。朝の光はあんたが微笑むときのように暗い隅を照らす。もしここであんたの目が開いていたら、この朝を見ることを好んだだろうに。悲しむこともなく、わしらはこの朝を顔に感じて身体が温まっただろう。もう一度あんたと遊んでいた小さな頃に戻りたい。わしらは地べたに座っていて、今日のような夜明けがわしらが遊んでいる上に降りてきてわしらのそばに座り、わしらと遊び、おそらくわしらのおもちゃになる。ずっと昔の、とある八月の夜に疲れ眠ってしまったように、あんたと一緒に眠りたい。わしらは裸で、シーツはベッドの脚に巻きつき、裏庭に面した窓は夜に向かって開かれたまま、わしらは眠りにつき、夜明けの一番のそよ風で同時に目を覚まし、シーツで身体を覆った。わしらが子供だったその頃は好きなだけ眠り、太陽の光が閉じた目に届いてすぐわしらが目を開くとき、同時に目を覚ました。マルコスさんの畑にあんたと一緒にいた頃に戻れたら、わしらの父が鋤で水路を開けていて、このケールひと束とこのラディッシュの束をマルコスさんのところに持っていってくれとわしらに言って、道々ずっとわしらは言いたいことをたくさん話したし、多くの場合、口には出さなくても言っていたのだった。そして、大きな扉に着いたとき、球を握った鉄でできた手を持ち上げて、その鉄の手で扉を叩くのはわしで、女中と話すのはあんたで、父さんからこのケールのひと束とこのラディッシュの束をマルコスさんに届けるように命じられましたと言うと、女中は受け取りましたと言うのだった。ありがとうでもなく、気を遣わなくてもいいんですよでもなく、受け取りましたと言い、わしらの前で扉を閉める。あんたの声はもう二度と聞けないけれど、できるなら、休もうかと言ったり、弟よ弟よと言う声が今聞きたいたったひとつのものだ。兄さん、わしはたくさん泣いた、昨晩は永遠に苦しみ続ける幾多もの人生のように長く、希望のないたくさんの人生のなかにあるひとつの絶望そのものだった。わしには涙の味がよくわかる。雨が降っていたときのことを憶えているかい、父さんが市で二本の揃いの黒い傘を買ってくれたのを憶えているかい、二本の傘を寄せあって通りを歩き、水たまりをよけて、雨が水路に川のように流れて、二本の傘を寄せあって、雨の雫が傘の骨をつたって落ちていた。今、涙はその雨を思い出させるけど、この朝のすべてのなかにあんたがいないことで、この朝とすべてが悲しみとの出会いに変わってしまい、いくら泣いても、あんたの横で降っていた雨はもう戻ってこないのだ。あんたと一緒ならすべてよかった、それはあんたがいい奴だったからだ、兄さん。この晩、わしは葬られた。そしてあんたのいないこの夜はとても長く、ひと晩よりもずっと長く、何年にも感じられ、わしを衰えさせた。わしは何世紀も前に死んでいたとしても、それ以上に年老いて、もう誰も思い出さない記憶だけになっていたとしても、それ以上に疲れ切ってしまっている。あんたは永遠の孤独がどこまでも続く場所へと旅立ってしまい、わしからかけ離れた人々があまりにも多いこの場所にわしをひとり置き去りにした。兄さん、もし死ぬことであんたとくっついたままでいられるとしたら、今死んで生き続けたい。でもわしがどう望むかなんて問題じゃない。もうひとつの、すでにあんたが出会っているのと同じ夜がわしを待っている。それぞれにそれぞれの死があって、死が人によって違うのは生が違っているからで、死はわしらにとっては暗闇以外の何ものでもないもののなかを、孤独そのもののなかをわしらを歩ませ、わしらが愛するすべてについて誰にも届かない叫び声をあげさせるのだ。今は朝、朝はそんなことには構わない。一度も使ったことのない新しいシーツの上に横たわったあんたの身体をときどき見ると、もはやわしらのものではないこの部屋でわしらが目を覚ますのが習慣であったところに、あんたが冷たくなってしまっていることがつらい、あんたの肌が滑らかになってしまっていることがつらい、人々があんたを見に立ち寄り、もうあんたが死んでいることがつらい。あんたのまなざしはもう二度とない、あんたの微笑みももう二度とない、あんたがわしの言うことを聞くことももう二度とない、あんたが存在し、わしやわしらであったものに立ち会うこともも二度とない。兄さん。おろしたてのブーツ、まだ脂を塗っていないブーツ、あんたが冬に備えて取っておいたものがあんたの足にきっちりと履かされている。磨り減っていない靴底はきれいだ。今日からずっとあんたが使うブーツだ、もはやここでは役に立たないし、もはやもうあんたのものやあんたが大事にしていたものは誰の役にも立たないのだ。アイロンのかかったズボン、上着、角がつんと尖っているカラーのついた白いシャツ。あんたの顔は変わってしまった。生きているどんな人間の額よりも穏やかな額、使われなくなったためにまばらになった眉、墓石の下で永久に見ることのなくなった目を覆っている、ぶ厚く重たいまぶた、生気を失いひからびた鼻や乾いた泡、言葉そして無意識の笑みでぬぐわれて、さらに薄く、さらに薄くなった唇、そしてもう役に立たないあご。あんたの顔を見ると疲れのなかでさらに疲れる。わしの身体はわしの身体ではないけれど、それでもそれはわしで、わしのなかにあるすべてで、わしは空あるいは石の黒いかけらで、ひとつの石の内側のなかにある空で、ひとつの石の固い孤独に閉じこめられて太陽を見たこともなく息をしたこともなく、わしはわし自身、疲れの極限にあるのだ。わしは世界を一周して自分自身に手紙を届けるマラソンランナーで、今や自分に出会ったものの、もはや同じ自分ではなく、今は息を切らして、ただ断崖から身を屈めて息をしたいと欲しているのだが、その口は塞がれ、たくさんの人々がたくさんの手でその口を塞いでいるのだ。わしの心臓は有罪判決を受けた者の目のなかの虚空だ。わしの影はわしの孤独だ。わしのすべてが疲れてしまった。わしの疲れのすべてがわしの疲れとぶつかりあい、それがわしのすべてだ。

あんたが死んだ夜はわしのなかでも夜になったのだ。朝になり、過ぎ去った夜はわしのなかで腐っていく死体だ。兄さん、わしは自分の両腕を動かせないし、明かりは暗闇となってそれをつかんでいる。わしは千本の足に踏みつけられてしまったかのように疲れてぼろぼろで、むしろ千本の足に踏みつけられてしまったほうがましだった。わしはあんたが死んだ時間に死んでしまったかのように死んだも同然で、むしろあんたと一緒に死んでしまったほうがましだった。わしは兄さんの弟というだけのもので、その兄さんがいない。わしはまだ待っている。せめて最後にあんたのまなざしを、せめて最後にあんたのまなざしへの小さな期待だけでも与えてほしい。わしはすべてを失った。わしらはすべてを失ったんだよ、兄さん、疲れたよ。あんたの唇からある言葉が出てくるのをわしは待っている。お願いだから、休んでもいいよ、と言ってくれ。

それは質素な寝室だった。壁には肖像画もカレンダーも鏡もない。白い壁の寝室だった。兄弟が圧搾所から運ばれてくる前に、女たちが、未亡人となった料理女の悼みのあいだを蛇のように歩きまわり、寝室から揺りかごを出して清潔なベッドを整え、集められるだけの数の、そして部屋に入れられるだけの椅子をベッドの周りに並べた。女たちはベッドの大きさに驚き、三人がかりでやっとベッドカバーとシーツをぴんと張ることができた。蟻のように未亡人の料理女のそばを女たちが通っていた。通夜のあいだじゅうずっと、そして埋葬のあいだじゅうずっとそうだったが、彼女は長い喪のあいだじゅう呆然としていた。夫を失った料理女とエリアス、そして死んだモイゼスは、三人だけで黙って夜を過ごした。日が出たときには、彼らの皮膚はさらにくすんで、ほこりの層のように悲しみが層になっていた。一日の訪れとともに最初の女たちがやってきた。少しずつたくさんの喪服の女たちがやってきて囁きながら哀れみをこめて見つめていた。エリアスは朝の半ばまで泣いていた。まもなく彼の顔を細く曲がりくねって流れ落ちていた涙が止まった。目の涙が乾いて、顔は音もなく動くことのない悲しみにかたまった。最初の男たちが入ってきたとき、すでに朝も半ば過ぎていて、すでに寝室は女たちでいっぱいでエリアスはじっと黙りこくっていた。連れ立ってあるいはひとりで、男たちはハンチング帽を手にして入ってきて、一瞬じっとモイゼスを見て、ご愁傷さまです、ご愁傷さまですと言って出ていった。外の入口のところに、男たちは次第に大きくなっていく輪になって留まり、舌でなめて煙草を巻いて、吸いながら自分自身の死について考えこんでいると、誰かがそれが人生なのさと言った。

モンテ・ダス・オリヴェイラスには誰も町で起きたことを知らせなかったが、ガブリエル老人は突然胸に刺すような痛みをおぼえて目を覚まし、一番に考えたのはモイゼスのことだった。厳しい顔つきで松かさで炉の薪に火をつけた。炉のそばに座ってコーヒーを飲み、炎が女のように踊るのを眺め、日が昇るのを待っていた。植物が目覚め大地が始まったとき、ガブリエル老人は町へと向かった。彼が心のなかで描いた道は疑いに満ちた影で一杯だった。世界のすべてをわかることはないんだと考えた。その朝、彼は何かがあると感じていた。静かな光のなかを進みながら、自分自身に向かって、何が起きたんだろう、何が起きたんだろう、と繰り返していた。一点を見つめる彼の目に見えていたのは自分を不安にさせる確信のなさ、何かわからないことが起こったという確信だけだった。幾束もの草を刈りとる大鎌のように急ぎ足で進んでいた。道を半ばまで来たとき、ガブリエル老人は気づかなかったが、小鳥たちの嵐が彼の上空で揺れ動いていた。町と町の周辺の野原の上を飛ぶすべての鳥が集まって黒い点で構成された幾千ものもろい身体と羽ばたきの音からなる布になり、空中で波打っていた。ガブリエル老人はまだ頑なに自分の意志を貫こうとしていたが、町の一番目の家が遠くに見えたとき、まさにその瞬間、すべての小鳥たちが彼の上に下りてきて、足や腕で抵抗したにもかかわらず、すべての雀、鳩、鶫、燕などあらゆる小鳥が密集した大群のなかに彼を包みこんで宙へ空へと持ち上げた。あっという間に雲があったなら雲の高さくらいになって、モンテまでの距離を戻り、ガブリエル老人を彼の家の玄関先に降ろした。小鳥たちがそれぞればらばらな方向へ散っていくのを見ながら両腕を地面に向かって伸ばした。小鳥や空を見ながら、自分で決められることなど何もないのだとがっかりした。人間という身分の限界に閉じこめられて、彼はくわを取りにいき、野菜畑で一日を過ごした。

午後になるともうたくさんの男たちが戸口の前にいた。暑さは一種の罰で、男たちは細長くなった影で涼んでいた。家のなかでは、涼気が逃げないように、窓の片側は閉めきって、もう一方を半開きにしていた。その薄明かりのなかに人々はいた。女たちは壁に寄せた椅子に座っていた。ベッドに一番近い椅子に座っていたのは未亡人の料理女で、立ったまま右腕を死んだ兄の上に置いているエリアス。誰も兄弟を切り離そうと提案したり、その話題を口にする勇気さえもなかった。兄弟を見る者にはふたりの死者が見えた。午後が終わる前にエリアスがベッドの上に倒れこんだときにも、喪が二倍になって苦しみがより大きくなるわけではなかった。そして、エリアスにとって死ぬことは力を失うことだった。死とは耐えられなくなる極限まで何もかもに疲れてしまうことだった。度を越した静けさと大きすぎる喪失感。みんなの心が一瞬暗くなったあと、ひとりの女が表へ行きふたりの男を呼んでエリアスを兄のそばに寝かせた。死んだふたりは同じ顔で同じ色の同じ表情をしていた。夜がやってきて寝室がすっかり暗くなったとき、誰かが石油ランプを点け、女たちは出ていきはじめた。彼女たちの影が兄弟の遺体の上を通り過ぎていくとき、向かう先に寝室の、その悲しさをほんの少しだけ持っていった。七人の女が残っていた。寒くはなかったが彼女たちはみな黒いショールを肩にかけていた。とても大きな夜だった。一生よりも長い年月がその夜に過ぎた。未亡人の料理女の目の涙が止まった頃にはもう朝の気配がしていた。そして、より耐え難い静けさに身をまかせることになった、というのも、泣きたくなるのに泣くこともできず深い暗闇を感じるだけの静けさだったからだ。暗闇の下の暗闇の下にある暗闇で、未亡人の料理女は夜明けの最初の光とともに感じた暗黒の静けさに身をまかせた。すると、ふたたび女たちや男たちがやってきた。そして遠くに死者を墓場へと運ぶ荷車の音が聞こえてきても未亡人の料理女は反応しなかった。男たちがばかでかい棺を運んで、寝室に入ってきて兄弟を一緒に並べても、彼女は反応しなかった。棺はふたで覆われ、やっとのことで台所を通り抜け、表で兄弟の棺を霊柩荷車に積んだ。これは他の荷車よりも小さくて、ぴかぴか光る黒色に塗られふたりの男に引かれていた。二倍の棺の並々ならぬ重さで、バネがぎしぎしと不器用な動きの音をたてていた。未亡人の料理女はふたりの女に手助けされて椅子から立ち上がり、慰めようもないまま憔悴しきって、墓場までの長い道を進んだ。するとすべての通りが、何もかもが兄弟のことを彼女に思い出させ、彼女の今までの人生で一番楽しかった一年を思い出させ、愛していた家を、築きたかった人生を、兄弟のために料理をして彼らが来たときにふたりが微笑むところを想像していた時間を思い出させ、何もかもが、彼らが娘のためにたてていた計画や、娘が大人の女になるのを彼らは見ることはないのだということを思い出させた。未亡人の料理女はずいぶんと年をとり何も残されていなかった。墓場に着いたとき、太陽はぼんやりと空に映っていただけだった。墓穴のそばで棺がまた開いて、兄弟の顔があり、その一張羅の服があった。そのあとには土。土でいっぱいのシャベルは、はじめは土のかたまりを掘るシャベルの音で、それから宙に放り出されて木の棺の上に落ちる土の音だけになった。永久に埋葬される人となった、その死者たちのたくさんの思い出があった。彼女を支える女たちに囲まれて、しかし、どうしようもなく孤独で、未亡人の料理女は町へ戻った。娘の面倒を見ている近所の女の家に連れていかれた。そして、娘にわかるはずもないのに、未亡人の料理女はとても真摯なまなざしで娘を見て何もかもを語ろうとした。それから発狂する前に力いっぱい彼女を抱きしめた。

ジョゼの雌犬は横たわり、首をもたげて気高い姿勢で耳は寝ていて、穏やかな表情で目を閉じ、そよ風の心地よさを感じているかのようだった。実際、崩れやすい壁のようなとても薄いベールが気づかないうちにゆっくりと平原を横切っていく一枚のガラスの記憶のように、そよ風の心地よさを感じていた。日陰では羊たちはうとうとしながら上下のあごを水平に互い違いに一方からもう一方へと動かす羊たち独特の咀嚼の仕方で乾いた草を反芻していた。立ち上がったままの姿勢でジョゼは杖を胸に食いこませるようにして、もの思いにふけっていた。前の晩、いろいろな考えが彼を苦しめ、眠れずに悩み続けていた。ベッドに横たわって暗闇に向かって目を開き、妻の息遣いとそれより短い息子の息遣いを聞きながら、妻や大男のことを考え、大男を抱きしめる妻のことや彼女を犯す大男のことを、何度も何度も、そして何度も何度も考えた。それからいきなりそんなはずはないと考えて、妻と大男の姿を想像するのをやめた。一瞬はそうして安らかになったが、ふたたびじわじわと妻の顔と大男の顔、大男の不愉快な身体と混ざりあった妻の汚れなき身体の存在が実体となって彼に迫ってきた。一度たった一度だけ、もし子供が俺の息子じゃなかったらと考えるに至ったが、しかし胸にとても深い井戸が、あまりにも深い大きな恐怖の井戸があるのを感じ、すぐさまそんなはずはないと考えた。深い不安にかられて彼はもう一度それを考えることはできなかったが、内には影がさしていた。その考えのほとんどぼんやりとした黒い輪郭は心臓から引き抜いてほしいと望む短刀が抗いようもなく常に存在しているかのようだった。確信というものは数多くの疑いに基づき、あるひとつの確信はたび重なる数多くの疑いからできているが、そして、ひとつの疑いこそ一番悪いものだとジョゼは思った。杖を胸に食いこませるようにして羊たちの前で、こんなふうな思いにふけっていた。そして、もの思いにふけるのに午後はちょうどよかった。暑い時間は和らいで緩やかになり、人間の目にはぼやけて映った。平原はさらに果てしなく広がっていた。

鞭を打つような動線を宙に描くような口笛でジョゼは雌犬を呼んだ。釣り糸で引っぱられたかのように雌犬の耳がぴんと立ち、獲物の臭いを嗅ぎつけたかのように目が開き、兎を追いにいくかのように居た場所から跳び出した。そして羊たちの足に向かって吠えた。羊たちはびっくりして目覚めの悪い夢を見ることになったが、あまり賢くない羊たちの記憶のなかでは急速に忘れられ、群れを作りながら前へ向かって常に前へと進んだ。それは羊たちの足は後ろへ進むようにはできていないからだった。そして、尊大で誇り高くほとんど人間のように、雌犬はジョゼのそばについてモンテへと向かった。宙に響く吠え声に羊たちが追い立てられて、扉として使われている格子戸からなかに入ったのはいつもより早かった。夏は八月で日は長く、まだ午後の大半が残っていた。周りは明るかった。ジョゼは中庭を抜け、家のなかには入らなかったが、頭のなかでは家のなかで彼は妻を見るが、彼女は彼を見ず、何かを言いたかったけれども何も言わず、彼女も聞かなかった。黒い子羊の皮を肩にかけ、袋をロープで肩に結びつけて、ガブリエル老人の家の閉じた扉の前を通り過ぎて町へ向かった。ガブリエル老人の顔とモイゼスの顔を思い浮かべたが、どちらも砕け散って無数の色の寄せ集めになり、モイゼスの顔と身体で色が爆発した。ふたりとも彼の前で何か言っていたけれど、聞こえない耳と見えない目では理解できなかった。そして、モイゼスとガブリエル老人の話を聞いておきたかったと思い、世界は落ちていくことでなければよかったのにとも思った。つまり、だんだん降りていけばいくほど、だんだんと底へと近づいていき、だんだんと光から遠ざかり引き返せないのだ。ジョゼは町へ向かった。たどり着きたかったからではない。そうしたかったからではなく、午後で太陽と光が照りつけていて、あまりにもひとりぼっちだったからだ。

下げた頭から上目づかいで雌犬は彼のあとを追った。やさしい茶色の空のような大きなまなざしで、息子の、あるいは母のようなまなざしだったが、それでも犬のまなざしだった。彼らは町に着いた。ジョゼは妻と大男のことを考えた。ジョゼの思いは自分の妻と大男についてであり、彼が通り過ぎるのを見た人は誰もこんにちはとは言わなかった、それは誰もが喪や刑の宣告と悲しみに気づいていたからだった。広場に入った彼の影は地面すれすれだったが、しっかりとしていた、なぜならそれはどこへ行くのかを知っている影だったからである。あちこちから雄犬がやってきて雌犬を取り囲み、半ば礼儀正しく半ば獣のように求愛した。一直線にジョゼはジュダスの店へと向かい、ひとりで入った。カウンターでは悪魔がニンマリとした笑みを浮かべ彼を見つめていた。ニコリともせず、ジョゼは彼から目を離さずにそのまま進んだ。互いに見つめあうのをやめないまま、実際に相手の姿を見ながら、視線をそらさず、一本の鉄の棒のような視線を保ったまま、悪魔は赤ワインを二杯と言った。なみなみと注がれたコップが大理石の上に現れた。飲め。だが、ジョゼは悪魔の真赤な炭火のような目のなかに吸いこまれているかのように微動だにしなかった。悪魔はコップごしにジョゼを見て、ニヤニヤしながら飲んでいた。ちょっとのあいだ、考えこんでから、お前のかみさんはお前が思うような女じゃないぞと言った。ジョゼは内側から襲ってくる震えにも平然としていた。そこで誘惑者はニヤリとして、もし私の言うことを信じないなら、今、モンテへ行け、お前の寝室の窓の扉が開いていて、開いたカーテンのすき間があるから、そこからのぞいてみろと言った。ジョゼはテーブルのあいだを通って出ていき、男たちは力なく腕をだらりとして下を向いたまま、悪魔は満足げにニヤリとし、赤ワインがあふれそうなコップがひとつカウンターの上に、まるでその瞬間の目撃者のように、あるいはみなしごか一本の灯されたろうそくのようにぽつんと残されていた。ジョゼは広場を通り抜け、雌犬は彼をすでに悼んで泣いているような視線を向け、彼のあとに続こうと何度も必死に試みたが無駄だった。それは、突然に盛りが冷めてしまったような多くの犬に囲まれて、舌を出した一匹の犬に交尾されていたからであった。

モンテへ向かう道で、ジョゼのブーツは速かった。砂の山に突き刺さるシャベルに似たかすれた音をたてて、滑るようにスピードが速かったので、遠くまで後ろへ砂の粒を飛ばすほどだった。空から見るとジョゼは平原に描かれた轍の上を進んでいる小さなもので、ふたつの平原をあるいは同じ平原の色の違うふたつの部分を分かつ線のようなものの上を進んでいる手足が生えたちっぽけな点だった。空から見るとジョゼはほとんど取るに足らないもので、そんなはずはない、そんなはずはないと考えるものでもなく、急いで歩くものでもなかった。そして、空から見ると彼が考えていたことのすべては、彼にとっては空よりも大きかったが、雲のあいだの燕の羽毛の一本よりも小さく、嵐のあとの一滴の雨の名残りのようなものだった。もうすぐモンテに着こうという頃に、畑で働く男たちを乗せた荷車が彼とすれちがった。男たちはひとりひとり順番に彼を見たが誰もこんにちはとは言わず、お互いに顔を見あわせ、誰も他の者の視線のもとでは何も言わず、沈黙したままでいたが、それが敬意の表現だった。それから太陽の下でたったひとりでジョゼはモンテの手前の柵のところにたどり着いた。そして、店を出てから初めて、ジョゼは進むのをやめようかと考えた。太陽を探して正面から見つめた。彼が進んできた光のトンネルが、モンテの道の途中で止まっていた。そして、夢のなかで話す声のように、お前のかみさんはお前が思うような女じゃないぞ、と言われたのを思い出した。もし私の言うことを信じないなら、今、モンテへ行けと言われたのを思い出した。お前の寝室の窓の扉が開いていて、開いたカーテンのすき間があるから、そこからのぞいてみろ。両目をこすり視野のなかの光をぬぐい去って進んだ。門は昼でも夜でも開いていた。しい表象だった。金持ちの屋敷は記憶の、あるいは不吉な予感、あるいは予感の記憶の痛タンクのところを通り過ぎた。水をまく庭園を通り過ぎた。寝室の窓。六歩ほど歩けば寝室の窓だ。木枠は古いが手入れされていて、ガラスも古いがきれいだった。丸みを帯びた石灰の壁、白いクリームの壁に開いた四角い穴。慎重なジョゼの歩み。その歩みにかかる時間は何度も老けこむほど長く、しかしその歩みが歩み出されたあとに思い返せば短く現実味がない。かがめると扉は開いていてカーテンを通してすき間があった。そして、妻が大男の身体の下に横たわっていた。ジョゼは死んでいながら死ぬように感じ、死んでまた死ぬように感じ、妻が大男の身体の下に横たわっていた。子供はゆりかごで眠っていた。そして、箱か袋のような、とても暗い夜があり、そこにジョゼは閉じこめられ、そこでは息ができず、そこではすでに死んでしまっていて、ただ最期の弱々しい意志のひと息が途切れるのを待つだけだった。子供を見た、その穏やかな顔と目と、握りしめ頭の横に上げた小さな両手と、その眠っている様子。妻を見ると妻はまっすぐに彼を見つめていた。大男の下に身体を横たえて、ずっと以前から初めて妻は彼をまっすぐに見つめていた。それは彼女が心から傷つき、悲しんでいるまなざしだった。そしてそれはジョゼのまなざしだった。哀悼と暗黒、そして死。見つめあったそのときにお互いにわかりあった。そして、寝室のなかで大男の身体の下で妻はジョゼが去っていくのを見て、彼を永久に失ってしまったと感じ、その一瞬の切なさをいつまでも思い出していた。ジョゼは立ち去りながら妻に罪はなく、そして彼のことをとても愛していたのだとその日に理解した。

広い空を背にしてジョゼは羊の囲い場まで行った。羊たちは彼に気づいてもどこ吹く風だった。飼桶の後ろで、ジョゼは肩から袋を下ろして屋根を支える松の木の幹の釘に紐を引っ掛け、黒い子羊の皮を脱いですぐそばのもう一本の釘に掛けた。牧草をいくらか抱えて飼桶のなかに入れた。水をとりかえた。格子戸に吊るしてあったロープをつかんで、右腕に通すと、肩に固定してオウティロ・ダ・フォルカへの道を歩きだした。

俺が死ぬときお前のまなざしは俺のまなざしのなかに留まり、そして死んだ俺はぼんやりと平原を見つめるが、それはゆっくりと夜になっていくお前のまなざしになるだろう。お前のまなざしは忘れ去られた俺の両手のなかにあり、誰もそれをそこに探そうとはしないだろう。俺は思う、人は誰も物を探すとき、それがある場所がまったく思い当たらない、なぜなら人は誰も煙や雲やまなざしの思いなどまったく知るよしもないからだ。そして、お前は、忘れ去られた手によって沈黙を失い続けるのだ、お前の沈黙を徐々に俺の胸のなかに葬っていくのだ。何度も妻よと呼ぶ。過ぎ去った場所、あるいは死んだ場所で吐息のなかで繰り返された妻という言葉。時間と人生。妻よ、一体俺たちは何だったのだろう。今日、お前は俺のものだとわかった。今日はお前がわかる。お前のまなざしもお前の沈黙も俺のものなのだ。しかしもう俺には何の役にも立たない、なぜなら人が人でなくなる場所へ向かって俺は進んでいるからだ。人生の瓦礫のあいだをぬって独りぼっちの道を俺は歩むのだ。その道では何もかもがとても小さく、その小さなもののひとつひとつが余計すぎる。俺のそばには、羊たちと俺にはもう思い出せない考えとのあいだに午後の残骸がある。俺のそばに、お前や俺の息子や父や母や姉のかけらがある。服を干しているお前は、悪魔や人々の噂では、堕胎して、子供を堕して、愛しいひとよ、大男の下で横になって、俺たちの息子に食事を与えていて、愛しいひとよ、愛しいひとよ、お前の肌や俺たちが愛しあったあの夕暮れ。俺の息子、生まれたあとに子供の真摯なまなざしで、初めて俺の腕のなかで、俺の心のなかで、その温かい塊が揺りかごのなかで安らいでいた。俺の親父、友でもあり、あらゆる術を俺に仕込んで、俺をベルトで打ち、泣いたり、ズボンを上に引っぱり上げたり、俺を見て俺に話しかけて、姉の家の鶏小屋の前に座って、俺たちはジュダスの店に入ったり、家畜の市をぶらぶらしたりした。俺のお袋、俺を町に使いにいかせて、俺にキスをして、死の床に着き、生きて、息を引きとり、棺に入れられ、いつも裏庭では俺にお話をしてくれた。俺の姉、母を手伝って、結婚したがって、両親とか子供の役をしてひとりで遊んでいた、母が姉の周りで姉のドレスにピンを刺していて、姉の目は希望に満ち、たくさんの言葉をしゃべり、親父の世話をして、結婚した蹄鉄工は酔っぱらいで姉を泣かし、でも姉は不器用な愛で子供の世話をしていた。ひとりで俺は先に行くが、あなたたちみんなとここで一緒だ。あなたたちをずっと一緒に連れていく。日が沈む前の最後の日の光が目の前に見える。俺は思う、ひとりの人間は一日であり、ひとりの人間は一日のあいだの太陽なのだ。そして、そのまま進み続ける必要がある。俺の足が大地の上を進んでいく。息子よ、お前はまだ眠っているけれど、日が沈むのを見せてやりたかった。大地を見せてやりたくて、大地の深いところの色を教えてやりたかった、なぜなら大地の深いところの色を知っている者は世界と人間を知っているからだ。息子よ、太陽が今姿を消し、太陽が隠れた山の頂の周りには血のような赤い翳りが残っているが、明日は暑くなりそうだということを俺はお前に教えてやりたかった。もし前の晩に星が見えないようなら、次の日は雨が降るとお前に教えてやりたかった。お前がこれを知っていればなんでもわかるんだ。俺たちが知ることができるのはそんなささいなことなのだ。あとの残りは、息子よ、説明のつかない不思議なことなのだ。残りは霧のなかで突きつけられる短刀だ。残りは縛られている俺たちの胸に迫ってくる短刀なのだ、息子よ、お前はまだ眠っている。お前の母は瞳のなかに俺を宿しているのだ。俺のなかに彼女のまなざしがあるのだ。妻よ、俺についてきて俺を見ているお前、俺がお前を大事にしていることをわかってくれ。そしてこのことをお前に言うのは、俺にはわからないたくさんのことを言うことで、俺の心の頂の周りにある赤い空のことを言うことで、俺が感じていることをお前に言うことだが、感じていることが何なのかを言うことはできないのだ。そして俺のなかにあるお前は俺自身の顔となるもののなかに結晶化されるだろう。そのときにはお前はひとつの悔恨などではなく、お前は服を干すのを俺がのぞいていた若い小娘なのだ。お前に対する俺の望みをノートに書いた通りのお前になるだろう。そのページが俺の肌になるほどまで暗記してしまったノート。土曜、午後六時、彼女は庭に水をまいてバラに触れ、ひとりで微笑んだ。金曜、午後五時半、彼女は屋敷を出て地面を見ていた。木曜、午後五時、扉のところまで来て、顔の穏やかな肌、そして空のような瞳。そして俺がどこにいようとも、決して今までできなかったようにお前に触れることはできないのだ。やがてその苦痛は大きくなるのだ、なぜならもう二度とお前に会うことはなく、もう二度とお前の沈黙を聞くことはなく、かつて俺が抱いていた望みがすべて無になってしまうからだ。死んで、人が生きているあいだには絶対に耐えられないような真っ暗な闇に俺は立ち会うことになるだろう。ひと筋の光も、ひと筋の光もなく。どんな人間も絶対にひと筋の光もない暗闇には耐えられなかった。そしてこれに向かって俺は進んでいかねばならないのだ。俺とその場所の途方もなく長い距離を隔てているのは、ほんの数メートルでしかない。苦しむとは苦しみ続けることなのだ。決して俺が望まなかったことをこれからも望むことはないだろう。もはや俺の歩みは俺のものではなく、今までも俺のものではなかったのだ。何もかも終わる。野原は一日余計に持ちこたえていたが、明日はもう存在しない。この赤い空はずっと赤いままだろうし、俺の知っていたもうひとつの空は永久にかつて俺が知ったことの思い出なのだろう。さらば妻よ。さらば息子よ。さようなら父さん。さようなら母さん。さようなら姉さん。俺の前にあるのはあなたたちの顔だ。あなたたちは永久に存在し続けるだろう。俺は思う、その同じ場所が常にそうであったり、ふたたびそうなることはない。妻よ、息子よ、父よ、母よ、姉よ、俺のために泣かないでくれ。子供たちにはまだ穀物畑がある。まだ子供たちもいる。いつかもっとそれにふさわしい日のために涙をとっておくのだ。子供たちの目の前で穀物畑が死に絶える日のために、あるいは子供たちが死んでしまう日のために、涙はとっておくのだ。今日俺は死ぬ。そして俺が死ぬのは世界の冷徹な秩序のなかではどうでもよいことなのだ。

ジョゼは丘の上にたった一本だけ生えているねじれたトキワガシに近づいた。それは幹が急にぐにゃぐにゃと曲がっているトキワガシだった。ジョゼはロープに固い結び目を作った。ロープをじょうぶな枝に通してそこに固定した。幹を一段登った。ロープの輪を頭にかけて首元で締めた。最後にもう一度世界を見ようともしなかった。前方に軽く跳んだ。骨が外れる音がして首が折れた。ちょっとのあいだ、ぶらぶら揺れて、地上のそよ風がほとんど動かなかったので、やがて垂直に止まった。そのへんを歩いていた雀が彼のほうを見て、彼の希望のない目や何も持たない両手を見て、空へと飛び立っていった。ジョゼは小さくなって、小さくなって、雀が上から見たときには、ジョゼは血のように赤い地平線と交わっているねじれたトキワガシの垂れ下がった枝にしか見えなかった。

第二巻

大地は燃える沈黙そのものだった。太陽は炎の熱で大気を輝かせ、燃えさかる炎のような色に染めていた。火のオーラが大地のオーラとなり、光と太陽になる。平原の肌の上に並べられた無数の小石や砂利は握りしめた手のなかの真赤な炭火のようなものだった。ジョゼと羊たち、雌犬、コルクガシの木々とコルクガシの大木は息が絶える寸前で描かれたスケッチのようなもので、とても長い時間であるとともにほんの一瞬でしかない瞬間に燃焼した状態で固まってしまったようだった。南風が穀物畑の上を吹いてきて、その通ったところの小麦の穂はしおれ、あっという間に干からびて、あっという間に枯れてしまうのだった、というのはゆっくりとしたそよ風はひとかたまりの地獄で、一面大気がそうであり、呼吸するものすべてはそれを吸いこまざるを得なくなり、あの固まった焼けるそよ風がすべてを包みこむ唯一のものであるからだった。南風はゆっくりと迫ってくる避けることのできない地平線だったのだ。逃れられないのだ。南風は穀物畑の途切れる一番最後の穂まで達し、からからに干からびさせて、たくさんのアザミをも覆い、その熱の下やそのなかでしなびさせてしまった。その奥に、大きなコルクガシの木の日陰のなかにジョゼが見え、日陰に羊たちが身を縮めてたくさんかたまっているのが見えた。南風は光のなかを、大地の上を進んでいった。ジョゼと羊たちがだんだんゆっくりと少しずつ近くなってきた。南風はジョゼや羊たちや大きなコルクガシや他のコルクガシの木を通り過ぎていった。南風のなかでまなざしは動かないまま、肌は焼け、血は熱くたぎっていた。

この静けさには覚えがある。この午後には覚えがある。羊たちはコルクガシの木の下で死んでいるかのようだ。雌犬は俺のそばに寝そべっている。小さな雑草がかすかな風にたわんでいる。空と大地は向かいあっていて、大地には空のけだるさが映り、空には大地のけだるさが映っている。この午後には覚えがある、なぜなら俺はそれを何度も経験したからで、何度もこの静けさやこの穏やかな確信に耳をすましたからだ。俺は思う、おそらく男たちの内面にはひとつの光があって、おそらくそれはひとつの明かりで、おそらく男たちは闇でできているのではなく、おそらく確信は男たちの内面のそよ風でおそらく男たちは自分が持っている確信そのものなのだ。

心臓のあたりが熱いから彼がここに来るのは間違いない。こっちのほうにやってくる。俺は身体のなかで彼の身体がやってくるのを感じる、その歩みは速くもなく遅くもない。俺の身体のなかに彼の率直な考えと真摯な意志を感じる。俺は顔のなかに、やや早すぎた定めによって子供から大人になった彼の、大人と子供の表情を感じる。ここに来る。そして、午後がより穏やかになって暑さがやわらぎはじめる頃に姿を現わすだろう。モンテのほうから来て、姿を現わし、俺を見て、おびえた子供が母親の腕へと駆け寄るように走り出すだろう。そして、まるで抱擁するかのごとく彼はいつもの率直なまなざしで俺を見るのだ。俺を信頼しているのだ。そしてほっとした飾り気のない様子でここをあとにするのだ。俺は、午後が息も絶え絶えにほとんど夜のように鮮明に澄み切っていくのにしたがい、自分そのものである苦しみになり、痛みと希望の混じりあったものになるのだ。そして、燃え盛って俺に触れているこの空の下で、今、俺はそうなることがわかっている。心臓のあたりが熱いからそれは間違いない。

ジョゼはジョゼの息子だった。父親と同じ名前で、父親についてわずかに知っていることは、彼のわずかな質問に対して与えられた答えぐらいだったが、彼にそっくりだということは知っていた。それはガブリエル老人が子供の頃から彼にいつもそう言っていたことだった。お前はまったく親父にそっくりだ。父親がどうやって死んだのかジョゼに話す勇気のある者は誰もいなかったが、ジョゼは母親の喪の深さからそれは話すべきことではないのだと悟っていた。ジョゼが父親について聞いたことはわずかだったが、すべてを知っているような気がした。午後に、サロマン[*4]を待ち、羊の世話をしているようなそういうときには、ジョゼは自分が悲しい大恋愛の末に生まれたのだと秘かに想像していた。モンテの洗い場のタンクに映った自分の顔を見て父親の顔を思い描いていた。お前は親父にそっくりだ、とガブリエル老人は彼によく言っていた。それは中庭の空き地で遊んでいたときや夕暮れに畑から戻ってきたとき、そして初めて盲目の娼婦を訪ねたときなどであった。ジョゼはそれが本当だと知っていた、なぜなら自分の力のなかにひとつの力を感じていたからで、なぜなら自分のしぐさのひとつひとつのなかに同じしぐさを感じていたからである。

そして、ジョゼの息子のジョゼはサロマンを待っていた。大きなコルクガシの木は三十年前に彼の父親を包みこもうとしていたように、繁った細かい葉で彼を包みこもうとしていた。大地は三十年前に彼の父親の前で熱く焼けていたように彼の前で熱く焼けていた。うつろで悲しげな様子の羊たちは、三十年前に彼の父親を見ていたように横から彼を見ていたが、そんなことはジョゼは知らず、考えもしなかった。左手で杖をつかみ、自分自身に対し自分の確信を繰り返していた。もうすぐあいつはやってくる。雌犬も大きなコルクガシの木も羊たちも、その午後についてはよく知っていて、午後になる前にその午後について心に浮かぶほどだったのだ。彼らはサロマンが地平線に現れる正確な瞬間を知っていた。もうかなり年を取り、まるで眠っているかのように横たわって、雌犬は三十年前に自分の主人がオウテイロ・ダ・フォルカのねじれたトキワガシに宙づりになっているのを見た夜のことを思い出していた。そして町へ戻って、犬というすべての犬を広場に集めたことを思い出していた。待ちぶせして、辛抱強く待ちぶせして、そして大男の姿がジュダスの店をあとにした瞬間を思い出していた。星の輝く夜にしてはあまり明るくない、うす暗い道を彼のあとをつけていったのを思い出していた。その雌犬のまぶたの下の暗闇のなかで、三十年前のあの夜のことが思い出されていた。自分の身体と他の犬たちの身体が大男に飛びかかり、打ち倒したことが思い出された。すべての犬のうなり声に囲まれているような騒がしさを思い出し、その歯で大男の片方の耳を噛みちぎり、その歯で片方の目玉をえぐり出し、その歯で喉に穴を開け、大男の口の端を噛みちぎった感覚を思い出していた。地面に大男の身体がばらばらに散らばっていたことや熱い血の味を思い出していた。モンテ・ダス・オリヴェイラスまでひとりで戻った、その夜のことを思い出していた。ジョゼの家の扉のところに身体を横たえたことを思い出していた。ときどき、子供が泣くのが聞こえてきたのを思い出していた。もうかなり年を取った雌犬は三十年前に大男を待っていたように、サロマンを待っていた。
雌犬は前足の上に置いていた頭を挙げた。暑さは徐々に大地の涼しさと混じりあっていた。太陽はもはや空を黄色く染めてはいなかった。今は透明な光があたりにあった。世界が静まり返るような感覚が地平線から現れつつあった。そのときが来た。ジョゼは鋭い視線を向け、モンテの方角を見つめた。

僕の足がジュダスの店へ近づいていくと、賭け事をしたり飲んだりしゃべったりする男たちのざわめきが声の糸玉になってゆっくりとゆるやかなそよ風に引かれるように広場に広がるのだった。なかに入ってカウンターに近づく前に「こんばんは」と言った。そうだ「こんばんは」と言った。男たちはあちこちから同じ表情をして、「こんばんは、サロマン」と返した。この「こんばんは」の飛び交う様子は特によく憶えている、というのもそれは初めてそのことに気づいたときだったからだ。ときどき、常にそこに存在したあることについて、こんなふうに気づくことがあり、そのときが僕の目に止まった初めてということになり、何かの拍子にもっとあとになってからそれを思い出すといつもそのときのことを思い出す。ある声はか細く、ある声は太く、活気にあふれたり、ときに不機嫌だったり、短い声や間延びした声の、あの偶然のやり取りについてもそうだった。僕はカウンターに近寄った。赤ワインを一杯。僕のそばで四人の男がとても細く切った豚の脂身のフライを盛ったほうろうの皿を囲み、ワインを飲み、ひとりがナイフのすり減った切っ先を伸ばして紙切れのように薄い層をたいそうもったいぶって切り取るたびに、他の三人はいちいち動きを止めて、なめるようにそれを見つめていた。ジュダスの息子は、袖をまくってあちこちへと動きまわり、コップを集めたり、会話という会話に参加したりしていた。僕らの視線が合った。赤ワインを一杯。空のコップをカウンターに置いた。そして、まさにその切り離された瞬間に不穏な沈黙が訪れた。しゃべっていた男たちはみな沈黙した。食べ物をつまんでいた男たちは離れていった。僕の後ろには悪魔がいたのだった。背中に彼の体温とうすら笑いを感じた。ニヤリとしながら赤ワインを二杯と言った。なみなみとなみなみと注がれたコップが目の前に出てきた。彼は自分のコップを取り上げて飲み、僕を見て目にうすら笑いを浮かべた。僕のコップは手つかずのまま光っていた。男たちは僕を見ていた。悪魔は僕を見て、僕を見ながらニヤリとして、最近お前のかみさんを見かけないが、どこにいるんだと僕に尋ねた。僕はカウンターぞいに三歩横にずれた。悪魔はついてきた。沈黙は死ぬ直前の息苦しさのようで、喉がふさがれて死ぬ前に、息をしようとして腕で空気をつかもうとして、空気の塊を口に詰めこもうとして、指を喉に突っこみながら、喉が塞がって死ぬ直前のようだった。知ってるか、と誘惑者はニヤリとしながら言った。お前のいとこのジョゼが言っていたが、あいつは、お前のかみさんがどこにいるのか今でもいつでもお前よりよく知ってるそうだ。僕は二歩後にさがった。男たちは幽霊でも見ているような様子で黙って僕を見ていた。悪魔は僕を見て、ニヤリとして、それからニヤリとしてせせら笑っていた。その笑いは大きくなって、店全体の大きさほどになって、お前のいとこのジョゼはお前よりもあの女のことをものにしていると言ってたが、本当かサロマン、と言った。きらきら光る煙がぼんやりとした雲となって明かりを覆い、鏡が竜巻のようになっていたるところに僕の姿を映し出していたけれど、僕は隠れてしまいたい一心だった。本当かサロマン。男たちは僕を見ていた。悪魔も僕を見ていた。僕の足は強風のなかで煉瓦の家を支えるもろい砂山のようだった。本当か、サロマン。逃げるように僕は広場に飛び出した。悪魔のうすら笑いが店の入り口にあった。夜は暗い。通りには誰もいない。僕は家に入り、寝室に入った。服を脱ぎ、震えながら妻のそばに身を横たえた。

サロマンはモンテからジョゼが羊の番をしている放牧地への道を歩いていた。その背後には町からモンテへ向かう街道と、疲れと太陽があった。昨夜の記憶と恐れ、疲れと太陽が彼のなかにあった。サロマンが歩いていくと、彼の顔のなかにはもうひとつのゆがんだ顔があった。彼の恐れのなかにもうひとつの恐怖があり、彼のなかにもうひとりの誰かがいた。彼は苦しみを抱えていた。歩いていくと沈黙が重苦しくなり徐々にしつこくつきまとうようになって、静けさが彼にその言葉を繰り返し、言葉という言葉を繰り返した。昨日の夜のあの言葉。昨日の夜のあの言葉が、そして、すべてが彼の目をくらませて頭のなかがごちゃごちゃになるようなめまいが襲った。反射して形を変える嵐のなかですべてが混ざりあって立ち並んでいた。サロマンは歩いていたが、何が起こっているのかわからなかった。歩を速めた。立ち止まった。歩を速めた。それらの声がすべて頭のなかにあった。昨日の夜の言葉、あの言葉。

サロマンはジョゼの父親の姉の息子でいとこだった。サロマンはジョゼより年上だったが、いつもその逆のように思われた。遊びを仕切るのも、何をするかを決めるのも、どこへ行くのかを決めるのも、いつもジョゼだった。小さい頃は一緒になって遊んでいた。ジョゼは木に登りたがり、サロマンは怖がった。ジョゼはかくれんぼをしたがり、サロマンはひとりぼっちになるのを怖がった。ジョゼは鬼ごっこをしたがり、サロマンは絶対に彼をつかまえられなかった。サロマンがジョゼのことを話すときは彼を僕のいとこと呼んでいたが、ジョゼがサロマンのことを話すときはサロマンと呼んでいたのだった。

モンテを過ぎてから、最後の小山が見えてきて、ジョゼと羊たちがその先にいるとわかると、サロマンは足を速め、片足の不自由な人のように、まるで片足が不自由な子供のようにぎくしゃくと走った。

俺は思う、もしかしたら空は真水をたたえた大きな海で、俺たちは空の下ではなく上にいるのだ。天地を逆さまに見ているだけで、地面が空のようなもので、俺たちが死ぬと、死ぬそのときには、たぶん俺たちは落ちて空に向かって沈んでいくのだ。

黄昏が凍りついた。午後とまだ言えるようなもの、あるいは穏やかな神への賛歌が止まった。そのまばゆく輝く色合いのなかにはまだ明るさが残っていた。小鳥たちの鳴き声が残酷なメロディーとも言える沈黙のなかに残っていた。そよ風が止んで涼しくなった。サロマンは階段を上がるように、少しずつ小山から姿を現わした。頭、胸、腰、足の順に。ジョゼはそれを見ていた。最後に全身が現れると、あまり軽いとはいえない足取りで駆け出したけれど、転んでいないのに、転んでいるように見え、あたかもひどく太っているかのようだった。ジョゼの近くまで来て、歩をゆるめ、ふたりは互いの顔をはっきりと見ることができた。サロマンは言った、本当なのか、ジョゼ。一瞬の間が空き、ジョゼは目をそらした。何かのきっかけを得たように、サロマンは表情を緩ませて昨夜あったことを話した。言葉という言葉をジョゼは聞いた。最後に、まだ夜はあのきらめく明るさの向こう側にあったが、サロマンは、嘘なんだろう、そうじゃないよなと言った。僕はわかってる。サロマンはジョゼを見たが、それが男同士の抱擁だった。そして離れていった。モンテの方角のほうの小山の向こうに消えていった。ジョゼは空を見た。小鳥たちの鳴き声がまた神秘的なハーモニーを奏ではじめた。そよ風はふたたび乾いて熱い本体に戻った。燕が一羽横切っていくあいだだけ午後が続き、夜になった。

＊4　サロマン：ポルトガル語ではSalomãoで、訳では発音が近い「サロマン」とした。旧約聖書に登場するこの人名は日本語ではソロモンが一般的だが、ラテン語やギリシャ語ではSalomon、Σαλωμώνである。

開け放たれた窓から台所いっぱいに朝が入ってきていた。サロマンの妻はテーブルの周りを歩きまわり、それから裏庭へと走り、母親が何をしているか確かめてから、炉のそばへ近づいてスープをかき混ぜた。サロマンはだいぶ遅くに起きた。コーヒーはなかったので出かける前にコーヒーは飲まなかった。またあとで、と言ったが、妻は朝の始まる気配がする頃から起きていて、もう母親の身体を洗い、床を磨き、たらい一杯の洗濯物を洗って、スープを作りはじめていた。サロマンはジョゼのことは考えず、まるでブーツがよほど重いか、あるいはとても大きくなったかのような様子で通りを駆け抜けていった。製材所に入るとき、思わずハンチング帽を脱いで立ち止まった。ラファエル親方が彼を見た。そっけなく耳にかけた鉛筆を取って細長い板に線を二本引いた。のみを持ってきてこっちを手伝え、とだけ言った。サロマンはふたたびハンチング帽をかぶり、急いだ。

男がふたりと徒弟がひとりいるだけで、製材所はそんなに大きくなかった。小さな中庭があり、木の幹がいっぱいに積み上げられ地面が散らばった松の木の皮で見えなくなっていた。製材所の中庭は朝はとりわけ美しかった。太陽はとろけるように降りそそぎ、決して熱くはなく心地よかった。松の木の皮の合間をぬって飛び出した草を照らしていたが、それは心地よかった。午後は大変だった。その同じ太陽が、別物のように木の幹を鋸で切る男たちのむき出しの背中や胸に集中するのだ。肌の上で汗が沸き立っていた。作業場のなかには、大工仕事の作業台がふたつと真ん中にテーブルがあった。ラファエル親方の台は片づいてきれいだった。道具は道具箱のなかにあり、それぞれ定位置に収められ、何もかもがしかるべき状態になっていた。サロマンの台は散らかって鋸くずや鉋くずだらけだった。道具は使ったら置きっ放しで、何もかもがだらしなかった。真ん中のテーブルは、うっかりつけた鋸の傷や、誤って開けた錐穴、釘の跡や的をはずした金槌の跡がいくつもあり、ふたりが共用で使っていたもので、大きなものを置くのに使われていた。片隅の、石灰質の白い線が鶴首にそって縦に入った水瓶のそばには、釘の箱がぎっしり詰まった棚がふたつあった。そして、何も書かれていなくても、ラファエル親方が真鍮の釘を二本くれとか、仕上げ用の釘を三本くれとか、六号の釘を三本くれと言えば、サロマンはそれがどれだか正確にわかっていて、親方にそれらを渡す、それがあたりまえだった。その朝は口笛もおしゃべりもなかった。黙々と働いていた。

昼食の時間まであと少しというときに、ラファエル親方は徒弟に昼飯に行っていいぞと言った。杖で一歩そして足でもう一歩踏み出して、サロマンに近寄った。ラファエル親方は父親から製材所を継いでいて、頑固な性分と感情の率直さを父親から譲り受けていた。木に関するあらゆることやその他すべてを父親に仕込まれた。父親の家であった小さな家に住んでいた。どれだけ働いても、土曜も日曜も製材所で過ごしても、生活していくのがやっとで、盲目の娼婦の家に、ある週は行けるが別の週には行けないという具合だった。町には他にひとりかふたり大工がいたが、ラファエル親方ほど熟練した技術を持つ者は誰もいなかった。すべて父親に仕込まれた。彼が生まれたその日に母親は死に、父親はそのことをまだ知らないうちに、彼を見て、目を潤ませ、立派な男になるんだぞと言った。ラファエル親方の右足は股の付け根の線のところからなく、右腕は短く、切られたような跡だけが残り、そこに松葉杖の上端がぴったりはまっていて、右耳はなく右目は見えなかった。立派な男だった。十歳のときには大人のように製材所で父親を手伝っていた。父親の自慢で、父はいつも微笑んでいた。父親は彼が一人前の男になったのを見届けた日に死んだ。そして、あの朝、木くずのあいだを通ってサロマンに近寄った。どうしたんだと聞いた。サロマンはすぐには答えなかったが、愛情をこめて親方を見て、すべて解決しましたと言った。

開け放たれた窓から台所いっぱいに朝が入ってきていた。コンロからスープをおろした。というのもそろそろ時間だし、今は休みたい気分だ。サロマンはあのドアから入ってくるだろう。たぶん私を見るだろうが、何も言わないだろう。というのも、私たちは決して言葉を交わさないから。今日はだいぶ遅い。パンの皮をちぎって皿にのせ、スープに浸して、黙ったまま、テーブルを見ながら食べるだろう。ちょうどその頃には、私は裏庭に行くのだ。母を隅のほうに引っぱっていき、襟元に布を差しこみ、人形のようなまなざしで見つめる彼女にさじでスープを食べさせる。さじの縁で母のあごに流れたよだれ混じりのスープをすくい集め、さじに満たして母の口に入れるだろう。母はスープを飲みこむだろうが、それで何か役に立つということもなく、というのも三十年間同じ言葉をぶつぶつ繰り返すのをやめないのだ。そして言葉はスープの泡になって口の端に溜まり、ときどき喉を詰まらせるのだ。

裏庭のドアに近づいて母を見る。彼女はおもちゃに囲まれている。彼女の小さな平鍋、彼女の小さな寸胴鍋、彼女の小さな皿。それを買ってあげたときのことを思い出す。結婚してまもない頃、六か月のあいだあれこれと節約した。小さな料理道具のセットを買ってあげると、それまで棒切れや針金で調理するのに慣れていた母は、ひとつひとつのピースをつかんでは午後じゅうずっと見とれていたのだった。サロマンはその変化に気づかなかった。私も何も言わなかった。母を見る。その影が短くなり日なたにいる。母は私が置いたところにそのまま留まっている。小さな寸胴鍋に土や石ころ、細かい草などを詰めこんでいて、目を見張るような形を彫り上げるのだ。モンテ・ダス・オリヴェイラスの屋敷を作っているのを見たことがあるし、礼拝堂の外装と内装を作ったり、墓地全体を作っているのを見たこともある。しかし、他のどんなものよりも多く、何年も前から繰り返し繰り返し作っているのを見るのは、ひとりの男の顔で、何度も作っているのはひとりの男の顔か、同じ顔をした何人もの男なのだ。そして彼女は自分の話を繰り返す。三十年間自分の話を、同じ話をずっと繰り返している。終わったところで始まる果てしない旋律がひとつひとつの言葉で始まり終わることがない。祈りのように途切れることなく単調な言葉で、虫の羽音、飛んでいる昆虫のように、飛び続けるハエのように、あるいは一匹の蚊の内側にいるかのようだ。一日じゅう、ひと晩じゅうずっと。寝る前にはいつも母が同じ言葉で同じ旋律で同じ話を、声というよりは息遣いで、三十年間ずっと物語っているのを私は聞いてきた。母さん、母さん、あなたの顔はここにあるのに遠い。影が短くなり、あなたは日なたにいる。

サロマンが作業場を出たとき、少しずつ木材の強烈な臭いが薄れ、通りのさまざまな臭いや太陽に入れ替わっていくのを感じた。家々の戸口に女たちが出てきてバケツで水をまき、彼にあいさつした。サロマンはジョゼのことを考えていた。モンテ・ダス・オリヴェイラスに彼に会いにいったことや、長い時間、野原を駆けまわったり、遊んだことを思い出していた。初めて、いとこに会ったのは祖父の葬式のときだった。六つかそこらだった。彼の腕をつかんだまま、母親はサロマンをジョゼに紹介した。ふたりにキスをさせようとしたがジョゼは顔をそむけた。祖父の葬式で式のあいだじゅう、彼が一番よく憶えているのは、唖然としたような、しかし尊大な様子で彼を見ていたあの男の子、彼のいとこのあの男の子の顔だった。そうはいっても、それ以外のことも全部よく憶えていて、ちょっとばかし涙もろい女たちが彼の髪や顔や首を撫でて、この子が孫なんだね、この子が孫なんだねと言っていたことも憶えていた。自分の母親について憶えているのは、黒い喪服をまとい、ときおり泣いていたことや、女たちに囲まれているようにしていたことや、母親は父親の死を嘆いていたのではなく、自分の不遇、自分自身の不遇を嘆いていたという、うしろめたい印象も憶えていた。また、家の戸口にいた、ほりの深い顔だちのハンチング帽を手にしていた老人たちのことも憶えていたし、こんなのまともな人生じゃない、息子の次にこうなんだからと囁いていた女たちのことも憶えていた。静かな自分の椅子に腰かけて、やっとひとりになれたときに祖父のことを考えたのを憶えている。祖父の死んで横たわっている身体を前に、表情のない祖父の顔のことを思っていた自分。祖父の死んで横たわっている身体を前にして、表情のない祖父の顔のことや、鶏小屋の前の表情のない祖父のまなざしのことを彼は思っていた。そしてサロマンは全身に広がった、あの沈黙が何かを理解していて、それは彼が六歳のときの毎朝にそれを理解することを学んでいたからだった。そしてサロマンは祖父と一緒に、祖父の周りで、まるで祖父が人形や一本の木であるかのように遊んでいた日々に彼の肌になじんでいた光のことを考えていた。それから、その日の前日のことを思った。裏庭での遊びから戻ってきて、そのことが引き起こすであろうことすべてをまったく考えずに、恐れる様子でもなく深刻にもならず、おじいちゃんが息をすることをやめたと言ったことを思い出していた。六歳ではサロマンは祖父が息をしていることとしていないことの違いがわからなかった。祖父の遺体の前で通夜のあいだ、サロマンは母が毎晩そうするように、祖父をベッドに寝かしたのだろうと考えていて、なぜ人々が見にきて、お気の毒に、と言ったり、神のお慈悲だ、と囁いているのかがわからなかった。何もかも憶えていたが、完全に絶対的な鮮明さで鮮明に憶えているのは、いとこであるあの男の子の大人びたまなざしだった。これがお前のいとこだよ、と母親が言い、その背後で男たちが祖父の上にシャベルで土を投げかけていた。人々は大きな通路でぎゅうぎゅうぎゅう詰めになっていたが、その先には出口があり、高くて重くて黒い門が、天に届きそうな門があった。これがお前のいとこだよ、と言ったが、ジョゼの母親にはわざと「こんにちは」とも言わず、目もくれなかった。ジョゼの母親は真っ黒な黒い場所で、手の動きや唇の表情とか目に視線のない空白の場所だった。ジョゼの母親はとても深くて、とても冷たく、そしてとても濃い霧だった。死んだ女で、死人が息をして、死者のような肌で顔や視線はなく、視線には夜が宿っていた。そうしてその朝、女たちはお互いを無視し、少年たちは何も言うことがないまま、四人は黙ってゆっくりとジョゼの墓まで歩いていった。死者の妻は前かがみでぼんやりとしたままだった。息子は目を伏せ、おなかの上に両手を組んでいた。ジョゼの姉である母親はポケットからハンカチを取り出して名前の文字をなでた。サロマンは彼らを見ていた。やがて母親に腕を引かれ、墓地の門に着いたときにも、ジョゼと彼の母親はまだ墓のそばを動かずにいた。サロマンは不意にこれらの記憶の深みから引きもどされた。突然、太陽のすべてと暑さのすべてを感じてほっとした。もう家の近くまで来ていた。もう一度ジョゼのことを思い出した。それからほっとして満足気に子供のように進んでいった。

サロマンの妻は母親を日陰に寄せておいた。そうして、未亡人の料理女が土や石や草や木からなる狂人の料理を並べ直しているあいだ、娘は動きを止めて母を見ていた。だいぶ年老いていた。顔の皮膚はくしゃくしゃになって、しわがびっしりと刻まれていた。歯は抜けていたが、絶え間なくしゃべっているので、舌には歯茎の跡がついていた。手はやせ細っていて、娘は彼女を風呂に入れるので知っていたが、乳房はふたつの長くて空っぽの皮膚の袋になっていた。だいぶ年老いていた。日が傾きはじめる頃にはいつもガブリエル老人は料理女はもう百歳は越えているだろうと言うのだった。彼が言うには、彼女は町じゅうで彼の次に年寄りだった。ガブリエル老人は彼女に会いにくる唯一の人間だった。少なくとも百三十か百五十歳は越えているというのに、ガブリエル老人は日が暮れる少し前にやってくる。モンテから町までの長い道のりをものともせず、キャベツやほうれん草の葉の束の、まだ新鮮なものを脇に抱えて、のんびりとやってきていた。サロマンの妻が裏庭に小さな腰掛、火のそばに置いてあるスツールを置くと、彼は座って未亡人の料理女を見ながら話を聞いていたが、彼女には話しかけなかった、というのも彼女は過去の時間のなかに閉じこもっているのだとわかっていたし、あるいは、実際、何も言うことがなかったのだ。日が沈む時間になるとサロマンの妻は両手で水の入ったコップをバランスを取るように持って裏庭に入ってくる。ガブリエル老人は、それを飲むだけのための長い一瞬のあいだに、むさぼるように飲んだ。コップを返すときにはいつも何か言うのだった。たいてい、お前の母さんはもう百歳は越えとるとか、町じゅうでわしの次に年寄りだ、とか。サロマンの妻が家のなかへ向かうと彼もあとに続く。台所を通り抜けて通りに面したドアを彼女が開ける。立ち去る前にガブリエル老人はまた明日と言って、誰もいない道をひとりで歩いていくのだった。ふたりは毎日顔を合わせるので、また明日と言うのだ。二日おきに彼女はモンテへ行き屋敷の掃除と洗濯をしていた。それ以外の日は彼が未亡人の料理女を訪問するために町に来るのだった。視線を上げて、落ち葉のようにその視線を地面にもどし、サロマンの妻は今日の午後もモンテまで行くことになるなと思い出した。台所に入って皿やスプーン、パンを並べた。いつものように一瞬のあいだだけ待った。すると、サロマンがドアの掛け金を動かす音が聞こえてきたが、驚かなかった。

他に考えていたことすべてをはっきりとは思い出せないが、しかし、実際のところ目覚めてすぐに、まだ起き上がりもせずシーツが生温かいうちに、わしが最初に考えたことは彼女の顔だった。彼女は視線のなかにエリアスのほぐされたような疲れとモイゼスの純真なまでの生命力、エリアスの沈黙とモイゼスの声を同時に湛えているのだ。昨日、彼女が水の入ったコップを持って微笑んでいるような悲しげなまなざしでわしに近づいてきたときに気がついた。屋敷での仕事を彼女に紹介してやったときにも、そんなふうにわしを見たのだ。その日、マテウス様の息子たちが突然ここに現れたのだが、ネクタイを締めて、標準語をしゃべり疑わしそうにわしを見ている男らがあの子供たちだったとはすぐにはわからなかった。マテウス様について、どうしているかと聞けば、死んだという。奥様はと聞けば、死んだという。彼らが言うにはモンテがどんなところか見にきたのだそうだ。そもそもここで生まれていたのに、モンテを見たことがないと言うのにはびっくりしたが、人の記憶などたかが知れているから黙っていた。彼らによれば、奥様はなくなる前の何年か庭の話をしていたというので、彼らは庭を見たかったとのことだった。羊の群れも見たがった。野菜畑も見たが興味を引いた様子はなく、野原に行って穀物畑を見てモンテをあとにする前に、彼らが自分の家と呼ぶ屋敷に入りたがった。ジョゼの母親が中から鍵をかけていた。正面のドアをノックした。両手の拳で叩いた。両の手の平で叩いた。マテウス様の息子たちはわしを見た。彼女はすぐ出てくるはずです、と彼らに言った。そして家の周りをまわって、窓という窓、ドアというドアを叩いた。さらにもう一周、家の周りをまわった。わしらは待った。とてもかすかな足音が近づいてくるのが聞こえた。彼女はドアを開けた。彼女のまなざしは死人のまなざしだった。肌は白く、その白さが真っ黒な喪服から浮き出ていた。彼女のまなざしは真っ暗な闇そのものだった。ぼさぼさの灰色の髪の毛だった。わしらはなかに入ったが、窓はすべて閉まっていた。わしらが吸っていたのは閉じこめられた空気で、ずっと昔からあそこにあった空気で、わしにはマテウス様と奥様の存在を思い起こさせるものだった。戸棚やテーブルやあらゆる家具はほこりをかぶっていて、それは物の上に第二の皮膚になったようなものだった。くもの巣がレースのナプキンのように厚く壁の隅にこれ見よがしに垂れ下がっていたり、廊下を遮っていたりしていた。床板はわしらが通るとキシキシと音をたてたり、にぶい音がした。マテウス様の息子たちはぞっとしたような様子で顔を見合わせていたが、何も言わなかった。そうして、家のなかを進むにつれ、何か腐ったような臭いがしはじめ、だんだんと強くなってきた。それは動物の死骸が腐っていくような臭いで、わしらはそれに向かって歩いていった。壁の割れ目からかすかな光が目の前に差しこんでいた。そして、大廊下に入ったとき、そこから臭いのすべてが生じていることをわしらは理解した。櫃のなかに閉じこめられている声の前に腰掛がひとつあった。そしてその周りに、廊下じゅうに糞便がいくつも山のように高く積もって、乾いたものもあれば新しいものもあった。小便や大便の臭いが鼻を突いて吐き気がした。一番若いのを除いて、マテウス様の息子たちはハンカチで口元を抑えていた。一番若いのは衝動をこらえきれず、水のような大量のげろを大廊下に吐いた。彼らは走って出ていき、外でわしが追いついたときに、まだ呼吸を整えようとしながら、彼らのうちのひとりが家の管理には別の人間を雇ってくれとわしに言った。両親が生きていたときのままにしておいてもらいたい。その日のうちに、わしは彼女と話した。まだサロマンと結婚する前で翌日から働きはじめた。二日おきにこっちへ来た。午後になったらすぐに昼食のあと、モンテの入り口に現れるだろう、そして消え入るような声でわしに、こんにちはと言い、歩いていくだろう。今日目が覚めたとき、彼女の顔が心に浮かんだ。

この道を初めて通ったのは十七になってから一週間たった日のことだった。その日すぐに今私が見ているこのオリーブの木が目にとまった。特別なオリーブであったというわけでもなく他と違っているのでもなかったが、その日は何もかもが特別で違っていたのだ。このオリーブの木が目にとまった。今日、その日のことを思い出したので、それが目にとまったのだ。その前の晩に、ガブリエル老人にモンテで仕事があると言われ、その夜はゆっくりと眠った。午後だけ行くようにと彼に言われたので、今日のように、その日もこの太陽が肌にじかに照りつけていた。誕生日にティアゴの奥さんからいらなくなったスカート三枚と彼女が嫌いなハンカチ一枚をもらっていた。トランクからハンカチを一枚選んで、アイロンをかけて頭に巻いた。使ったのはそのときが初めてだった。真新しい匂いがして柔らかかった。初めてそれを使った。今もまだ、色あせてくすみ、ごわごわになっているが頭に巻いている。あそこまでの距離は今よりも短く感じられて、モンテ・ダス・オリヴェイラスに着いたときに、ガブリエル老人がやりかけの仕事を止めて、私と一緒に来た。ふたりで屋敷に向かい、近づくにつれて、私には家がだんだん大きく見えてきた。ガブリエル老人は私に鍵のそれぞれを説明してくれ、そのうちのひとつの巨大な鍵で、すっかり錆ついた錠をこじ開けようとして格闘しているあいだ、ジョゼの母親が自分自身の影に隠れるようにして私たちのことをうかがっていた。敵を嚇しつけるような、しかし同時に怯えているような荒涼とした目つきだった。なかに入った。目に映った太陽の反射は真っ暗な闇のなかでもなかなか消えなかったが、しかし、目が慣れてくるに従って、あれがとても豪華な、しかし打ち棄てられた屋敷だということが私にはわかった。ガブリエル老人に口と鼻を塞ぐように言われた。頭に巻いていたハンカチを取って、大廊下に入った。黙ったまま、ガブリエル老人はまるで見ることによって示し、示すことによって説明するかのように、立ち止まって何かを見るのだった。すると、不意に、櫃のなかに閉じこめられた声がしゃべった、風が通り過ぎても木の葉のなかにとどまり、そのあとにまだ木の葉は震えたままだ、人は誰も風を止めることはできない、なぜなら人間は風の一部なのだから。大廊下から離れるとガブリエル老人が怖がらんでもいい、ただの声だからと言った。その日の午後はずっと堆肥のようになった糞の塊をバケツで何杯も担いで運んでいた。スコップで床をさらい、両手にひとつずつバケツを持って家を横切り、中身を一輪車に空けた。車がいっぱいになったら、野菜畑まで運んでガブリエル老人が使う肥料の山に積んでおいた。スカーフにしたハンカチを顔の周りに結び、口と鼻を覆ったまま、何度か立ち止まって、櫃のなかに閉じこめられた声を聞いた。ジョゼの母親がなぜそこで多くの時間を過ごしていたのかが少しわかった。そんな何回かのあるとき、私は声が次のように言っているのを聞いた、おそらく男たちの内面にはひとつの光があって、おそらくそれはひとつの明かりで、おそらく男たちは闇でできているのではなく、おそらく確信は男たちの内面のそよ風でおそらく男たちは自分が持っている確信そのものなのだ。

その日の午後にジョゼと出会った。羊を柵のなかに囲いこんでしまってから私のほうへやってきた。そのまなざしは確固として無慈悲ですらあったが、男の子のような優しさもあり、また、一日じゅう羊に囲まれ、人から離れている羊飼いのまなざしであるためか恥じらいも含んでいて、けれども、はっきりとしていた。そして、「こんにちは」と言ったときには、もう私が誰なのか知っていた。おそらく一瞬の間をおいてから、「こんにちは」と返したが、私も彼が誰なのか知っていた。その一週間はモンテでは大廊下から汚物を取り除く以外は何もしなかった。かなりの時間、櫃のなかに閉じこめられた声の前に座って聞いて過ごした。やがて、日が暮れる頃、家に帰る支度をしている時間に、ジョゼがやってきて「こんにちは」と言った。このそっけない言葉が多くを語り、だんだん大きくなっていった。まるで日が傾いていくときのあのほんのひと筋の明るさのような、日没とあのはかなくも絶えることのないきらめきを仰ぐ大地がしーんと静まり返るような「こんにちは」。「こんにちは」とともにたくさんの言葉が顔に浮かべば、私はそれをそよ風のように吸いこむ。「こんにちは」と空。それから、帰るときには果てしなく広がる平原も、どこまでも深い光も地平線までの場所もその向こうも、何もかもが「こんにちは」と言うあの声になって私を見つめていて、何もかもが彼の顔になった。町までずっと歩いていって家に入った瞬間に夜になるのだった。庭へ行くと母は私が出たときのままのところにまだいた。庭の地面の真ん中に、そびえ立つ塔のようなものを建てていたのか、あるいは葉の生い茂る一本の木であったり、あるいは、またあの同じ人の顔のうちのひとつを、あるときには泣いていたり、あるときには生き生きと喜びにあふれ、しかしあるときには微笑み、またあるときには死人の顔で永遠の悲しみの表情だけを浮かべている、あの顔を作っていたのかもしれなかった。あのはじめの頃は必要だったので、毎日屋敷に行っていた。そして、眠りにつく前、しんとしたなかで母がいつまでも言葉を紡ぎ出しているその向こうに、私の目に浮かぶのはジョゼが野原から戻ってきて、私を見て、私を見つめて、彼を見ている私を見て、ふたりで見つめあう姿だけだった。

物事に通じている者にとって、この暑さは不吉だ。激しいこの太陽は肌への不吉な愛撫だ。この光は命だが、それ自身、自分を食い潰しているのだ。物事に通じている者にとって、この長く続く夏は暗黒だ。光の背後は暗黒で、太陽の背後も暗黒で、暑さの背後も暗黒なのだ。そしてこの夏のなかを彼女がやってくるが、街道を歩いてくるのだが、ほとんど力なく、疲れきっているのだ。そうして生きることとの必要に迫られて彼女は歩き、前へ進み、道のわずかな日陰に身を寄せたりするのだ。すると暑さそのものが光そのものがひとつの影になる。道の途中の彼女のまなざしは悲しく、彼女の両目は地面を見つめている。モンテの入り口のところに姿を現わす瞬間の彼女のまなざしは悲しみに満ちている。そして、地面の上を午後になれば、光に包まれて、重く痛々しい死を背負って、まっすぐ屋敷へ向かうのだ。通り過ぎるそばのゼニアオイの沈黙に見向きもしないのと同じように、わしにも見向きもしないだろう。そうして、彼女をくたびれさせながら、時は続いていくのだ。帰るとき、ジョゼが羊を囲いに入れる少し前かジョゼが家に入った少しあとに、慈悲深いまなざしをわしに向けるだろう。そして、わしが明日、母親のところへ行くのを知っているので、また明日、とわしに言うのだ。

だが今日はジョゼは野原に行かなかったから、ふたつの瞬間のなかのひとつを選ばなくてもいい。羊に牧草を持っていき、水を替えたのはわしだ。ジョゼの寝室の窓は一日じゅう閉まったままだ。ひとりの男の等身大の、人を寄せつけないような安らぎがある。ちぎれた雲の切れ端がゆっくりと流れていく。光があらゆるものをあらゆる生き物のまなざしをあらゆる木々の葉を、そしてあらゆる石を輝かせる。わしは老いぼれだが知っている。この太陽がわしらに見せてくれるものはさらなる廃墟だ。目の前に見えるものはそうして残ったものなのだ。わしらに望んだものが提供されるのは、それはその瞬間に、夢であったものが永遠に奪われてしまうためだけなのだ。この太陽が見せてくれるものはわしら自身の耐えがたい絶望なのだ。物事に通じている者にとって、この太陽はわしらを愛撫すると同時にわしらをいたぶる手だ。この太陽はわしらを寝つかせるためにわしらの母親が歌っていた子守唄だが、それで目を覚ませばわしらは耐えられないような暗闇のなかにいて、もう母はいないし、この焼けつくような希望のない孤独のなかにわしらはいるのだ。物事に通じている者にとって、この夏は暗黒だ。物事に通じている者にとって、この暑さは不吉だ。

サロマンの姿が家路へと消え、夜の始まりの音が聞こえはじめてから、ジョゼは羊の群れを連れてもどった。羊の短い足が石につまづく音が聞こえ、小粒のじゃがいもの袋をテーブルの板の上にぶちまけたかのような、そのすばやい足音が聞こえていた。夜はゆるやかな憂鬱で、黒い大理石のヴェールのように野原とジョゼの内側を包んでいた。格子戸の針金をほどいて、羊たちがなかに入るのを待った。彼の動作は抜け殻のようだった、記憶に残るようなものではなかったからだ。ジョゼは大きく目を見開いていた。年老いた、とても年老いた、年老いた雌犬が離れていった。遠くに星やかすかな蝉の声を聞くことができた。ジョゼは囲いをまわって、飼桶の後ろまで来ると杖を立てかけて、肩にかけていた袋を釘にかけ、黒い子羊の皮とシャツを脱いだ。それからサロマンが言ったことすべてを思い出した。本当なのか、ジョゼ、その言葉にも声にも屈託がなかった。嘘なんだろう、いとこの顔とジョゼの心からの苦悩、あの言葉と平原のなかに、そして世界と言えるものすべてに散らばったジョゼの苦しみ。そうじゃないよな、僕はわかってる。上半身裸で、彼の瞳は夜よりも大きく、まなざしにはありったけの星が映っていた。格子戸にかけてあったロープをつかむと、アーチを描くように左肩を鞭打った。背中には、まず、紫色のみみず腫れができて、そこから赤く小さな点が浮き出してきた。やがて、血がまっすぐにしたたりはじめ、リズミカルな鞭打ちによって次々と血のしたたりが現れるのだった。ついには、その背中は血のカーテンですき間なく覆われ、ロープが触れるたびに血しぶきがはね上がった。ジョゼは目を見開いていた。腕の力は変わらぬままだった。ロープはうなりをあげて宙を裂き背中で音を響かせた。ジョゼは腕を替え、両手が震えるまで続けた。ロープを置いた。ひとつひとつボタンをはめ、血だらけのままシャツを着た。黒い子羊の毛皮をはおった。家に入った。火にあたっている母親のそばを通ったが、言葉は交わさなかった。寝室の暗闇のなかでベッドに横たわった。ジョゼは天井と彼の知っている太陽を見つめていた。

徒弟が帰り、サロマンが帰っても、ラファエル親方はドアの枠になる板に鉋をかけ続けていた。片方だけの手で鉋を滑らせると材木は滑らかで寸法通りのものになっていった。日が長くなってきたときでも、ラファエル親方はいつも日中の光が最後のひと筋になるまで働いていて、その午後はひどく考え事に没頭していたのでまた明日とサロマンが言うのも、帰ってもいいですか、僕がヤギの乳搾りをするのを母さんが待ってるんですと徒弟が聞くのも、行きなさいと自分が答えるのさえも耳に入らなかった。やがて、記憶と記憶のすき間でふと我に返りひとりになっているのに気づくと、自分の無防備さに苦笑して窓辺に近づいた。とても大きな窓のガラスは鋸くずでくすんで、今は開いていた。窓枠に寄りかかって、片方だけの目と片方だけの耳で日没の光のすべてとその交響曲のすべてに浸っていた。製材所には塀がなく、マテウス様の地所が見渡せ、のどかな穀物畑は黄金色の丘まで続いていて、太陽が穂と穂のあいだに消えていくところだった。暑さのなかから心地よいそよ風が生まれ、この息吹は小麦のあいだを吹き抜け、流れるように広がって、石を投げこまれた水の波紋のようだった。空全体が果てしなく雄大で、燃えながら消えるように、太陽が沈んでいく地点と接するところで狭まっていて、一緒にそのくぼみへと落ちて、やがて自分のかわりに夜を解放しようとしていた。雀たちはちぐはぐな方向への動きが密集して混ざりあったなかを、まるでつむじ風のなかに投げ出された一枚のシーツを織りなすように一日の最後を謳歌しながら、弾けるようなさえずりを撒き散らしていた。黄昏時だった。そして、ラファエル親方のなかで強い思いが湧きあがってきた。盲目の娼婦のことを考えた。そうすると、空の表面全体が彼女のしぐさ以外の何ものでもなくなった。大地の地平線全体に降りそそぐ太陽の光のすじは彼女の髪そのものだった。雀たちの幾千もの声が奏でるメロディーは彼女の喘ぎ声の始まりにしか聞こえなかった。果てしなく広がる平原は彼女の指先の滑らかな肌以外の何ものでもなかった。そうやって想像していると、彼の想像は想像というよりはさらに現実味を帯びてくるように思え、それはその晩、彼女のところへ行くだろうと自分でわかっていたからである。ゆっくりと夜が大地に触れた。そして、やっとそのときになってラファエル親方は帰り支度を始めた。杖に寄りかかって窓を閉めてからドアを閉めた。杖は父親が死ぬ一週間前に作ってくれたものだった。軽くて丈夫で脇の下に挟んでも痛くなかった。その前はもっと小さな杖で、その前はさらに小さなもので、もっと前はそれより小さなものを使っていた。しかし、今はラファエル親方は大人であり、これ以上大きくならなかった。そして、ときどき腰を下ろして見ると、その杖は永久不滅のものよりも長持ちしそうに見え、細心の注意を払って作られ、長年に渡ってたくさんの愛情が注がれていたのがわかった。雷鳴のような大きな音をたてて、門を閉めた。家へ向かった。杖が地面を突く単調な音が繰り返し聞こえ、玄関先に腰かけている人たちが彼にあいさつする声が追いかけてきた。部屋に閉じこもって、ものを書いている男の家の隣のサロマンの家の前を通ると、いつものように、杖の音を聞きつけ、まだ飽くずや鋸くずにまみれたサロマンは表へ出てきて、また明日と言った。ラファエル親方はわずかに視線を上げると歩き続けた。我が家の玄関に着くと、開けて閉めて、石油のランプには火をつけなかった。どこに何があるのか全部わかっていた。固いパンの塊をつかむと、ナイフでコルクのように薄く切ってお椀のなかに入れた。コーヒー沸かしに朝の残りが半分あったので、冷たいコーヒーに浸した。それからテーブルについてパンとコーヒーのスープをスプーン山盛りにして喉に流しこんだ。最後に、お椀を口まで持っていって、パンくずだらけの汁をすすったが、彼にとってはそれが一番うまかった。一瞬だけ元気になったような気がして、げっぷをしてから立ち上がった。流しの洗面台を水でいっぱいにした。色を塗った鉄の流しで、下にはほうろうの水差しがあり、上には小さな鏡がついて洗面台が真ん中にあり、石けん置きと短い鉄のタオル掛けがついていた。素っ裸になり寝室の椅子に服を並べた。台所へ戻ると流しの前の暗がりのなかで、石けんをたっぷりつけて、ひじまでの腕を洗い、顔と首も洗った。きれいさっぱりになって、もう一度寝室で着たのは、夏だろうと冬だろうと盲目の娼婦のところへ行く夜には必ず着る服だった。茶色い布のズボンは、右足を折って安全ピンで留めてあった。白いシャツと灰色の上着は、右袖を折って安全ピンで留めてあった。指で髪をとかし、ハンチング帽の形を崩して、外に出た。

私は夜のなかを歩いていた。私が通る場所、彼女のもとへ私を導く場所はただの通りではない。私の足は乾いた土とほこりを踏みしめていたが、それは私ではなく、私が進んでいたのは夜のなかなのだ。そして、私が今、夜と呼んでいるものは、冷たく暗黒の無くてはならない沈黙で、それに包まれて、私は漂っていたかもしれない。通りではなかったのだ。しかし、記憶をたどれば、私の家から彼女の家へと続くこの通りを見出すこともわかってるし、めかしこんだ私を見てこんばんはと言いながらも何か他のことを言いたげにニヤニヤする人たちの顔を見出すこともわかっているし、限りなく広がる空の星を思い出すこともわかっている。それらすべてのことは私はそのときには気づかなかったが、誰かに言われて確かにそうだったと浮かんでくる忘れていた記憶のようで、その夜に私の人生に実際に起きたただひとつのことが起きる前に起こっていたのだった。その前の時間すべては私には意味を失ってしまったように思える。その前の時間はひとつの雲が降りてきていたのであり、あるいはその前の時間はずっと私は雲のなかにいたのかもしれなかった。雲のなかで私は霧の色褪せた翳りをおぼえ、地面はくすんだ茶色で草はくすんだ緑で光はないのだと信じた。そして、すべてが起きる前の、この時間の最後の瞬間に、何も知らず何も見えぬまま、私は夜のなかを歩いた。夜の階段の最後のいくつかを上った。その前には何も知らぬまま、もうすぐ着く。

とてもやさしくドアをノックした。とてもやさしくこぶしをドアにそえた。ドアに触れるこぶしの音だけが残った。盲目の娼婦の足音は聞こえなかった。ドアが開いた。彼は彼女の顔を探したが、彼女はもう薄暗い台所に入っていた。その身体は細く、彼のために点けたランプの明かりの下で影のようだった。盲目の娼婦は三十そこそこだった。男爵夫人のやしゃごだという噂だった。みんな誰かが言っているのを聞いた誰かが言っているのを聞いたということだった。確かなことは、母親から盲目とその職業とを受け継いだことで、それは母は祖母から、そして祖母は曾祖母から受け継いだものだった。盲目の娼婦は十年前には素直な顔をしていて、線が整っていて悲しみをたたえていた。十年前、母親が死んだ日にも泣かなかった。その日、初めて、眼窩に指を当てて見えるとはどういうことなのか、泣くとはどういうことなのかをそうやって確かめようとした。今では十年の喪が過ぎてしまったが、その日、衰弱した母が息を引きとったのに安堵を感じ、しかし両手に大きな戸惑いを感じ、それから、住み慣れたはずの家のなかを壁から壁へとさまよい歩いた。そして十年前のその日は母が背中と腹の古い傷痕から血の雫を細くしたたらせて目覚めた朝から、まだ一週間もたっていなかった。一週間前のその朝、母は起きて、死ぬためのベッドを準備してほしいと彼女に言ったのだった。そこで、ひどく怯えながらも追いつめられるように急いで、娘は母の傷痕をタオルで拭いたが、そのちょうど同じ場所に鮮やかな血の雫が新たににじみ出てくるのであった。いくつかの夜が過ぎた。傷痕はゆっくりと開いていき、ちょうど今できた傷のようだった。血がますます出てきた。娘はタオルを傷の上に固定して、手に血の熱さを感じるまでずっと離さなかった。その数日間には誰もやってこなかったということだ。やがて、死ぬ前の晩に母はわずかな力を振りしぼって娘の顔を手の平でなぞり、ゆっくりと彼女を見た。寝室は、壁にも床にも血がこびりつき、部屋じゅうに血の匂いが満ちていた。血はすでに荒れ狂う川のように肌を流れていたが突然止まった。そのとき、娘は何も言わなかった。母は息絶えた。ラファエル親方は玄関を閉めて、彼女のあとについて寝室へ入った。十年前に盲目の娼婦の母はそのベッドで冷たく青白くなって息を引きとり、身体には一滴も血が残っていなかった。

はじめに彼女が、次に彼がベッドに座った。明かりは台所からもれてくるだけだった。ラファァエル親方は何か変わったことがあったことを理解するのに彼女を見る必要もなかった。彼女は盲人の見る方向に、つまり何もなく誰もいないところに顔を向けていた。寝室は閉めきって、恥のにおいがこもっていた。彼が彼女の両手のなかに手を差し入れると、ひと言も言わなくても、やさしくほの温かく握られることによって何かがふたりを永久に結びつけるであろうということがわかった。そして、未来永劫に続いていく何かが、そしてすべての沈黙がその瞬間にゆだねられていた。やがて彼女がラファエル親方の手を取り服の上から彼女の腹に当てると、彼の唇に微笑みが、それらしきものがこぼれて、深いまなざしが彼女に向けられた。彼女は微笑んではいなかった。そして彼が子供のような声で、結婚しよう、と言ったときに初めて、重々しい、しかし穏やかな彼女の表情が消えて、純粋で率直な喜びの軽やかな印があらわれた。

私は夜のなかを歩いていた。家に帰るとき、きっと彼女が私を待っているとわかっていて、あの道を行くのはどんな感じだろうと想像しつつ、夜のなかを歩いた。それ以外はすべて同じで、町はまどろみ、ひんやりとして、風も止んでいるけれど、ひとつのことを揺るぎなくあたりまえのように確信している様子を想像した。そんなふうに私は結婚している男たちの生活を考えていた。深く安定した確信がひとつ余計にある。ひとつの確信。彼女が私を待っているだろうし、私の妻が私を待っているだろうし、そして子供が眠っているだろうし、私の子が眠っているだろう。私はこれらすべてを知りながら、この確信を抱いて、夜のなかを進んでいくだろう。そして、静まり返った町を私が通っていくときのあらゆる音は、コオロギとか半月とか、吠えている犬たち、町の端と端から互いに呼びあっている犬、唸り声をあげる犬、その何もかもが完全に私の外側にあって、その何もかもがほど遠い現実であり、ありえないくらいのもので、私の肌や私の目の届く先のかなたにあるのだ。しかし、サロマンの住む通りに入るとすぐにある小さな水汲み場のあたりまで来たとき、蛇口からしたたる水の音が、石の上に落ちる音が、私のなかで夜であったもののなかに入ってきて、私を立ち止まらせた。壁にもたれかかると、たくさんの声と記憶が混ざりあうなかに、女たちの話している声や、男たちが遠くに叫ぶ声、子供たちがいつまでもだらだらと歌う声が聞こえた。障害者と言う声が、障害のある奴と言う声が、半分男と言う声が聞こえた。私の耳に聞こえたか、それとも思い出したのだったかもしれない。忘れたかった。もう一度杖にもたれて前に進み、それはつまらないことだ、何でもない、それは私が彼女と結婚する日には、私たちの子供が生まれる日には消えるだろうと考えて、自分をごまかそうとした。静けさを破って家のドアを開けた、それから閉めて、家と世界をゆっくりと静けさに戻した。深い闇のなかで椅子に座って父が生きていたらどんなにいいだろうと思った。父さん、私は結婚します。父さん、私に子供が生まれるんです、あなたに孫ができるんですよ。父さん、私は幸せです。

台所には扉のほかに、裏庭に面した小さな窓がひとつだけあった。夜明けの音とともにみるみるうちに明るくなり夜が明けた瞬間に朝が入ってくるのはそこからだった。ラファエル親方は盲目の娼婦の家から戻ってきてからずっと椅子に座ったままでいた。そこへ窓を通して四角い光が射しこみ長方形に広がって床の上に伸びると、ラファエル親方のつま先に触れ、脚へ、胴へ、そして顔まで上がってきた。彼のまなざしはたくさんのことを考えた人のまなざしだった。膝や背骨の関節をポキポキ言わせながら立ち上がった。寝室で、仕事着に着替えた。火もおこさずコーヒーも飲まずに出かけた。表では夜明けに迎えられているような気がした。何もかもが澄み切っているなかで石灰が一番澄んでいて、地面やほこりや土もより新鮮であった。半分寝ぼけたような、けだるそうな犬たちがラファエル親方を見ていた。無害なパチンコが発射されるように燕が地面をかすめて飛んだ。ラファエル親方は木の杖と片方の足とに交互に重心を置いていった。交互に揺れながら歩くその様子が今朝はいくぶんしっかりと安定しているようだった。製材所に着いたときに、屋根や中庭の上をそよ風が吹いたが気がつかなかった。門のそばで彼を待っている者はいなかった。まだ誰も来ていなかった。鋸くずや木片を踏んで、テーブルと作業台のあいだを通り抜け窓を開けにいった。爽やかな空気を爽やかに吸いこむ。すると初めて心のなかで声がして彼女はたくさんの男に身体を許しているからと言い、もし私の子じゃなかったらどうすると問うた。しかし一瞬の間も置かずすぐに自分の弱さを恥じた。作業台のそばに行って鉋を持った。作りかけのドアの枠の板が昨夜置いたところにそのままあったけれど、時間がたってほこりのように時間が降り積もっていた。それに鉋をかけはじめた。しばらくすると、徒弟が来た。おはよう。またしばらくするとサロマンが来た。

徒弟は午前中ずっと作業場の床の余った木の切れ端を集めて、それからそれを中庭へ運んで積み上げていた。そして、それを木のヘラで鋸くずや木片の山にして大きな布の上に寄せ集めておいて、そのあと、布の四隅を右手で合わせて持ち上げ、肩に担いで中庭のより大きい山に積み上げた。鉋くずのちょっとした山ができていた。毎日のように誰かが空の袋を持ってやってきては、うさぎ小屋にうさぎの寝床を作るために袋いっぱいの木くずが欲しいと言って持っていった。毎週、パン屋が荷車を引いてやってきて、余った木の切れ端や板は大工仕事には半端だけれどパン焼き窯で燃やすにはちょうどいいので、いっぱいに積んで帰るのだった。それでも鋸くずや木切れの山がどのくらいあるのか誰にもわからないまま、製材所の仕事の分だけ増えていき、山は空に向かってまっすぐそびえていた。ラファエル親方とサロマンは中庭にいた。その後ろを徒弟が木くずを運んでいるときは早足で、それを空けたあとはのろのろと通っていた。太陽はすでに昼過ぎのような暑さになり、松の木の皮が散らばった地面からは熱い蒸気が立ちのぼり、音を立てて燃えているかのようでもあり、水のようでもあり、透明なガラスが曇ったようでもあった。ラファエル親方は鋸の一方の端を握っていたが、片手でも普通の男の両手よりも強かった。切っている丸太をはさんで鋸のもう一方の端を握り、顔に汗をしたたらせたサロマンが、水を飲みたいと合図した。水差しを傾けコルクの器になみなみと注いで、たらふく飲んでいると、ラファエル親方がゆっくりと近寄ってきた。それから、サロマンはまた身をかがめ、コルクの器に水を入れなおし、ラファエル親方に渡した。親方はそれを受け取ると話があると言った。親方が器を口元で傾けたのでその顔が覆われ、見えないほうの目もサロマンを見据えた目も隠れてしまった。しかし、ふたりの男のまなざしは一瞬つながっていた。器を口から離すと、残った水を空けて、水差しの首に差して、器をきちんと戻してから、盲目の娼婦と結婚するんだと親方は言った。サロマンは少年のように微笑み、親方の肩に手をおいて、祝福した。ラファエル親方も微笑んだ。

今夜は身体が眠りにつこうとしなかった。ベッドに横になっても、まぶたが降りてこなかった。俺は自分を満たす光のなかにいた。空から、そして太陽からの光が夜や屋根や俺の胸さえも切り裂き、その光以外俺には何も見えなくなってしまった。脚を伸ばし、両腕を伸ばし、感覚もないまま俺は横たわっていた。俺は思う、おそらく痛みが存在するのはさらに大きな苦しみについて俺たちに知らせるためなのだ。背中の服の下で皮がむけたところが痛む。俺は思う、おそらく痛みが存在するのはさらに大きな苦しみについて俺たちに知らせるためなのだ。そうしてひと晩じゅう、一日じゅう、そして今も、母は火のそばにいる。まるで凍えているかのごとく、終わらない冬を過ごしているかのごとく、ひっそりと燃える炎のそばから離れずにいて、炎がきらめいて母の顔と、そこに浮かぶ想いを照らす。ときおり、火掻きで炭をかきまわし、うちわで扇いでまた火をおこす。ときおり、鍋を火にかけ、五徳の上に鍋を置く。ときおり、立ち上がって薪を取りにいく。焚き木の枝や木片、丸太などを腰が曲がるほど背中に担いで、しかし一刻も火のそばを離れないようにとすばやく運ぶ。夜のような喪のなかに縮こまって、催眠術にかかったように、あたかも、その小さくやせ細ってもろく崩れそうな身体があの火を残らず吸い取ろうとしているかのごとく、終わらない冬を過ごしているかのごとく、凍えるとでも言わんばかりでいるのだ。外では、壁の向こうでは太陽が、俺の沈黙のなかで燃えているように燃えているのだ。太陽は容赦なく草や肌や希望を枯らしてしまう。けれでも、母さん、俺にはあなたがわかるよ。俺が言わなくても、母さんが何も言ってくれなくても、母さんとすれちがうときに、祈るようなまなざしで見つめられると、昔のようにあなたに甘えたい気持ちが湧き起こり、俺が小さかった頃、あなたがまぎれもなく俺の母さんであり、俺を膝のところに引き寄せてくれた頃のように、あなたの手を握りたくなるんだよ。しかし今はあなたとすれちがうとき、俺はもうあなたが手を伸ばして呼んでいた子供ではないんだ、今はそれなりの大人で、あなたとすれちがってもそのまなざしが訴える悲痛な叫び声が聞こえないふりをする冷たい人間になっているんだ。それでも、俺にはあなたのことがわかるよ。あなたが八月の真っ只中でさえ凍えるほど寒がり、その喪があなたの力を奪い、弱く、弱くしていくのもわかる。俺が彼女に会いに町へ行こうとしていた夜、あなたが俺を見て、死んだ身体で影のようなあなたが俺を見て、口には出さずに、行くなと言ったときのようにわかる。彼女が俺を待っていたその夜に、俺の高ぶった気持ちが血管のなかで止まった、その夜に俺は母さんのことがわかった、そして母さんの言うことを聞いて、あきらめて、俺はこの独りぼっちの部屋に入り、独りぼっちのベッドに身を横たえ、そこに今もひとりでいるのだ。母さん、あなたは火のそばにいて寒さに震えている、それはまるで燃えさかる真赤な炭が凍って震えているようなものだが、あなたが夜の鏡である離れた向こうでは、俺があなたのことを決して憎んだことなんかないってわかっているだろう。俺はあなたの息子であなたが映った影なのだ。外では、中庭が沈む太陽の光を浴びて金色に輝き、彼女がその光のなかを横切っていく。見捨てられて、頭にハンカチを巻き目を伏せ、もはや世界に問いかけたりはしない。ガブリエル老人がまた明日と言う。今にも暮れの明かりが黒い棺に横たわろうとしている。そして俺はここで、俺を包みこむもののなかでいつまでも続くかのような正午と神聖な孤独にずっと浸り続けるのだ。

ガブリエル老人にまた明日と言われたけれど、私は彼にとってはほとんど目に見えない午後のかけら以上のものではなかった。彼を残したまま先へ進んだ。平原のあいだの道をぬって、私が今いるところまでやってきた。モンテ・ダス・オリヴェイラスからの街道での私の歩み。モンテはすでに遠いが、私が屋敷で過ごした午後全体はまだ身近だ。やがて、ここで、昼ごはんを済ませ、モンテへ向かう途中の自分自身とすれちがう。私が私のほうに歩いてくるのが見える。私はモンテへと向かう。私はモンテから来た。モンテから来た私はモンテへ向かう私を見ている。私はモンテへ向かいながら何かを食べたり、ふいに微笑んだりするサロマンの顔を思い浮かべている。私の頭のなかにはサロマンの姿があり、針を貸してと私に頼んで、大きな手を光にかざし、針の先で指の皮をほじくって松の木のささくれを取っていた。サロマンが昼食のあいだしていたことがそれで、それを私は考えていたのだ。私は私とすれちがう。自分のこんな考えとすれちがう。太陽にじりじりと照らされ汗ばむ。私は暑い盛りの時間を横切っていたのだ。屋敷に着いたら、ほこりをはらってほうきで掃いて上の階の寝室の窓を開けるだろう、それから、大廊下の櫃のなかに閉じこめられた声の前に座るだろう。私がしたことはそれだ。私は私とすれちがう。自分のこんな考えとすれちがう。

三十分ほどで家を片づけ、残りの午後の時間は櫃のなかに閉じこめられた声を聞いていた。色んなことを言うのを聞いていたが、次のように言ったときに特に私の注意を引いた。痛みが存在するのはさらに大きな苦しみについて俺たちに知らせるためなのだ。櫃のなかに閉じこめられた声がこう言うのを聞いたあとで、私は私がモンテ・ダス・オリヴェイラスへ向かう道へと消えていき、あの言葉を初めて聞きにいくのを見ている。私の歩みがあるここでは太陽は少しずつ翳ってくる。前へ進む。町や道や、私が通り過ぎたあとこそこそと話をする女たちが私を待っているし、母は私が帰ることも知らずに私を待っている。そして、夕べには、ひとりごとのように母が自分自身に対して話している、その際限のない物語を繰り返すのを聞くことになる。母の話が重く永遠に続くのは、終わらないからではなく、切れ目がないからであり、終わりと始まりを区別するような間がないからなのだ。夕べには、ただ彼女の話を聞くだろう、ちょうど眠れなかったあの晩のように、そして、あの晩の翌日、今日そうであったようにジョゼの家の窓も扉もみな閉ざされていたのだ。それが起こったのは私が屋敷で働くようになった最初の四月のことだった。今日のように穏やかだった、その日の夕暮れ時に、私が帰ろうとしているとジョゼが野原からやってきた。立ち止まって互いに見つめあった。ジョゼのこんにちはと言うその声は少しだけ心地よいあの光のようだった。私たちの上空を一羽のコウノトリがとてもゆっくりと翼を大きく広げて飛んでいて、長く伸びたくちばしの先に枯れ枝をくわえて運んでいた。その瞬間はふたりのためにあり永遠にも思えた。私をじっと見つめて、今日会いにいくから待っていてほしいと言った。そして、その日は町まで道のりを、今日一歩ごとに感じる長い距離のようには感じなかった。家に着いて、母をなかに入れてから、寝室で服を整理した。もうあたりは暗くなっていて、私がシャツをたたんでいると、壁の向こうから窓のない部屋に閉じこもって、ものを書いている男の泣く声が聞こえたような気がした。よどみのない万年筆の進みがいつもよりも長い時間止まっていて、机の上に二滴の涙が落ちる音が聞こえた気がした。もしかしたらインクが二滴したたる音かもしれない、と私は思った。台所でパンがゆのスープを温めて母に食べさせた。ひとさじごとに、思い浮かべたジョゼの顔が実際に玄関のある場所にだんだんはっきりと現れてきた。自分が思い描くことを見つめるあまり、ときどき母の口に入れられないこともあり、そのうち彼の姿が見え、一緒に来いと言うのが聞こえてくるようだった。その日はよだれ掛けを外してみると、スープがこびりついてしみになりいつもより汚れていた。母をまじまじと見てにっこりと笑い、このうれしさを伝えようとした。こんろの側の長椅子に母を連れていき、服を整えてやり、指で髪を撫でつけた。私も腰を下ろした。両手を両足の上においた。そうしてふたりで待っていた。ふたりで待っていた。時間の流れがすごく遅く感じた。その夜は一瞬がひと晩にも感じられた。そよ風が吹き抜け、ドアがガタガタ揺れるたびに、私は内側から震えがくるようだった。時間がゆるぎなくとてもゆっくりと、とてもゆっくりと毛穴から私のなかに入りこんでくるのだった。もうすぐ来る、今やってくるところで、もうすぐ来る。さらに時間が流れる。母は同じ言葉を何度も、何度も繰り返し、同じまなざしを浮かべ同じように息をして、まなざしを浮かべては息をして、言葉のあいだに咳きこむような息をして、まなざしを繰り返し、自分自身に向かってずっと同じように同じ場所で同じタイミングで何度も何度も繰り返していた。私は自分の両手を見つめていた、空振りに終わったなんて信じられなくて、空振りに終わったとしか思えないときがあるなんてとても信じられずにいた。私も母も石油ランプのせいでくたびれて見えた。ふたりの影はぼやけて、罰を受けた者のようにかがんで縮こまって、床や壁をゆっくりと煙のように広がっていった。もうすぐ来る、今やってくるところで、もうすぐ来る。やがてもうだいぶ遅いせいか、母はゆっくり息をするようになり、言葉が息に変わっていた。頭が前に傾きこくりとしていた。眠っていたのだ。寝室に連れていった。ベッドに寝かせた。靴を脱がせ、服を脱がせてシーツをかけた。顔をやさしくなでた。彼に母を見てほしかった、彼に私の母を見せたかった、これが私の母よと彼に言いたかったのに。指に触れる母の肌は安らかで遠くにあるようでとても穏やかだった。そっとドアを閉めた。ランプを吹き消した。座った。両足の上に両手をおいた。ひとりで暗がりのなか、朝が訪れるまで待った。

行かないで。そして、俺は行かなかった。一日じゅうずっと人生でずっと、あの瞬間を、二度とないあの瞬間を待っていたのに、そして、あの瞬間をふっと越えたあとの世界をこと細かに思い描いていたのに、俺は行かなかった。行かないで。一羽のコウノトリが空へ飛び立ち、まるで抱きしめるように上空を滑空し、俺たちは抱きあったことはないけれど、そうなることがあるかもしれないと思わせるようで、そして俺は全身全霊で彼女を見ていたのに、今日会いにいくから待っていてほしいと言ったのに、そして黄昏が俺たちを見守っていて、その場所はもっとも誠実な者たちだけが許される場所だったのに、俺はこの寝室に入り、このベッドに横になって、二度とない瞬間があやふやに過ぎるままにして、俺の人生すべてがみすみす打ち砕かれた瞬間だらけの辛いものになるのを放っておいて、そのときの前には打ち砕かれた瞬間があり、その時間のなかにいるあいだには煩わしく、それが過ぎたあとは嫌な思い出として何もなく何も期待することのない嫌悪感のなかにいるのだ。行かないで。そう言われたので俺は行かなかった。あなたは俺を失うことはなかった、母さん。俺が自分自身を見失ってしまい、後にも先にもいるはずのない場所で俺自身と行きちがいになってしまった。それでも、毎晩昇る月や、俺を引っぱっている大地や太陽を責めたりしないのと同じように、あなたを責めるつもりはない。あなたを責めるつもりはない。そして今は俺はあなたがどこにいるかわかる、なぜなら、いつもそこに忘れられたようにいるあなたを知っているし、いつも口輪をはめられたような沈黙の残骸のなかにいるあなたを見てきたし、あるときは男たちが死と呼んでいたもののなかに、あるときは男たちが夜とか冷たさとか呼んでいたもののなかに、そこで忘れられたようにいるあなたを見てきたのだ。今は母さんがどこにいるのかわかるから、俺はベッドから起きなければならない。もうだいぶ遅いから野原は暗闇に包まれ、平原はただの暗闇そのものだ。こうもりがキィキィと鳴き、ふくろうがホーッホーッと声をあげ、コオロギが鳴き世界はしーんと静まりかえる。ベッドから起きなければならない。ゆっくりと俺が正面から見つめているこの太陽に対してまぶたを閉じる、この太陽は闇を俺から払いのけるためではなく、俺の息を詰まらせようと俺に入りこんでいるのだ。ゆっくりとまぶたを開いて、この部屋の暗がりのなかで動かない自分のものとは思えないこの身体が現れてくるのを見る。少しずつ、身体の感覚をつかんでいく。まず両手、それを持ち上げる。次に両足、ベッドの上に座る。俺は自分を取りもどす。洗った服に着替えなければ。ズボンを脱ぐ。俺の両足は細くて無様だ。シャツを脱ぎはじめるが、背中の血が固まってくっついているので、下から上に引っ剥がすと、かさぶたが薄皮ごとはがれて布にべったりとくっつく。俺は思う、痛みが存在するのはさらに大きな苦しみについて俺たちに知らせるためなのだ。きれいな靴下をはく。タオルで背中をぬぐう。白い下着のシャツときれいなシャツを着て、きれいなズボンをはく。帽子はかぶらない。台所へ行く。乾いた薪がぱちぱちと音をたてて燃え、消えそうなその光がたったひとつの光だ。母の身体のうち、悲しげに年老いた顔だけが、照らされている。そのまなざしの前を通り過ぎる。玄関を開けて閉める。夜はいつもと同じだ。暗くて深くて、俺を包んでひとりきりにしてお前もまた夜らしい夜なのだと俺に言う。ポケットに手を入れず、手も腕もそのままにする。顔をあげて夜空を見る、星ではなく、星を隔てている黒い空間を見つめる。

私は憶えている、そしてまだあの夜明けのゆっくりとした光を両手のなかに感じる。そしてすべては残酷だ、というのも毎日毎日同じであって、憐れみをかけるような何もないという点で同じであり、時間が世界のなかを通り過ぎ、あるいは世界が時間のなかを通り過ぎ、そして、余分な私は世界のほんの一部なのでそのことを避けることはできないのだ。そして、夜明け。夜明けの始まりの音、小鳥たちや一番に表を通る人たち。そして母の声。同じ言葉を、同じ言葉を、何度も何度も繰り返す母。起きなければならない私。私にとってはひとつひとつの動作はそれに先行する動作や次に行う動作から切り離されて、ひとつひとつの動作が無数の細かな断片に分割されているのだ。そして、ひとつひとつの動きの断片は、その一ミリ一ミリがつらく残酷で私に敵対するものだった。

寝室での母の両目。服を着せた。コーヒーを飲ませた。それから、彼女を連れて裏庭へ出ると、夜明けからもう朝になっていた。そして、今でも穏やかなそよ風の感触が両手のなかにあり、それはゆっくりと暖かくなって、暖かくなってやがて炎の息を吹き出すふいごのようになった。まるでかすかな風が町のほうからここまで吹いてきて私の顔や首をなでて、私が二度と町へ行かないようにそして二度と夜が来ないようにと私をここに捕らえておこうとするかのようだった。まるで炎のような穀物畑に咲くケシの花のようで、赤々と燃える炭火のようだった。そして、それから日々がどれも変わりばえしないものになったとき、モンテ・ダス・オリヴェイラスへの道がちょうど今長く果てしなく感じられるように、より長いものとなったとき、ジョゼに会うことがなくなったとき、ジョゼに会わないようにちょっとだけ早めに屋敷を出るようになったとき、日々がすべて毎日という一日に混じりあってしまった頃、しばらくして、ガブリエル老人が家のドアをノックして、裏庭の母のそばに腰を据える前に、今日はあんたに会わせたい人を連れてきたと言った。すると怯えた表情のサロマンがドアの敷居のところに消え入るようにしつつ現れた。ガブリエル老人は彼に座るように言い、彼に椅子を引いて、私にも椅子を引いてから中庭に出ていった。私は少女のように両手を重ね、両足をまっすぐにそろえて床をじっと見つめたままだったけれど、床など目には入らず、視線のはしっこにだけ集中してひたすら黙りこくっていた。彼もまた微動だにせず、ごくたまに身体を動かしては座り心地の悪い椅子に何とか落ち着こうとしていたが、そうしながらも片時も私から視線をはずさず、ネズミのような目をして、何か恐ろしい物でも観察しているかのようだった。おそらく二時間ぐらいそうやって、口もきかずに、向かいあって、ただ互いがそこにいることだけを感じながら、互いがそこにいるためにびくびくしていた。やがて、ガブリエル老人が入ってきて、立ち止まって私たちを見て、おそらく微笑んでいたのだろうが、サロマンに向かって行こうかと言い、サロマンはああとか、うんとか、言っていきなり立ち上がった。出ていく前に、ガブリエル老人はまた明日と言った。サロマンは何も言わなかった。そして次の日、あるいは二日後だっただろうか、朝に、サロマンの母親が私の前に現れた。ドアをノックして入ってきた。私の前を通って、座って、とても早口にしゃべりはじめた。息子はあんたと結婚したいのだと言い、私たちは三週間後には結婚することになるんだと言い、彼女の家で一日おきにお付き合いすることになるんだと言い、常に彼女の目の前で、というのもふしだらなことは嫌だから、そして時間を無駄にはできないから次の日から、もうお付き合いを始めるようにと言い、私に夕方に来るようにと言い、爪を切って首はよく洗ったほうがいいと言った。私が自分ひとりでよくここまで育ったものだと感心していると言い、息子に私と結婚するように持ちかけたのは彼女だったのだと言い、息子は気立てのいい奥さんに面倒見てもらわなくちゃと言い、私のことを彼にぴったりな娘だと思うと言った。彼のことで一番気をもんだのは、どうしても父親と働きたがらなかったことだと言い、彼の父親は蹄鉄工だったのに彼はいつも家畜を怖がっていたのだと言った。これは私はすでに知っていたが、彼の父親は雌ラバに後ろ足でこめかみを蹴られて死んだのだと言い、ラファエル親方の製材所での仕事を彼に世話して、今でもそこで働いているのだと言った。彼女は今はひとりなのだと言った。私は何も言わなかった。彼女は立ち上がって、急いでいるのでまた明日と言って出ていった。三週間のあいだ言われた通り、一日おきに夕方サロマンとお付き合いした。別々の椅子に隣りあって座り、彼女の母親が目の前に座って編物をしていた。カーディガンで、それは彼女によれば、私たちが今から二年後に授かるであろう息子のためのものだった。彼はびっくりしたように私を見つめたままで、私は床を見ていて、彼の母親は話し続けていた。サロマンが小さい頃の話をしていて、高いところが怖かったとか、暗いところやネズミやクモやヤモリやイナゴやコオロギやムカデや羽アリをこわがっていたというのだ。そして三週間が過ぎ私は結婚した。何日だったかわからないし、何月だったか今あえて数える気もないけれど、日曜日だったことは憶えている。母の腕を取って教会まで連れていった。サロマンの母親が貸してくれた花嫁衣裳を着て、照りつける太陽の下を、通りを歩いて、時間通りに着いた。悪魔はもう祭壇にいた。サロマンと母親は遅れていた。ジョゼはサロマンのいとこだが、母親同士が仲がよくないので来ていなかった。遅れたけれど、ふたりはやってきた。母親は無理矢理連れてきたかのように彼の腕を引っぱっていて、服があまりにもきつく、偽物の真珠のネックレスは首の肉に食いこんでいて、顔を紫色にしてやってきた。頭にはプラスチック製のチューリップを差していた。悪魔は式を始めた。礼拝堂の狭い場所でしゃべるその言葉は、まるで世界の説教檀でしゃべっているかのように、その笑みと混ざりあった。そして、悪魔が私たちに婚姻の同意を求めようとした瞬間にサロマンの母親が床に倒れた。目を見開いて息を詰まらせ、服とネックレスで締めつけられ、チューリップの重みで圧迫されたように死んでいた。そこで悪魔は大急ぎで私たちに同意を求め、私たちは同意した。そのあとに私たちはやっと死者のことを考えることにした。そうして結婚式と葬式が一緒になってしまい、というのも私たちが返事をしてすぐに、サロマンの母親は教会のベンチに横たえられて、祭壇の前に置かれ、悪魔は、笑みを浮かべたままの唇で彼女のためのいくつかの言葉を言った。礼拝堂の敷地の出口のところで棺桶の乗った葬儀屋の荷車が私たちを待っていた、というのも招待客は全員彼女の隣人だったが、そのうちのひとりがすでに知らせにいっていたからだった。サロマンの母親は納められ蓋がかぶせられた。ことさらに嘆いている人は誰もいなかったけれど、葬送らしい歩調で黙って墓地まで私たちは歩いていった。彼女に供えられた花は私が棺の上に置いたブライダルリースだけだった。私は母とサロマンのあいだにはさまれ、町へ戻った。彼の家のある通りに着いたときには、地面やほこりの上を引きずって歩いたためにドレスのすそが黒くなっていた。彼がドアを開け、なかに入ると、居間に大きなテーブルがあり、食事が用意されていた。私たちはお腹がぺこぺこだったので、皿を三つ用意して食べた。彼は私が母に食べさせるのを待っていて、それからふたりで一緒に食べた。ひと月のあいだタラのコロッケと色紙に包まれたココナッツケーキを食べて過ごした。ゆでた料理とケーキは一年ほどもった。今日、今はその何もかもをはっきり思い出せるけれど、いつの日か目が覚めたら私は何も憶えていないこともわかっている。けれども何年たとうが何度死のうが、あの果てしない夜の一瞬一瞬のことは絶対に忘れるはずがなく、夜はまるで大きな海のようで、私は深い底に沈む石ころで、決して光が届くことはないのだ。そして私はちょうど午後が消える時間に家に着く。サロマンはまだ帰っていない。裏庭に行き、母を台所へ連れていく。もう一度ひとりで裏庭へ戻る。顔をあげて夜空を見る、星ではなく、星を隔てている黒い空間を見つめる。

それは土曜日だった。あえてそれを言おうとする者はいなかったが、日の光はいつもよりもやわらかく、雌鶏がいつもよりたくさん通りに放されて、鳩がいつもより大きく空をまわっていた。女たちはみなパンの袋を抱えて歩き、立ち止まっては互いに話をしていた。男たちはみんなこぎれいな顔をしていた。草は朝の力を一生懸命取りこもうとしていた。それは土曜日だった。ラファエル親方は夜明けの始まりの色が見えてくる頃から盲目の娼婦の家にいた。サロマンと徒弟はいつも製材所に入る時間にやってきた。家の工事を始めてから三度目の土曜だった。最初の土曜には、裏庭に三本のつるはしと三本のスコップで五メートルあまりの深さのところに下水溝を掘り、夜になる頃には、そこはもうしっかりと覆われていて、樹齢九十年のコルクガシの木を植えても、裏庭の土が決してゆるまないようにしてあった。次の土曜日には、台所の隅っこに便器を据えつけてパイプで下水溝へとつなげた。この日の仕事はいつもより楽で、ラファエル親方は、前の週にはそこまで構想を練る時間がなかったので、設計図を描いて一日を過ごした。あそこに置くために食器棚を作ろう、その向こうに置くために棚を作ろう。そして、昼どきになって、盲目の娼婦がパン粥のお椀にめずらしく焼いたイワシ二尾ずつ添えたものを三つ運んでくるのを待つあいだにも、ラファエル親方は耳から鉛筆を取って、ポケットから小さな薄い板を出し、その大きさをぎりぎりまで細かく使って裏庭の設計図を描きはじめた。レモンの木を接ぎ木したオレンジの木、あんずの木を接ぎ木した桃の木、ぶどうの棚、キャベツ、花が色鮮やかな絵を描く花壇、ユリ、ゼニアオイや思いついた植物などである。さらに彼の熱心さがうかがわれたのは、夕方に便器を初めて使ってみたいから裏庭で待っているようにとふたりに言ったときだった。サロマンと徒弟がポケットに手を突っこんで黙って待っていると、台所の物音が聞こえてきて、それに流す音が響いて大きくなって、耳をすますと水と汚物がパイプを流れていく音が聞こえるのだった。ラファエル親方はベルトをゆるめたまま松葉杖で飛び跳ねるようにして現れた。盲目の娼婦がそのすぐあとにコップを三つと赤ワインの瓶を一本持ってきた。そして、その日は三度目の土曜日だったが、彼らは窓をふたつ開けようとしていた。ひとつは裏庭に面した寝室の壁で、もうひとつは通りに面した台所の壁だった。寝室の窓の穴から開けはじめた。ラファエル親方は大きさを測って石灰に鉛筆で線を引き、片方しかない腕で金槌を使って壁を打ち壊しはじめた。その金槌の柄は人の腕ほどの大きさもあり、金槌の頭の部分は特殊な鋼鉄製で、その合金は鍛冶屋先祖代々の秘伝であったが、これと同じ金槌が最後の跡取り息子の頭に当たって、一瞬にして頭蓋骨を砕いてしまったときにその秘伝は永久に失われてしまった。その金槌は女ひとりよりも重かったが、それでもラファエル親方は柄の端をつかんで振りまわし、大地の、あるいは人間の、あるいは何かの奥深くから響くような大きな音をたてて、狙い通りの場所に命中させていた。裏庭では徒弟がシャベル何杯分かの砂をふるいにかけていて、サロマンはくわで砂、セメント、水を混ぜて、粘りはあるけれど固くはなく、柔らかいけれど水っぽくないペースト状にしていた。ラファエル親方が穴を開けてしまうと、サロマンは道具箱のところへ行き、のみと、他の物がないので大工用の金槌を取り出して、その楕円形の穴を四角にしていった。ベッドには大きな布が掛けられていて、ほこりをかぶっていたにもかかわらず、その寝室は初めて楽しそうな場所に見え、何代にもわたる陰気な様相が消え去って、隅々まで光に照らされていた。ラファエル親方が三日間午後の夕刻をかけて作った、ニスを塗った窓を徒弟が取りにいった。そして、その端を太い釘で交互に打ちつけてから、セメントを盛った左官のこてを使って固定しはじめた。サロマンは金槌を持って、作業をはかどらせるために台所のほうへ向かった。壁にはすでに窓の輪郭の線が引いてあった。両手を振り上げ、サロマンは描かれている四角い部分に一発目を打ちこんだが、壁がかなり分厚かったので煉瓦はびくともしなかった。二回目にやっとパラパラと瓦礫がこぼれ落ちた。壁を突き抜けてひと筋の光が差しこんだ。そこで、サロマンが穴をのぞくと、向こう側に、まるで彼が窓の穴をそこに開けることを知っていて待っていたかのように、悪魔がいるのが見えた。悪魔は通りに立ち、壁から手の甲ほどの距離で彼を見てニヤニヤしていた。

大きなコルクガシの木の下に腰を下ろすと、羊たちも到着したことがわかって牧草地に散らばり、俺はサロマンの声を思い出した。小さかった頃、俺はもう羊をここに連れてきていて、太陽が暑い盛りのときにときどきあいつは母親から逃れてひとりでやってきて、午後のあいだは俺と一緒に自由に過ごしていた。ふたりでコオロギを捕った。俺はあいつにコオロギのオスとメスは尾の数で見分けるのだと教えて、絶対にメスを家に持って帰るなよ、蛇を呼んでしまうから、と言った。あいつは蛇を怖がって震えたけれど、同じくらいコオロギのオスもメスも怖がっていたので、俺の忠告には意味がなかった。コオロギに触ることすらありえないのに家に持って帰ることなど考えられなかった。ドングリも拾った。俺はあいつにコルクガシとトキワガシのドングリの見分け方を教え、コルクガシの実はおいしいけれどトキワガシの実はだめだと教えた。トキワガシのドングリはとても酸っぱくて、種付け用の豚に食わせるしかないと言った。彼はうんと言ってわかったようだったけれども、うさぎみたいなその歯で、無邪気な子供の目をしてコルクガシのもトキワガシのも同じように食べていた。日が暮れる頃には、ふたりで腰を下ろして、小川を眺めるみたいに羊を眺め、それから俺はスイバの茎を吸いだした。一本引っこ抜いてあいつにすすめ、何度かあいつにすすめたがまるで真っ赤に焼けた鉄を拒むかのように首を振った。スイバをあいつは苦いと言い、母親が毒があると言っていたのだと話した。俺はふてくされてあいつから目をそらした、棘のある声で、かえっていいや、全部俺のものになるからと、まるでスイバがそのうちなくなってしまうかのように、まるで目の前の野原いっぱいに咲くその黄色く小さな花がそこにないかのように俺は言ったものだった。

けれども、その頃は、自分自身にも打ち明けたことがなかったけれど、本当はそんな午後に俺は心を奪われていたんだ。俺もサロマンも他の子供たちとは遊ばなかった。俺が他の誰とも遊ばなかったのはモンテには他に子供がいなかったからで、町へ行くときというのは母親と一緒に墓地に行くときだけだったからだ。あいつが町の他の子供たちと遊ばなかったのは母親がそうさせなかったからで、その理由は一度だけ他の子たちと遊ぼうとして抜け出していったときに、イラクサをズボンの下に入れられるイタズラをされたからだった。取り囲まれズボン下を脱がされ、そのなかにイラクサをいっぱい詰められた、そのせいであいつは一週間ずっとチンポの部分を酢で湿らせて、かゆみと熱を我慢しなければならなかった。俺たちはふたりだけで遊んでいたんだ。ふたりで分かちあっていた、この熱い気持ちは、俺は見せまいとし、あいつは隠すこともできなかったけれど、どちらもそれを失ったことはなかった。ついこの前あいつに会ったときでさえ、あんな午後はもう二度とないのだとわかっていながら、苦しみの下に俺が感じていたのはこの気持ちだった。黙ったままの息が詰まるような熱い気持ちは、あの頃の午後のように日の光にあふれているが、今日の午後のように暗黒でもある。今、俺は昔のようにサロマン、サロマンと叫びたい思いだ、そして振り向いたあいつのいつもと変わらない微笑みが見たい。あいつがいないのは寂しいし、もう二度と遊ぶことはできないこともわかっている。それでも俺はただ遊びたい。あいつをただ野原で連れまわして、あいつにいろいろと教えてやりたいし、あいつが俺のいとこで友達だから雌犬もあいつにしっぽを振るだろう。サロマン、サロマンと叫んで呼びたいけれど、大地のように太陽のように、それも帰らぬものとなってしまった。そういう午後は、かつては長く心地よいものだったが、今は長く俺を何度も瞬間ごとに死なせてしまう。俺と同じように大きなコルクガシの木の幹に寄り添っている杖がある。片手からナイフを、そしてもう片方の手からある形に彫っていた枝の塊を放し、俺はまっすぐに太陽を見る。俺は思う、もし俺に言い渡された罰が俺のなかに留まり、もし俺が罰を受け入れそれを抱えこみ、自分のなかに留めおくことができるなら、おそらく俺は次の裁きに耐える必要はなく、ひと息つくことができるかもしれない。そのとき、一瞬にして、遮る木がすべて見えなくなり空は澄み切ってはるか遠くまで見渡せるようになった。そして燃えさかる太陽の熱は穏やかになり落ち着いた暑さになった。世界のあらゆる声が、つまり石やそよ風や木々の声が、世界のあらゆる声が消えてしまった。そして、大地が視界から消えるところから、少しずつある人影が現れてくるのが見えた。とてもでかい男が俺に向かってやってくる。その男は家一軒か、牧草を積み上げた山くらいの大きさがある。そのとてもでかい男は俺を見つめながらすごい速さで歩いてくる。突風のように俺のそばまで来る。立ち止まった。顔に見覚えがある。男も俺を見る。互いに見つめあう。その底知れぬまなざしの力に耐え切れず俺は本能的にちょっとだけ顔をそむける。ゆっくりと正面に顔を戻すと男はいなくなっていた。そこには、ただ小鳥たちが太陽の光のなかをぱっと飛んでいくだけで、ただ昼の焼けつくような暑さのなかで、石や熱を帯びた風や、木々がうめいているだけだ。立ち上がって口の両端に指を差しこみ、折り曲げた舌の上でつなげて指笛を吹き、犬よ、行くぞと言い、もう一度指笛を吹く。サロマンに会いにいかなければいけない。雌犬は同時に二方向に走るようにして羊の群れを集める。サロマンに会いにいかなければいけない。モンテ・ダス・オリヴェイラスへの道で、一番遅れている羊たちの背中の上に杖をのせる。サロマンに会いにいかなければいけない。

金槌がサロマンの手のなかで震えだした。悪魔が通りにいて壁に寄りかかるようにして微笑んでいた。サロマンは金槌で六回ほど壁を叩いた、それが窓にしかるべく穴を開けるのに必要な回数だったからだ。しかし瓦礫のかけらはひとつも悪魔に当たらず、ほこりのひと粒さえも彼の清潔なシャツと、折り目のついたズボンとその笑みの超然とした均衡を崩すことはなかった。金槌を水平に持ったまま、動きを止めて、左手で金槌の柄の端を握り、右手は金槌の頭の部分の近くを持ったまま、サロマンは悪魔を見つめていた。動かないまま、ハンチング帽のつばがやや尖った角の先端にのり、目にかからないくらいのわずかな影を落とすなかで、悪魔はニヤリとしてサロマンを見ていた。それから彼が言ったこと、そしてサロマンが理解したことはみな言葉ではなかった。彼が言ったことはすべてあの動かないまなざしとあの誘惑者の微笑みのなかにあった。じっと見つめつつさまざまな形になる、あのまなざしはサロマンを引き裂き内側から揺さぶるようだった。あの微笑みは唇でゆるやかなアーチを描いて、わずかではあるがはっきりとわかる動きで彼に言った、お前はかみさんに裏切られている。お前はかみさんを見て何を考えてるのかわかった気になっているが、何を考えてるかわかっちゃいないんだよ、かみさんを見ていてもお前は誰を見てるんだかわかっちゃいないんだ、かみさんはお前を裏切って、お前はひとりになって、そのあげくにみんながお前を馬鹿にするさ、と言っていたのだ。サロマンが目を伏せると、妻が台所を歩きまわる姿が見えた。妻が台所を歩きまわる姿を思い出し、それを頭に描き、妻を見ている彼と別人のような彼女が頭をよぎった。サロマンが顔を上げたとき、悪魔が去っていくのが見えたが、それでも、その微笑みとそのまなざしはまだ彼の前に、彼の心のなかにあった。ラファエル親方と徒弟が窓を担いで入ってきた。まだ動けずにいるかのように、サロマンはのみを握りしめて、木槌で叩いて、線に合わせて穴を広げた。ラファエル親方と徒弟は壁に窓を取りつけはじめた。サロマンは、すみません、ちょっと行かなければならないんですと言った。ラファエル親方はワインを一杯飲んでいくようにと言って、盲目の娼婦を呼んだ。サロマンはもう聞いていなかった。盲目の娼婦は台所に入ってきたが、どうすればいいのかわからず、感じ取ることもできなかった。ラファエル親方が窓をのぞきこむと道のはるか先のほうで小さくなっていくサロマンの姿が見えた。

これは俺を破滅させ引き寄せる道。ただひとつの最後の道。この道はただの通り道ではない。この空は沈黙をもたらすのではなく、沈黙が耐えがたいものであるときに、沈黙を叫んでいるのだ。俺は思う、おそらく俺はもう俺がなってしまったこの身体ではなく、おそらく俺はもうこの身体のなかのこの形ではない、おそらく俺はもうただ苦しんでいるだけの意志のない死んだ俺になって決して訪れるはずのない死をただ待っているのだろう。だがそれでも、葬られることのないこの午後が世界をつないで分かつなか、俺は自分であり、自分が知っている何かあるものを横切って通り過ぎていくのだ。サロマン、お前に近づいていく。お前のそして俺の歩みのなかを俺は進む。俺を縛りつけていた疲れが俺を解き放せば、生き続けるしかなくなるのだ。サロマン、お前の瞳が見える。

お互いを見て誰だかわかったときの、サロマンが町から歩いてきた距離とジョゼがモンテ・ダス・オリヴェイラスから歩いてきた距離は同じで、ふたりともどちらも足どりを速めようとはしなかった。遅すぎず速すぎず同じスピードで、お互いに相手だけを見ているようで、お互いに相手のことを見ていないかのように、一定の速度で歩んでいた。ふたりの距離が近づいた。太陽がふたりを一本の直線上に導いた。地面すれすれに刈り取られた穀物畑の切り株がふたりをじっと見ていた。コルクの樹皮はコルクガシの木で厚くなっていくのをやめた。彼らの顔の目鼻だちは遠目で見ると、ぼんやりとくすんでいたが、ジョゼとサロマンの顔はお互いに同時にはっきりしてきた。不安がないわけでもなく深刻そうなわけでもなく、それはお互いに相手を見ているふたりの男の顔で、初めて会ったかのようだが、感嘆もなく驚くこともなく無駄な言葉もなかった。ふたりは立ち止まった。彼らのあいだの距離はちょうど二歩分だった。ジョゼの一歩とサロマンの一歩、ちょうどだった。彼らを隔てる二歩分の距離はとても小さなものだったので、自分のものではない目で、そしてそれを通して自分自身を見ることによって、お互いが相手のなかで自分自身を推し量ることを妨げなかった。やがて、世界も動きを止めた瞬間のなかの切り取られた一瞬にサロマンはジョゼを見た、あるいはジョゼは自分自身を見た。黙然とした、そして千の言葉よりも大きく力強く、千の言葉のひとつひとつの言葉を詳しく語るようなそのまなざしを通して、ジョゼは自分自身に話しかけた、あるいはサロマンに話しかけた。嘘なんだろう、そうじゃないよな、と言った。するとジョゼは自分のなかで、あるいはサロマンのなかで、一瞬その問いかけがいつまでもこだまするかのように感じた。ジョゼは、あるいはサロマンは目を伏せた。やがて、またふたりがふたりに分かれると静けさのなかでサロマンが微笑んだかのように見えた。互いに背を向けてふたりは離れていった。サロマンはジョゼがモンテに着く前に町に着いた。

屋敷は相変わらずだ。からっぽだ。かつては心の底から希望に満ちあふれていたが、今あるのは俺の死んだようなまなざしだけだ。雌犬は俺が通り過ぎるのを見ても立ち上がらない。中庭は俺の後ろにいつものようにある。庭園は小さくて黄色くて荒れ果てて、俺に気づきもしない。囲いの格子戸に触れると、羊たちは目を閉じそうになり、眠気のはるか向こう側から俺を見る。飼桶の後ろでシャツを脱ぐ。ロープをつかむ。片方の手首に巻きつける。ロープはヒュッという音をたてる。まるで雀みたいだ。さえずる雀みたいで吹きぬけるそよ風みたいで春の雀みたいだ。手を反対にする。ずっとその音を聞いている。ずっと。シャツを着る。家に向かう。太陽をまっすぐに見る。疲れた。休みたい。

その日はモンテ・ダス・オリヴェイラスに行く日で、ラファエル親方の結婚式だけれど、今まで一度も休みたいと思ったことも休んだこともなかったので、私は休みたくなかった。前の晩、明日は来られなくてもかまわんよとガブリエル老人に言われていた。私にお金を払うのは彼で、ジョゼの父親が死んでからというもの、三十年来管理人をしていたのは彼だった。この仕事は彼にとって利益をもたらすものではなかったが、だからと言って面倒の種になることもなかった。コルクやオリーブの仕事に人を新たに雇う必要もなかったし、刈り入れのために出稼ぎ人夫を探す必要もなかった。なぜなら三十年間同じ人たちが、同じ力で汗を流して同じ仕事をしていたからだ。そして、誰かが死んだりした場合は、次の季節にはその息子が引き継いでいた。お金の計算をする必要すらなかった、なぜなら三十年間決まった同じ日に同じ人たちが来て、同じ目方のコルクを買って、同じ重さの小麦とオリーブを買って、前の年と同じ金額を払っていき、後日、同じ量の小麦粉と同じ量のオリーブ油が渡されてマテウス様の息子たちがモンテに来る気になったときのことを考えて貯蔵庫にしまわれていたからだ。そうやって毎年古いオリーブ油の樽を空にして新しいのを入れ、毎年手つかずのままの古い小麦粉の袋をどかして新しい小麦粉の袋を置いていた。明日は来られなくてもかまわんよとガブリエル老人は言った。でも、死ぬまでずっと一日おきに行かなくちゃならないから、行かなくてはいけないのだった。

その日の朝、私はサロマンと母を風呂に入れて、母に服を着せてしまってから、白いシャツにアイロンをかけ、しまいこんでいたためについたしわとシミの匂いを取っていて、そのあいだサロマンはズボン下に下着のシャツという格好で裸足で家のなかを歩きまわっていた。ハッカの葉っぱをしゃぶりながら大きな声で話していた。耳の後ろにバジルの束をさして、ラファエル親方がこうした、ラファエル親方があしたと言っていた。そうして私のそばを通ると、片づいている椅子をまた片づけたり、たらいで手を洗ったり、まるで自分が新郎みたいに緊張して、あるいは自分が新郎である以上に緊張していた。私がアイロンを置いたとたん、すぐに彼がやってきて服を着はじめた。ひとつひとつに順序があった。下着の次に靴下を履くのはズボンの下にあるからで、次はシャツ、なぜならズボンのなかに入れて上着の下に着るものだからで、次はズボンとベルトで、ぴんと伸びたシャツの裾と洗濯したズボン下の上で締められる。次は靴で、その次は上着。この自然で理にかなった順序にサロマンが従うのは、あの日のように特別なときで、そういう日にはお金持ちであるふりをして、毎日上着を着て、順番に服を着るという毎日のしかるべき儀式のことだけしか考えることがないという、それが品のよさと優雅さの特徴なのだというふりをするのだ。そうして、サロマンがシャツの片袖に腕を通して、ゆっくりとほのかなぬくもりと純粋に真っ白な心地よさを感じつつ、ゆっくりと屋敷のあたりのことや穀物畑を思い浮かべているあいだ、私は隅のほうにしゃがみこんでいた。片方の靴のなかに手を入れて靴墨の塊をつま先にのばして、力いっぱい布でこすった。もう片方の靴を手に取るとき、サロマンは頭を軽く後ろにそらし、まぶたを閉じてシャツのボタンをかけていたので、私は不意をつかれやしないかと心配せずに彼をまっすぐに見た。目の前の靴が黒くぴかぴかになり、私はサロマンがベルトを締めてしまうまで待っていた。ゆっくりと気品に満ちた動作で、ズボンの折り目をつまんで椅子に腰かけ足を伸ばした。私は右の靴の紐をゆるめて履かせようとした。かなりきつかった。私は靴べらを取りにいった。それをかかとと靴とのあいだに差しこんだ。渾身の力をこめた。渾身の力をこめて、私は顔を真っ赤にしていたと思う。それでも入らなかった。すごくきつかったのだ。少し手を止めて考えているとサロマンが、思い浮かべていた土地や立派な屋敷のことはすでに頭から振り払って、工具箱を手で示した。私は箱を引っかきまわして大工用の金槌を取り出した。もう一度靴べらを合わせて、靴のかかとを三、四回叩いた。反対の足も同じようにした。サロマンは立ち上がって奇妙な歩き方で上着のところへ歩いていった。それを着たものの、きつい靴のせいで現実につながれて、もう自分が金持ちで優雅だと空想することはなかった。

十分もしないうちに自分の支度は済んだ。母を捜しにいくと、捨て子の女の子みたいに座りこんでいて、紫のビロードのワンピースを着て膝丈のレースの靴下をはいた姿は置き去りにされた人形のようだった。ドアを閉めて礼拝堂へ向かった。太陽は炉のなかで焼けているみたいだった。手をつないで、壁際のほんの少し陰になったところを母を連れて歩いた。サロマンは、道の真ん中で、ひっきりなしに段を昇ったり降りたりしている人のようなぎこちない足取りで私たちについてこようとしていた。母は、太陽も朝も見えているはずの道もおかまいなしに、いつも繰り返している言葉を繰り返していた。ものすごい速さで囁くので、一歩進むごとに五つ以上の単語をしゃべっていた。するとより年配の女たちは母を見てびっくりし、おやまあ、やもめの料理女が来たよ、と言った。そして母の前で組になって話しかけてきたけれど、母は下を向き目もくれずに、ずっと自分の話を、ずっと自分の言葉をしゃべり続けた。女たちは声を揃えてかあるいは別々に、気の毒なことと言って道をあけた。礼拝堂の前に着いたとき、そこにいたのはラファエル親方と盲目の娼婦だけだった。彼女は彼の腕につかまりふたりとも服の下には汗をかいていた。彼は冬用の黒い服と厚手のフランネルのシャツを身にまとっていた。彼女は飾り気のないドレスと真ん中にポケットがあり下に一か所あざやかな刺繍のついた白いエプロンをしていた。

ラファエル親方が結婚しようと打ち明けたその夜すぐに、盲目の娼婦は母親が刺繍したエプロンのことを思い出した。数日後、毛布と一緒にしまわれた長持のなかからそれを取り出した。触れて匂いをかいだ。エプロンをゆっくりと顔の肌にすべらせた。それからひとりきりで、二十年以上前にまだ子供だった頃、母親にお前がいつか結婚するときにないと困るからねと言われて、これを渡されたときに微笑んだのと同じように微笑んだ。しかし母親は手渡しながら、祖母が微笑みを浮かべなかったのと同じように、さらに前の曾祖母が微笑みを浮かべなかったのと同じように、微笑みを浮かべなかったが、それはこんな女と結婚したいと思う男などいるはずがないと誰もがわかっていたからだった。それから娘のためのエプロンを仕上げてしまったあとに、決められたしきたりでもないけれど、希望を捨て去るだけのために、それぞれが母親に作ってもらったエプロンを破り捨てていた。盲目の娼婦もはさみが布を断つ音や、針と糸が生地を通っていく音を、今でも思い出すことができた。そしてそのエプロンを見た者は、裁ち方があまりに正確で、刺繍の文字があまりにもこまやかなので、盲目の人が作って刺繍したとは思いもよらなかっただろう。その文字はマテウス様の祖父が盲目の娼婦の曾祖母に与えた布巾《ふきん》をもとに刺繍されるようになったもので、lの大きなカーブとiの離れた小さな点がいいからと選ばれた文字で、*loiça*[*5]と印してあった。サロマンと妻と未亡人の料理女が礼拝堂の前に着いたとき、盲目の娼婦とラファエル親方は腕を組んで待っていて、彼女はさりげなくエプロンをさわって、しわになっていないかどうか確かめていた。サロマンはきつい靴のせいでよろめきつつ急いで歩いた。ラファエル親方の顔には若さがよみがえっていた。いくつか言葉を交わして、互いを安心させようとするかのように妻を紹介しあった。無言のまま同時に、盲目の娼婦とサロマンの妻は不満げに唇をすぼませたものの、何も言わず何も見なかった。悪魔が到着し礼拝堂の前を悪魔の微笑みが満たすまで、太陽の下で男たちは話し続けていた。悪魔は微笑んで礼拝堂の扉のところで立ち止まり、ズボンのポケットをひっくり返して鍵を探した。見つけると、錠前に差しこんで鉄錆をものともせずぐいっとまわした。蝶番がうめくような音を立ててきしみ、靴が床を踏むと大きなほこりの固まりがきしんだ。盲目の娼婦はラファエル親方の腕をとり、未亡人の料理女は娘と手をつないでサロマンの後ろから、あとに続いた。松葉杖の音と足音が祭壇へと向かっていった。静まりかえったなかで、悪魔が準備をするのを見ていた。未亡人の料理女はラファエル親方の後ろにいて、サロマンの妻は盲目の娼婦の後ろにいたのは、彼女たちがそれぞれの女性の立会人だったからである。サロマンが真ん中にいたのは、彼が男性のふたりの立会人だったからである。すでに帽子を脱いで上祭服を着て、悪魔は黒い本のほこりを吹き払うと、微笑んで近づいてきた。そして、微笑んだままで言葉を発した。新郎新婦と立会人ははじめのうちは理解しようとしていたけれど、いくつかの文句を聞いたあとには、それは耳にしたこともなくわからないものだったので、あきらめてしまった。そして悪魔の言葉は未亡人の料理女の気ぜわしい言葉と重なり、繰り返し繰り返し、こだまとなって響いていた。壁にはくもの巣がはびこり、ほこりの重みでふわふわと揺れ、悪魔が声を大きくするたびに震えた。聖人たちは、深くひびが入った、がっくりしたような顔で見ていた。片隅には、蝿の糞が飛び散り、固まって乾いた蝋の雫が垂れ下がるガラスの箱のなかに、巨大な手が入っていて、手首からもぎ取られ、針金で固定され、指は何かをつかもうとする形で止まっていた。何年も前からそこにあるものだった。骨の処理をしようと棺桶を掘り出したところ、無傷のままの手が見つかったので、その日のうちにすぐ悪魔はガラスの箱を作らせて、聖人を発見したという知らせを広めだした。棺桶の上まで土が取り除かれると、シーツの包みにくるまれていた骨のあいだに無傷のままの手首があったのだ。大男の手だった。悪魔はそれを洗って、犬に噛みつかれたいくつかの傷痕をおしろいでごまかし、手首から出ている何本かの長い血管をはさみで切り、針金で固定して箱のなかに入れた。ろうそくを灯して一週間のあいだ礼拝堂の入り口を開け放しておいた。誰もやってこなかったので入り口をふたたび閉めて、ろうそくを吹き消し、関心を失った。そのまま置きっ放しでそこにあり、世の中とか結婚式とかにも無関心で、小さなステンドグラスの青い影に照らされていた。やがて、指輪の交換の段になったがふたりは指輪を持っていなかったので、いくらラファエル親方に左腕があるとはいえ何の役にも立たなかった。そこで悪魔は誓いへと進めたが、その声が聞こえなかったので、署名するように命じた。みんな十字で署名したが、サロマンはふたり分の男性の立会人だったので、一方には斜めに交差した二本の線で、もう一方には垂直の線と水平の線が交差するもので署名した。出るときにサロマンとラファエル親方は笑っていた。礼拝堂の前で誰も待つ者はいなかった。ラファエル親方は松葉杖で出口の段を踏み外して階段を転げ落ちた。サロマンが助け起こし、礼服の膝とひじをはたいた。おずおずと本当に大丈夫ですかと聞いて、サロマンは二歩あとずさって、妻のそばへ行った。別れのあいさつもろくにせずに新郎新婦は家へと向かった。腕を組んで、ラファエル親方は身体を傾け杖をつき、盲目の娼婦は首がすわらず頭がぐらぐらしていた。黙ったままサロマンと、妻と妻の母親も家へ向かった。未亡人の料理女は娘に手を引かれて陰のところを歩いた。サロマンは裸足で靴を手に持って歩いていた。

モンテ・ダス・オリヴェイラスに着いたとき、ガブリエル老人は意外な様子で私のそばまで来た。昨日、来なくてもいいと言っただろう。確かにそうだった。私が裏庭に水を一杯持っていったとき、母はどうどうめぐりの終わらない話をしていて、彼は聞いているようだったが、私に明日は行かなくてもかまわんよと言った。でも来た。来なければならないとわかっていた。母の服を脱がせ、結婚式用のワンピースを脱がせて、ワンピースをしまって母に服を着せ、サロマンの服をしまって、自分の服を脱いで、着替えて、母のスープを温めて、母にスープを食べさせ、頭にハンカチを巻いて出かけた。昨日、来なくてもいいと言ったのに。私は返事をしなかった。そして、ラファエル親方の結婚式を彼に聞かれても上の空で、ジョゼの家のほうを見た。閉まっていた。窓も閉まっていた。ガブリエル老人はそれに気づくと立ち止まって同じほうを見た。何か言われる前に私は歩き出した。屋敷に入ると、古くて厚い壁に覆われた部屋や廊下は涼しいとはいえ、あの太陽に照りつけられた身体の熱は下がらなかった。台所の、石造りの皿洗い場のところへ行って両手で水をすくい胸にかけた。目を閉じて両手で水をすくい胸にかけた。そうすると小さかった頃のことを思い出した。六歳の小さかった私が母親に寄りかかって、母に抱きしめられているつもりになっていたことを思い出した。あの子はひとりで育ったんだ、と人が言うのを聞いたのを思い出した。ひとりで、いつもひとりだった。やがてそれはジョゼの顔と混ざりあって私のなかでくしゃくしゃの痛みになった。あの巨大な暗い家のなかで、巨大で暗い私自身のなかに子供の私がいた。私は六歳だったけれど、女たちが玄関先にスープのお椀を置いておくと、けもののような目をした私が顔を出し、ひっこんだのだという。ひとりで大きくなったんだ、と言われていた。あとで知ったことだけれど、ガブリエル老人が聞いてもいないのに語ったことによれば、私は三年のあいだ何も食べず、三年のあいだ身体の脂肪だけで生き続けたのだそうだ。それを知ったのはある午後のことで、こちらが聞いてもいないのに母を訪ねてやってきたときにあたりまえのことのように私にそう言ったのだった。私が聞いてもいないのに彼はさらにしゃべり続け、私の肋骨や顔の骨までもが浮き出て見えるようになってから、抱えきれないほどの菜っ葉や玉ねぎやじゃがいもやいくつもつなげられたにんにくやオリーブ油の瓶を何本も運んでくるようになったのだと言った。すると私は、四歳くらいだったが、皮をむいて料理して食べて皿を洗っていたという。私が聞いたわけじゃないし、知らないほうがよかったのだが、というのも誰もいないということが私にとってどういうことなのか忘れたことはなかったから。孤独で、からっぽの大きくて夜には真っ暗な家。私の前にいるのは母だけで、絶えずいつも繰り返ししゃべっていて、絶えずそよぐ風のように、途切れることなく、うめき声のように、言葉にならない言葉のように、絶えず繰り返される言葉の形をした何か別のもののように、痛みのように繰り返される言葉。そう、痛みのように。年老いた私の母はほとんど死んだも同然で、私から離れたところにいる母。犬が吠え、小鳥や声などの物音が遠く壁の向こうに聞こえる。部屋の暗闇と、向こう側には窓のない部屋に閉じこもって、ものを書いている男がたてる、ほとんどそよ風と区別できないような静かな雑音。万年筆が紙の上でのたくり、急に突き刺さったり本能的に線を引いたりしていた。インクの上に吹きかけるかすかな息の音。紙がゆっくりと他の紙の上に置かれ、積み重なって床の上で空の卵の殻のような音をたてていた。影と裏庭に出る朝の太陽。そんなささいなことがジョゼに出会う日まで私にとってはすべてだった。彼のまなざし。そして、あの屋敷で、もう一度両手に水をすくって胸にかけた。そうして、どうにか冷たさを感じようとしていると、櫃のなかに閉じこめられた声が遠くでひとりで言っているのが聞こえた。黙ってゆっくりと近づいた。大廊下に私は座りこんだ。声が、孤独、死、と言うのがまだ聞こえた。

＊5　loiça：ポルトガル語で「食器、陶器」の意味。布地に「食器」とあるもので、台所用の「ふきん」、今流に言えばキッチンリネンが盲目の娼婦の曽祖母に与えられたことになる。

俺の両手と俺の両腕。そして、太陽。両腕を太陽に向かって広げると太陽は俺を満たし、俺をつらぬき、俺自身になるように感じる。俺の両手が光をがっちりとつかまえるが、縦に流れる川がすべるように流れ、俺のなかに入ってくるのを感じる。彼女のまなざしはこの太陽のようだと感じる。俺の両手と彼女のまなざし、そして太陽。俺の両手は止まって音も立てず役に立たず死んでいると俺はわかっている。彼女のまなざしが俺に向けられていないこともわかっている。俺は太陽に打ち負かされてしまうこともわかっている。寝室とベッド。俺は思う、人間がいる場所は絶望と沈黙を結ぶ線なのだ。そして、ふたたび俺のなかでは、ありえないようなものの内奥で炎で描かれた彼女のまなざしがある。俺が彼女に決して告げることのなかった言葉があたかも今この太陽から出ていて、声の嵐のように俺の肌を焼いているかのようだ。俺の身体のなかで投げつけられた剃刀の刃のようだ。この光のなかに彼女に告げたことのない言葉がある。この太陽は何も見えない俺の目で俺は何も見えないとわかっている。そしてふたたび寝室。俺を超えた向こうにある暗闇がそこにあるのはわかっていて、その影がどのように俺を待ち受けているのかも知っているからそれが俺には見えていないけれど見える。彼女の目もまたその暗がりのなかで、さびしく置き去りにされている。

少しずつ身体を起こす。両手の感覚が戻り、俺の目には暗い寝室が映る。今日という日の朝だ。太陽は生まれてから何年たったのだろう、誰にもわからない。日々は過ぎていく。俺は思う、一日は千年かもしれない。俺は思う、一日が過ぎるあいだに過ぎたのは一年なのか千年なのか、あるいはあっという間の一時間なのか、誰にもはっきりとはわからない。少しずつ身体を起こす。両足の感覚が戻り、床を感じる。ドアを開ける。火に身体を寄せた、夫を失った俺の母。穏やかなそのやつれ顔が黒くゆらめく。彼女の前に座る。炎からじわじわと伝わるほのかなぬくもりがゆっくりと俺を包み、母を捕らえているその腕で俺をつかまえようとする。夫を失った俺の母。互いを見つめてはいないが、それでも俺たちのまなざしは火のなかで出会う。炎のなかで、本当に初めてのように俺たちのまなざしがじっと見つめあう。おずおずと若い薪にともる小さな炎の上でゆっくりと触れあう。手を差し伸べる。互いの肌に互いに触れあう。そのときふたりのまなざしは火の上で熱さなどものともせずに哀願するような表情をしている。見つめあう。見つめあって、そして痛みを伝えあい、分かちあい、見つめあう。すると一瞬時を超えて、お互いに近づき、ゆっくりと愛しあう二本の木のようにゆっくりと抱きあう。母と息子。俺は顔を上げる。母のまなざしはそのままだ。暖かさが俺の周りに張り巡らせた網をふりほどく。玄関のドアを開ける。枯れ草の露も乾いている。太陽が大地から昇ってくる。俺はそれをまっすぐに見る。

仕事に出かける前、サロマンは妻を見続けていた。どうもおかしいと思っているようにカップのなかでコーヒーを混ぜるスプーンを止めて彼女を見た。彼女はこっちへ来たり、あっちへ行ったりで、母親の食事の準備にかかりきりで、次に手にするものしか見ていなかった。サロマンはコーヒーをかき混ぜなおして急いで製材所へと出かけた。どうもおかしいと思っているようだったが、何も疑ってはいなかった。一週間後になってやっと床につく時間にようやく気がついた。妻が服を脱ぎ、彼はそれとなく彼女を見、それから注意深く見つめて、ここにおいでと言った、そして彼女のお腹に手をあてた。彼女の顔を見ると彼女も彼を見ようとしていた。未亡人の料理女は、しゃべる死人のように眠りながら終わらない話をひそひそとベッドの隅でしゃべっていた。ゆっくりと手をお腹からどけても、まだその形の感触が残っていて、くぼんだ手の平や軽く曲がった指はまだその小さく盛り上がった部分の形をとどめていた。彼女にキスしようと思ったが、結局しなかった。そもそもそれに見合ったような機会はそれまでなかったし、そのあともありそうではなかった。じっとして石油ランプのぼんやりとした明かりだけに照らされながら、彼女が寝間着を着るのを見ていた。

翌朝は夜が明ける前に目覚めて一番に製材所に着いた。ラファエル親方の杖の音が聞こえてくると、駆け寄って、おはようございますと言う前に、僕は父親になるんです、と言っていた。ラファエル親方はその頃は自分の子供がまもなく産まれるのでうきうきしていて、陽気な若者のように、彼の背中を叩いて微笑んだ。そうして、うっとりと微笑みながら、門からの数メートルを連れ立って歩いた。午前中いっぱい働いた。昼食の時間になるほんの少し前に、ラファエル親方はふたたびサロマンの近くにやってきた。徒弟に家に帰るように言うと、顔から微笑みが消え、大工の作業場の空気に舞うおがくずの霧が少しずつ下に積もっていくなかで、心配なんだと言った。すぐさま心配事の重要性を悟って、サロマンは彼を見つめ、次の言葉を待った。ラファエル親方が言うことには、夜、寝るときに、盲目の娼婦のお腹に手をあてるのだが、赤ん坊が蹴ったり、ぴくりと動くこともないのだと言う。そして目が覚めたままで夜のうめき声のひとつひとつに耳を澄ましていると言うのだ。ときどき、眠れずにいると、何か感じるような気がすることがある。けれど、すべての感覚を手に集中すると、動かない皮膚しか感じられず、その瞬間の記憶すらもかすかな塵のように頼りないものになってしまうという。朝には彼女は恥ずかしそうに彼を避ける。彼女のお腹は八か月なのにやや膨らんでいるだけで動かないのだ。

俺を苦しめているのは沈黙なのだろうか。つきまとう沈黙の苦痛。年老いた雌犬は、俺のそばを通り、俺を見るけれど俺にはその視線が感じられない。静まり返るなか、格子戸の針金をはずしても手に感じるのは沈黙とその抜け殻のような手触り、そして肌に張りつく虚しさだけだった。俺は気が狂ってしまったのだろうか。何を望んだとしてもこの静けさのなかでは無駄だ。俺は思う、人間がいる場所は絶望と沈黙を結ぶ線なのだ。今、自分が生まれるのだと思いたい。しかし、俺はそのままだ。羊たちのあとを追っていき、その一挙手一投足を心得て、羊たちが疲れきっているのを感じながら、俺はゆっくりと死んでいるのだ。俺はもう何も与えてくれないこの世界からひとつひとつの動きを通じて消えていくのだ。俺は俺の影になった。俺は俺の影の影の影になった。俺は時間と沈黙のなかで消えていく。俺は思う、人間がいる場所は絶望と沈黙を結ぶ線なのだ。俺はゆっくりと死んでいるのだ。

ラファエル親方とサロマンはそれぞれの家へ向う通りのところで別れた。あの時間には昼食が彼らを待っていて、妻たちはその前で目をそらしがちにしていたのだった。家の戸口まで同じ太陽の下で、ラファエル親方はサロマンの純真な喜びについて考え、サロマンはラファエル親方の不安について考えていた。ふたりとも同時に家に入った。影がふたりの肌を覆って、ひんやりとした感覚に包まれるのを感じたが、ラファエル親方にとってはそれは不快であったが、サロマンにとっては心地よくほっとするものだった。それでふたりは自分自身について意識を戻した。サロマンは座った。ラファエル親方は松葉杖をテーブルに立てかけて座った。それぞれの前に皿が並んでいた。盲目の娼婦はものすごい速さで台所を動きまわっていたので、ラファエル親方がかっと見開いた左目で彼女の動きを追おうと頭をすばやく動かしても視界からすり抜けてしまうのだった。サロマンの妻は、軽やかに、未亡人の料理女と炉のあいだを走って、お湯や鍋のなかで煮立ったスープをかき混ぜ、母親を椅子にちゃんと座らせたりしていた。それぞれの妻は同時にテーブルの真ん中に食べ物を置いた。同時にそれぞれの妻は座った。サロマンの妻はあえぐような様子の母親の口にスープをひとさじずつ運びはじめた。盲目の娼婦は落ち着いて食べはじめた。同時に、サロマンとラファエル親方は何か言おうと口を開いた。しかし、同時に言葉がつかえて口に出すことができず、ひと口目のスープを飲みこんだ。

目の前の太陽を見る。大きなコルクガシの木の幹がゆっくりと俺の背中と溶けあって俺を木に変えてしまう。大地がゆっくりと俺の伸ばした足と溶けあって俺を土に変えてしまう。目の前の太陽を見る。俺のまなざしは太陽のまなざしだ。

ラファエル親方とサロマンは同じ瞬間に自分の妻を見つめて、それからドアを閉めた。サロマンのブーツは地面でひとつの石をあちこちへと蹴っていた。ラファエル親方の松葉杖と片方のブーツは地面で石を避けて、溝やほこりの描く模様のあるところを選んでいた。光が肌のうえで沸き立つ。ラファエル親方はハンチング帽をかぶりなおした。サロマンはハンチング帽をかぶりなおした。少しずつそれぞれのなかで何かが消えて何かが灯った。ラファエル親方はサロマンの純真な喜びをゆっくりと思い出しはじめた。サロマンはラファエル親方の不安についてゆっくりと思い出しはじめた。そして、まるで待ちあわせていたかのように、二本の通りが交わる地点でふたりは出会った。黙ったままだった。そうして肩を並べて製材所まで歩いていった。

夜明け。草がゆっくりと立ち上がってくる。遠くのざわめきはいつもの日々よりもより遠く、とても年を取った老人がわずかな力を振りしぼって生き返るかのように目を覚ます。土曜日だった。それは土曜日であるが故に、いつもとは違う特別な日だった。太陽は火の球で、いつもの日々より遅めに大地すれすれに起き上がり、通りや野原に制御できないような炎を撒き散らし、前の晩には見逃していたものも焼いてしまうのだった。夏だった。子供にしか見えない光がいたるところで湧き上がっていた。心地よい光だけが輝いていた。夜明けが少しずつくっきりとした朝になって大気に描かれ、注意深い小鳥たちの目に映った。空は見るだけのもので飛びこむことができない澄み切った場所だった。

はじめは枕で口を塞がれたような、か細いただのうめき声で、ほの暗い寝室にまだ満ちているひんやりとした空気のなかで息を殺しているかのように聞こえるだけだった。しばらくして、盲目の娼婦がおさまったと思いほっとして横になり、ため息をついてまぶたを閉じた途端、さらに激しい電流のような痛みとも息苦しさともつかぬものにふたたび襲われ、夜が明けてラファエル親方が目を覚ました。びっくりして彼女を見た。髪は乱れて醜くさえ見え、彼を寄せつけなかった。びっくりして彼女を見たが、どうすればいいのかわからなかった。夜のあいだにふたりが足で押しのけてしまっていたので、シーツはベッドの足元でぐちゃぐちゃにねじれ、役に立たない塊のようだった。ラファエル親方は起きて、服を着てから、まだびっくりしたまま、もう一度彼女を見た。マットレスのくぼみと大きなしわが寄った下のシーツの上に盲目の娼婦がいた。腹を上に向け、身体全体をねじまげて腹がどうにかまっすぐになるようにして、背中は折れんばかりに弧を描いて曲がり、ふたつの固いまくらに寄りかかって、両足はねじれ恥じらいもなく開かれていた。ラファエル親方は見つめていたが、この様子の何も目に入っていなかった。なぜなら、彼のまなざしには、記憶のなかにあるやさしい愛情しか映っていなかったからだ。目に映るのは小さくてきれいな顔であり、あの汗をかいている顔ではなかったし、彼に見えていたのは魅力的なはにかんだようなしぐさで、あの発作的な身体の動きではなかった。あたかも一瞬のあいだ、左目をつぶるかのように、ラファエル親方は寝室を出て、台所へ向かいコーヒーのカップを手にして寝室に戻ってきた。それを盲目の娼婦に差し出してお腹に何か入れなきゃだめだと言った。痛みを忘れて、まるで目が見えているかのように、彼女は彼のまなざしのほうに顔を向け両手でカップを受け取った。静かにそれを唇まで持っていった。最初のひと口は時間をかけた穏やかな長い瞬間だった。しかしまだコーヒーを全部飲み終わらず、カップの底に茶色いものが残っているうちに、何も言わず前のめりになり、ラファエル親方はかろうじて彼女の口の前におまるを置くのが精一杯だった。そのままそうしていた。身体の右側と右腕の残った小さな部分で彼女の肩を支え、左腕でおまるを持って彼女の口にあてがっていた。そうすることしかできずに、ラファエル親方は彼女が吐くときにたてるうなり声のなかじっと動けずにいた。吐き終わると、彼女の唇をタオルでぬぐってやったがおまるのなかにコーヒーに混じって血が固まっていたのには気づかなかった。

時間が経過していくにつれ少女が少女でなくなっていくように、朝は少しずつ朝ではなくなっていき、火桶のようなものになってしまい、大地を内部からはじけさせていった。ラファエル親方は窓にもたれかかり、小さく開いたブラインドのすき間から裏庭をながめて自分が心に描いていた花や木々の茂る庭やキャベツ畑を思い出していた。そのとき、心のなかで自分に作れたのは、そのただの空想上の庭以外に何もないのだと思えた。盲目の娼婦のうめき声は激しさを増していたが、あるいは彼にはより強くより近くに思えたのかもしれないが、それは彼を苦しめるリズムであった。ブラインドのすき間からのぞきながら、あたかも身体ごとまなざしになって地面のなかに吸いこまれていくかのように、ラファエル親方はレモンの木を接ぎ木したオレンジの木やあんずの木を接ぎ木した桃の木、ぶどうの棚やキャベツとか、色鮮やかな絵を描く花壇やユリ、ゼニアオイなどを繰り返し心に描いた。自分が心に描いたものを実現できると自分に言い聞かせるために沈黙のなかで彼が叫んでいたのはこの子供じみた夢だった。心の奥でそれを否定する声にもかかわらず、彼は叫んでいた。そのか細い死にそうな声が、お前は何もしなかったじゃないかと言い、はじめからすべてをわかっていたにもかかわらず何もしなかったじゃないかと言うのを聞くまいとして叫んでいた。彼の心の闇に一瞬でも沈黙が訪れれば、その死につつある石のような声が彼に告げようとしていたのはそんなことだった。

彼女を今見つけたかのように、窓から離れてそばへ行った。椅子を引きベッドのそばに腰をおろした。自分の手を見つめ、ぴくりとも動かさぬまま、彼女のお腹に置いた。盲目の娼婦の顔がほころんだ。そのときラファエル親方は、夜毎味わっていたような苦しみも恐れも感じることはなかった。限りない喜びがあふれてくるのを感じ、思い起こせば、それは自分が父親になると知ったときに感じたのと同じものだった。父親になるんだ。そして、その確信は少しのあいだ失われていたものの、たったひとつの確信に変わった。それが彼のまなざしのなかに輝いていた。すると盲目の娼婦のうめき声は、さっきまでぞっとするほど恐ろしく聞こえていたのに、心地よく落ち着きさえ感じる普通の音になった。父親になるんだ。彼の手は、盲目の娼婦の腹に置かれ、これらすべてを語り、彼女を励ましふたりはそうして語りあっていた。その午後は一生のように永く過ぎていった。やがて、小鳥たちが、暑い盛りから解放されて、やっと涼しくなった裏庭の上を飛びはじめたとき、盲目の娼婦が顔をゆがめ子供が産まれそうだと悟ったとき、ふたりはもうすでに年老いて、さらに互いを深く愛していた。

ラファエル親方は立ち上がり、松葉杖をついて杖などないかのように、走って窓を開けにいった。それから新しいタオルを二枚と水をいっぱい入れたたらいと空のたらいを取りにいった。ふたりとも気恥ずかしい思いがあり、それをともに感じていることは言わなくてもわかっていたので、誰も呼ばなかった。窓の明かりが陰ってくるとラファエル親方は石油ランプに火をつけた。盲目の娼婦は刃のような何かあるものを感じ、それが彼女を切り裂き、分断し、ばらばらにされてしまうようで、あたかも胴体も首も頭も真ん中からぱっくりと裂けてそのままになってしまうようで、生きたまま傷ついていくかのようだった。木を根こそぎ引っこ抜いてしまおうとするか、世界を手の平分だけ動かそうとするかのように、全身の力を振り絞っていきんだ。彼女の肌は紫色になり、しわが寄っていた。顔は苦痛そのものだった。ラファエル親方がたらいを差し出す暇さえなく、ぐちゃぐちゃになったベッドのシーツの上に羊水がほとばしった。そして、子供が生まれはじめたのは、まさに昼間が大地の上に降りかかり、夜がまだ空であったその瞬間だった。頭が現れた。ラファエル親方は要領がわかっていたので、二本の指を赤ん坊の口蓋にかけて引っぱった。産まれた。この興奮はもはや誰もそれについては憶えていない何かのように消え去った。まだ血まみれの子を片手に抱いて、ラファエル親方はその子を見た。女の子で、彼の娘だった。両目とも見えていなかった。右腕がなく、足は両方ともなかった。泣きもせず、身動きさえしなかった。死んでいたのだ。

生まれた娘の小さな身体は片手におさまるほどだった。親指と小指で子供の胸を包みこみ、残りの指で首からだらりと垂れる頭を支えた。腕に感じるその重みは死んだ命のその重みだった。その子を見た。じっと見つめた。子供のその顔は、鼻や唇や眼窩の影に彩られ、自身の死を語っているかのようだった。そしてラファエル親方自身は果てしない闇になってしまった。闇と死の悲しみが彼をつらぬいた。それから、ゆっくりと、顔を上げて盲目の娼婦を見た。彼女は、枕の上に腕を伸ばし手を広げたまま横たわっていたが、傷のところから血が流れて着ている寝間着ににじんでいた。穏やかで、顔にはしわもなく、まるで眠っているかのようだった。ラファエル親方は娘をそっとベッドの上に寝かせた。盲目の娼婦に近づいた。開いた手を彼女の胸の上においた。肌は荒れて熱かった。彼女の指は血で染まっていた。手を彼女の顔の上においた。その肌。彼女がずっと前に彼の顔がどんなふうかを感じ取ったように、彼女の顔がどんなふうか感じ取った。指は汗で滑り、汗と血の跡が残った。腕を上げ、自分の手のなかで顔の形が消えていくのを待った。痛み、それはどんなしぐさも意味をなさなくなり、どんな言葉も意味を示さなくさせる深淵、時間を役に立たないものにしてしまうベール。彼が心から愛していた、心から愛していた女性はもはやこの世にはいない。そして、彼の孤独は夜よりも大きな空であり、そこには夜と寒さ以外の何ものもなく、目に見えるのは暗黒だけの場所なのだ。松葉杖にもたれて、ラファエル親方は盲目の娼婦が幼い頃持っていた、彼女の母親のものでもあり、祖母のものでもあったショールを探した。それは白い羊毛の柔らかいショールで、古びて房飾りは汚れていた。結婚式のエプロンやニットの上着、花が染めぬかれたハンカチなど大切なものと一緒に小さな箱にしまってあった。それをつかむと娘のもとへ行き、丁寧にショールでくるんだ。胸に抱き寄せてから母親の腕のなかにおいた。肩のあたりまでシーツでふたりを覆った。最後にもう一度母と子を見てから外へ出た。

夜だった。それは沈黙を超えた夜であり、というのもより深く完全な沈黙に包まれた夜だったからだ。ラファエル親方の歩みは、闇にまぎれて音もしなかった。窓やドアが閉められ、明かりも消え、人気のない家並みは、物言わぬ石像のように一瞬彼についてきたが、やがて、迷ったかのように、はたまた捨てられたかのように、後ろへ去っていった。何度も何度も疲れをこらえつつ、こらえきれぬままにラファエル親方は進んでいった。その身体は死んだ木のように、あるいは死に絶えた朝、または死そのものの断片のように進んでいく。唇は震えていた。ひと筋の汗が胸をつたっていた。音もたてず地面すれすれにそよ風が吹き抜けた。感じ取れぬほどのそよ風だった。娘の顔の表情や盲目の娼婦の顔をラファエル親方は思い出していた。彼が思い浮かべる姿のひとつひとつは彼の孤独の形と重なった。永遠の孤独。ラファエル親方の視線の先の夜は沈黙の向こう側にある澄んだ水をたたえた井戸で、そこでは昼のあいだは子供が屈託なく遊んでいて、小石を投げたり、枝を舟に見立てたりしているが、月も星もない永遠の夜には、町から遠く離れた畑のなかにぽつんとあり、うす暗い澄んだ水をたたえた井戸であった。娘の顔の表情。私の小さな娘よ。盲目の娼婦の顔が浮かぶ。お前は私の確信だったのに私はお前を失ってしまった。夜のなかをラファエル親方は進んでいった。その奥に、ぼんやりとした暗闇のなかに浮かぶように製材所が現れた。

ポケットの底に手を突っこんで鍵を探りあてた。扉を開けたが、初めてまったく何の音もしなかったし、錆ついた様子もほこりもなく、床に石ころが転がっていたり、板きれが落ちていたりすることもなかった。真っ暗な闇のなかを、どこに整頓された物があってどこにごちゃごちゃした物があるかはわかっているので、つまづくこともなく進み、マッチを擦って石油ランプをつけた。それは古いランプで、筒は黒ずみ、日が暮れるのが早い冬のあいだに使われていて、そのほかの時季には忘れられ、曲がった釘を入れる箱の後ろに置かれて、上に積もったおがくずに石油が沁みていた。ゆっくりと作業場の真ん中にあるテーブルに向かい、そこにランプを置いた。そして、窓のところまで行き、窓を開けた。コオロギの静かな鳴き声がいつのまにか夜のすみずみまで満ちていた。まるで空を見上げるかのように、ラファエル親方には盲目の娼婦の腕に抱かれショールにくるまれている娘が見えた。母と娘。じっと動かずにふたりを見ていた。眠っているふたりを誰も傷つけることはできない。彼は両目を閉じた。手を広げると盲目の娼婦の顔が感じられた。その肌や汗に濡れた髪。心の奥で彼女は死んだのだということを思い知った。振り返ることもせず、ふたたび作業場の真ん中にあるテーブルのところへ行って端に腰かけた。あたりを見まわした。父のものだった台。いつも父が整頓していたのとそっくり同じやり方で整頓された工具類。働きながら彼を仕込んでくれた父。辛抱強く、彼らしい満足げな表情を目に浮かべて、彼を仕込んでくれた父。ラファエル親方は松葉杖を目の前に放り投げたが、落ちる音もしなかった。まるでがらくたのように床の上に放り投げた。そして腕をあげた。顔の前の手をじっと見つめた。父親の両手のように大きな手だった。手の平と指のあいだに、娘のちっぽけな身体の感触がよみがえった。私の小さな娘、痩せた胸で死んでしまった小さな頭、娘の顔の表情。手鋸を握って脚に当てた。手鋸の歯を股の付け根に合わせて挽きはじめた。ズボンの布地が皮膚と同時にずたずたに破けた。手鋸の刃が肉に食いこんでいった。まっすぐな板を切っているかのように、ラファエル親方の腕はぐらつかずまなざしは真剣なままだった。骨を切るときもかすかな音すら立てなかった。テーブルの天板から血がしたたり落ちた。脚が松葉杖のそばに落ちた、もはやそれも役に立たないものなのだ。娘の顔の表情、私の小さな娘よ。ラファエル親方は腕を伸ばし、ランプをつかむと床に放り投げた。炎が壁を這い上がった。そしてその晩は、その晩の炎は天まで昇っていった。

僕は目を開けた。叫び声が表から聞こえる、耳をふさぎたくなるような思いだ。平手でドアが叩かれたとき、ズボン下のまま僕は起き上がった。入るようにとも言わないうちに連中は入ってきた。台所で開けっ放しのドアごしに姿を現わした小さな月に照らされ、薄明かりのなかで、長くて白い顔の幽霊のような奴と、落ちくぼんでぎらぎらした目の幽霊みたいな奴のふたりが製材所が燃えているんだと言った。何も聞こえなかったかのように、僕は奴らから目をそらして、寝室に入った。マッチを擦ると弱々しく空中に火を吹いた。石油ランプに火をつけた。妻はベッドに座っていた。黙ったままの彼女のお腹はシーツの下で丸く膨らんでいた。未亡人の料理女は枕に顔を押しつけ、息をしながらも発する言葉の端々を覆っていたので、一見静かにみえた。壁の向こうからは、窓のない部屋に閉じこもって、ものを書いている男の万年筆の音が聞こえていた。思慮のない、衝動的な憎悪のこもった動きを感じる音だった。事情の知らない人が聞けば、線を引いている音だと思うかもしれない。しかしちがう、あれはものを書く音だ。僕は身体を折り曲げて、まずは右足を、次に左足をズボンに通した。シャツのボタンを留めた。ランプの筒の上ごしに、妻を見つめると、彼女は目をそらさなかった。台所から男たちの太いいらだったような声が響いてきた。ランプの小さな炎を吹き消した。

表に出て道のりを半分も過ぎた頃になってやっと突然の寒気に襲われ目が覚め、これが現実なのだとわかって不安にかられた。不意に自分が自分であることがはっきりわかった。世界がそこにあることに気がついたかのようだった。男三人で黙ったまま歩いているのも、たぶん滑稽なくらいに早足なのも、滑稽な鼻息の音も、何とも言えず気まずいものだった。僕を起こした男たちの顔。表情は険しいまま固まっている。まだシーツのぬくもりが残ったままの肌に冷たい服を着ているのが気持ち悪い。袖口からすき間風が入りこむ。それに夜明け前の夜は暗い。星さえも、やはり滑稽な感じで、どんよりとした暗い真っ黒な空にあった。僕たちは一大事のごとく急いで歩いていった。すると、一瞬、夜中に太陽が昇ってきたかのように、夜を引き裂くように光の環が製材所の上の空を覆った。だんだんと近づいていくあいだに、何かを思いつくみたいに僕はラファエル親方の穏やかなまなざしや製材所の開けっ放しのドア、作業場の窓に迫ってくる夕暮れのことを思い出して、さらに足を速めた。やっと目が覚めて、製材所に着く頃には走るように歩きながら、あるいは歩くように走っていた。

梁は崩れ、屋根は瓦が並んだままぱっくりとふたつに割れ、製材所の内側に崩れ落ちていた。屋根のあったところには炎が高く上がっていた。流れるように火花が吹き上げ、やがて空に小さくかすんでいった。黒く濃い煙は夜の闇に紛れていった。入口の戸の板が倒れて積み重なり燃えていた。男や女が長い列をなして叫びながら手から手へとバケツを渡して運んでいた。そうして水をかけても炎を消すことはできず、まるで水も炎も夜さえもそこにないかのようで、空のバケツが宙に空けられていて、何も入ってないバケツがびくともしない炎に向かって投げられているかのようだった。僕はじっと立ち止まって、ひとりぼっちだった。そして見つめていた。炎が僕の顔や肉や血を熱くした。誰も僕に何も言わなかったが、ラファエル親方が死んでしまったのはわかった。見ればわかった。やがて朝が来た。あたりが明るく色づきはじめるにつれて火は消えた。女たちは家に帰った。男たちは僕のそばで地べたに座りこんだ。立っているのは僕だけだった。製材所は何もかも燃えつきてしまった。小さな板きれも全部、中庭の松の木の丸太も全部、おがくずの粉も全部、板も全部、未完成の窓も全部、作業台も全部、工具も全部燃えてしまった。壁は、もう支えるものも守るものもなく、黒く炭のようになっていた。男たちも朝も静まり返っているなかで、たまにぶり返すような風が吹くと勢いを得て燃える炭火が灰に埋もれて鈍く光ってはぜた。遠くからガブリエル老人が近づいてきた。ゆっくりとした歩みだ。僕の前にガブリエル老人が近づいてきた。

おはようとは言わなかった。何も言わなかった。サロマンと男たちひとりひとりを見つめると、どの男もサロマンも明らかな哀悼のこもった視線でわしを見つめた。火のほうにもう一度目をやると、残っていた最後の炭火がかすかな音を立てて消え、細い煙の筋になって空にのぼっていった。ひとりまたひとりと男らは立ち上がりはじめた。最後のひとりがわしのそばまで来て、わしを毛布でくるんで覆い隠すかのように声をひそめて、火事に気づいてラファエル親方の家に行った連中がいて、そしたら子を産んでまもない盲目の娼婦が死んでいて、その子も一緒に死んでいたそうだと言った。ラファエル親方は製材所のなかだと言い、ラファエル親方は製材所のなかにいたにちがいないと言った。サロマンは何も知らないんだとも言った。わしにそう言って、わしが何か言うのを待っていた。わしらのあいだにちょっとした沈黙があり、それからわしは手で軽く合図して行くように促した。男らが何人か灰のなかに使えるものが残っていないか探していた。じっと動かず息すらしていないかのように、サロマンは杭のように、小さな丘のように、動かない木のように同じ場所に同じ姿勢でいた。その目のなかにはまだ炎が残っていた。

ガブリエル老人がサロマンのほうへ向かって一歩進み、サロマンの視界に入ってきた。彼らを隔てるように、あるいはつなぎとめるように、遠くから、朝の光がふたりのあいだに差してきた。サロマンはガブリエル老人が何を言おうとしているのかわかっていて、聞いた途端にそれが取り返しのつかない事実になってしまうと思っているのが顔に現れていた。ガブリエル老人は、静けさはそのままに、さっきの男が使ったのと同じ言葉を使った、というのも、百五十歳になるというのに、何かを言うときに使われる言葉以外の他の言葉をまだ学んでいなかったからだった。サロマンは目を上げた。その日の早い朝の空はサロマンがこれまで想像すらしたことがないほど青かった。暑くなりはじめていた。一日がよりけだるく始まっていた。連れ立って、サロマンとガブリエル老人は町の通りを歩いていった。はじめに行き会った女たちは、地面にかがみこんで家の前の四角い影を小さな藁ぼうきで掃いていたが、彼らが通ると、視線は向けないものの掃く手を止めた。小鳥たちは敬意を払って静かにあとをついてきた。かすかなそよ風が追いかけるように吹いていた。一瞬をとても長い時間のように感じながら歩いてラファエル親方の家に着いた。ドアは開いていた。人々が出たり入ったりしていた。サロマンとガブリエル老人はなかに入った。どこからか借りてきたカバーで整えられたベッドの上に盲目の娼婦がいて子供もいた。ふたりとも女たちの手によって湿した布で清められていた。きめ細かく落ち着いた肌をしていた。盲目の娼婦は結婚式のときの飾り気のないドレスを着て*loića*という刺繍の入った白いエプロンをしていた。娘はショールにくるまれていた。寝室の入り口で、両手でハンチング帽をつかんだまま、立ち尽くして、サロマンはふたりをじっと見ていた。まだ明け方のうちに女たちによって、ベッドを囲むように壁に沿って椅子が一列並べられていた。近所の家四軒のありったけの椅子だった。真剣な表情の黒い服の女たちのあいだに席があいていた。ガブリエル老人は一番端の椅子まで行って腰を下ろした。サロマンはまだ盲目の娼婦と娘を見ていたが、ようやく視線をそらしたかと思うとどこを見るともなく黙ってラファエル親方の背広のしまってあるところまで行った。伸ばした両腕の上にたたんだ服を載せて寝室に入り、それをベッドの上に置いて娘のそばで形を整え、ぺしゃんこだけれどラファエル親方が服を着てそこにいるかのようにした。ズボンは茶色で右足を折って安全ピンで留めてあり、上着は灰色で右袖を折って安全ピンで留めてあった。その朝のその場所で、サロマンがピンを外しズボンの片足を伸ばすと、そこは他のところより濃い茶色で、上着の片袖を伸ばすと、そこは他のところより濃い灰色だった。

過ぎていくのが朝なのか、一日が過ぎていくのか、それとも人生すべてがこの朝この一日に過ぎていくのか僕にははっきりとはわからない。いつかの土曜に僕たちが取りつけた窓から陽が差しこんでくる。ラファエル親方の目は輝いていたし、窓から差しこむこの光のすべてよりも光があった。徒弟がちょうどやってきた。あの若いのは筋がいい、とラファエル親方ははじめの頃、徒弟に聞こえないように小さな声で僕に言っていた。来たばかりの頃は釘一本打てやしなかったが筋がいい、あの若いのはものになる。徒弟は仕事着のままひとりでやってきて、みんなの前を通り過ぎてからラファエル親方の服を見た、その同じ目つきで僕を見た。彼の年は聞いたことがなかった。ラファエル親方でさえ正確には知らなかったと思う。十一か十二歳くらいだろう。あの若いのは筋がいい。僕は彼のそばに居てやりたかったが、その代わりに僕に示されたこの椅子に座ると、そばにはお婆さんたちが僕なら話を聞いてくれるとでもいうようにときおり話しかけてくる。僕に向かって言うことといえば、いい人だったのにとか、いい娘だったのにねえとか、可哀想な赤ちゃんだとかで、僕の返事を待っているが、僕が何も言わないので、サロマンは本当に口下手だねと互いに囁きあっているのだ。いつかの土曜日に僕たちが取りつけた窓から陽が差しこんでくる。僕が窓のほうを見ているのにひとりの黒い服の女性が気づいて、立ち上がり、僕に親切をしているとでもいうように、ゆっくりと窓の外戸びらを閉める。その顔の表情は愛想があるとでもいうような微笑みだが、僕にはどうでもいい。そうして僕たちは動かない時間のなかに今は閉じこめられているのだと気づく。この薄暗い寝室の向こう側にはもう朝も一日も人生も存在しない。ほんのわずかな光が外の戸びらと台所、そして最後に寝室のドアを通り抜けてきて、その光によってのみ自分たちがここに存在していることが理解できるのだ。僕たちは死が存在している場所そのものなのだ。僕は死が存在している場所なのだ。それでも、ラファエル親方を思い出すときには、生きている親方の姿しか思い出せない。僕を見つめて話しかけ、何かを言っている姿だ。僕は親方を思い出す、しかし親方の死は目に見えないけれど、ひとつの確信としてそれらすべてのことが起こったその場所、つまりラファエル親方が僕を見て話しかけ、ラファエル親方が僕に何かを言ったその場所に今も重くのしかかる。炎の下に埋もれてしまった記憶。製材所が燃えている。ラファエル親方が炎のなかから僕を見て、ラファエル親方が燃えている台の上で燃えている工具で作業をしていて、ラファエル親方が松葉杖に寄りかかり作業場の炎のなかを通り抜けていく。

影のような妻が影のような未亡人の料理女の手を引いてやってくる。僕がまるで知らない人みたいに、あるいは僕が誰でもないかのように僕の前を通り過ぎる。ガブリエル老人は立ち上がって席を譲り、時間をかけてふたりにあいさつしてから出ていき、玄関口にいる男たちのほうへと向かう。大勢いる。ときおり、やってきたり、通り過ぎたりする人に彼らが一斉におはようと言う声が聞こえる。でもその音は無色透明のハーモニーで、この寝室にもとからあったかのように入りこんでくる沈黙の音だ。身重の僕の妻が盲目の娼婦を見る。ふたりともよく似た落ち着いた肌をしている。未亡人の料理女は口を動かしているが、自分の話を何度も何度も繰り返していることはわかっているが、僕には初めてそれが聞こえない。コルクガシの木の葉をすり抜ける風よりも、空高く飛ぶ小鳥たちよりもさらにしんとした静けさしか聞こえない。僕に聞こえるのはどこまでも絶え間なく続く沈黙だけだ。生まれる前に死んでしまった女の子の唇を見つめると、すべての沈黙はこの小さく薄く閉ざされた唇から出ているのだと感じる。死を体験した小さな子供の唇。

僕にはラファエル親方が見えるが、もうそれらの場所には親方はいないし、彼のいない場所は悲しい。ときどき、昼ごはんを食べるのに同じ時間に製材所を出た。一緒に通りを歩いていった。松葉杖の音が聞こえる。親方が結婚する前、夜には、杖が速いリズムで地面に当たるのが聞こえていた。盲目の娼婦に会いにいっていたのだ。そして、僕は手を止めて、ただ親方にこんばんはと言うためだけに、また明日と言うためだけに表に出ていったものだった。午後の夕暮れ時に、夏の光が蜂蜜色に染まって平原の上に宿る頃に、あるいは冬の星のない夜の闇が町を覆う頃に、親方にまた明日と言ったものだった。もう二度とまた明日と言うことはないのだ。多くのことはもう二度と起こらない。すべてはもう二度とない。僕と親方が一緒に歩いた道を親方はひとりで歩いていく。僕は立ち止まり親方が歩いていくのを見る。ゆっくり、ゆっくりと歩いていって、消えてしまう。誰もいない道に僕はひとりだけになる。

寝室に冷たい薄明かりが射してラファエル親方の服や娘の顔や盲目の娼婦の白い手首を照らした。表では、暑くなってきたので男たちが壁のわずかな陰に並んでもたれかかっていた。石灰に接した身体が汗をかいていた。そうして、ジュダスの店にいるかのように、男たちは農地や牧草地のことを話し、マテウス様の地所のことを話し、ふと、誰かが思い出すとラファエル親方のことを手短に話し、ラファエル親方はと言ったあとには目を力無くうつろにして静まりかえった。昼食の時間になって、女たちが何人か出ていき、そのあとを夫たちがついていった。やもめの女と独り者が残った。サロマンの妻はモンテ・ダス・オリヴェイラスにいつも行く時間の少し前に、母親を支えるようにしてさよならとも言わずに出ていった。サロマンがまだ何かを思い出していたか、あるいは自分の影が戸口の床と溶けあうのを見ていたときにジョゼが入ってきた。ものものしくやってきた。そのブーツが迷うことなくサロマンの前で止まった。するとサロマンは不安げに父か母かを待っていた子供のようにとうとう泣いてしまい、こらえきれずにおそろしい早口で何もかもをジョゼに語りはじめた。ジョゼはそれをなだめつつ、サロマンの隣に座った。やもめ女たちが目を大きくしてじっと見つめた。サロマンがようやく落ち着いて、顔の涙が乾き唇が動かなくなった頃には、午後がまた長く穏やかになり、まるで死を内に秘めているかのようだった。

何度も何度もガブリエル老人は寝室を出たり入ったりした。入ってくるとジョゼとサロマンの黙りこんでいるそばを通って、何も言わずに一番端の椅子のところまで行った。出るときには男たちが話しているなかでひとり無口な男になっていた。時間を刻むかのように出たり入ったりしていた。やがて、二台の荷馬車が道の先に現れると、ガブリエル老人はそれがこちらにやってくるのを見ていた。一台目は黒塗りで光沢のある葬儀用の荷車で、金色の縁取りのついた白い子供用の小さな棺桶を積んでいた。もう一台はペドロの荷馬車で、まだ新しくてきれいだったために選ばれ、盲目の娼婦とラファエル親方の棺桶を積んでいた。ガブリエル老人は二台の荷車を見ていた。ゆっくりと近づいてきた。夕暮れ時の涼しいそよ風に吹かれてやってきた。だんだん近づいてくる光のなかを鮮明な悲しさそのもののようにやってきた。小鳥が音もなく飛んでいた。そこからちょっと離れたところにある水場では水がさらさらと流れていた。ラファエル親方の家に着くと荷馬車は止まった。男たちが周りに集まった。聞こえるのは足音かその他のささいな物音だけだった。葬儀用の荷車はふたりの男に引かれていた。ペドロの荷馬車は若くて身体を洗ったばかりの一頭の雌ロバに引かれていた。男たちは棺桶を寝室に運んだ。サロマンとジョゼと女たちはみな立ち上がった。まずは、娘の棺桶を持ち上げた。小さな天使の棺桶。サロマンは娘をなかに入れる作業を見ていたが、棺桶の蓋が閉められる瞬間の、その子の顔は生きている子供のような、ただ眠っているだけの子供のような、美しい子供の顔だった。次に、盲目の娼婦の棺桶が運びこまれた。ふたりの男が彼女を持ち上げると、頭がやや後ろに傾き、髪の毛が広がってベッドカバーや棺桶の底に触れた。最後に、ラファエル親方の棺桶が運びこまれた。まるで彼がそうであることを望んだにちがいないような、立派な木材でできていた。サロマンが棺桶の底に上着とズボンを整えたあとで、持ってきたときと同じくらいの軽さのまま運ばれていった。サロマンとジョゼは表までついていった。大勢の人のまなざしと空が見えた。棺桶は荷車に載せられた。先頭を娘が進み、そのあとから両親が続いた。そうして葬列がゆっくりと動きはじめた。サロマンと徒弟は荷車のすぐ後ろをついていった。すべての通りをゆっくりと、ひとつひとつの道をのろのろと、ひとつひとつの家の前を。サロマンは一瞬一瞬をひとつひとつ進んでいった。サロマンは進みながらも次の日か、次の週か、いつか来るべき日に、盲目の娼婦とラファエル親方の家の前を通ることがあるだろうけれど、そこは空っぽのまま放置されているのだろうとわかっていた。サロマンは進んでいった。墓地に着くと、男七人で棺桶を運んだ。ひとりが娘の棺桶を運び、四人が盲目の娼婦を運び、ふたりがラファエル親方を運んでいった。彼らの前に墓地がひらけていた。墓石のあいだをぬって枯れ草と土の道を通っていった。奥に大きな墓穴がひとつあって、そこに三人を並べて入れた。

彼の私を見る目は真剣そのものだった。あごひげを指でしごいて、解きほぐそうとしているみたいだった。今日は来なくてもかまわんよとガブリエル老人に言われた。彼の私を見る目は真剣そのものだった。晴れていていてラファエル親方の家の扉のところには大勢の男たちがいた。母は立ち止まったのに気づかず私の腕を引っぱった。今日は来なくてもかまわんよと言って、いつものように母に微笑みかけた。でも私は行かねばならない。裏庭の日陰に母を座らせ、急いでスープを飲ませてから、いつも一日おきにやっているように、頭にハンカチを巻いてモンテ・ダス・オリヴェイラスへと歩いていった。柵のところまで来てから足取りを速めた。鍵をまわして屋敷に入った。空き部屋をいくつか通り抜けた。暖炉という暖炉には火がなく、座る人もいない大きな椅子の空席が私を見つめていて、いくつかの家具の影が薄暗いところに伸びて、暗がりに暗がりが重なっていた。大廊下の椅子に座って櫃のなかに閉じこめられた声を聞いた。その言葉はとぎれとぎれの沈黙を交えて響き、それはまるで思い出しながらしゃべっているようだった。途切れるたびに、前の言葉が石灰色で石灰に記されたごとく壁に残っていた。声は言っていた、ゆっくりと近づいてきて必ず来る、近づいてくる、そしてそれはいつまでも続く昼であり、永遠の夜で、一瞬とは言えない止まってしまった一瞬なのだ、大きな事柄はもっとも滑稽な事柄より小さいだろうが、それでも大きな事柄はそれなりに大きく、それはそれしかないからなのだ。櫃のなかに閉じこめられた声から聞いたのはこのことだったが、今日目が覚めるまではよくわからなかった。まだかすかでまだ弱い最初の日の光がベッドの上に差したとき、頭のなかでこの言葉が聞こえた。聞こえたこの言葉をひとつひとつ理解して目を覚ました。シーツの上にゆっくりと起き上がった。母を見つめ、サロマンを見つめた。シーツを下げて自分のお腹を見つめた、我が子は生まれることはないのだ。死は私には簡単なことのように思えた。朝の光のもとで騙されそうになったものの、新たな一日を前に自分が知っていることすべてに照らして、死は生きる苦しみと同じ苦しみのように私には思えた。

最初に目を開けたのは母だった。母にとって、目覚めるとはただ目を開けることで、突然目を開けて、表情も変えずに、目を開けて、すぐに自分の話を続けることだった。サロマンは日雇い仕事とか何か稼げるような仕事にありついていないことから来る悲嘆の思いからか、深く眠りこんでいた。ゆっくりと母の腕を持ち上げて起こし、服を着せ台所へ連れていった。朝食を与えた。母に話しかけたかった。両手で母の顔をはさんだが、母に呼びかける言葉がなかったので、何も言わなかった。母さん、母さんのその孤独、私を前にしても私が見えないし、一緒にいても一緒にいないという、それが死なんだね。母さん、とあなたに言いたかった。でも見つめることしかできなくて、私たちのふたつの孤独を宿した空っぽの台所で、母さんという言葉が冷たく澄んだ空気のなかに音もなく漂うのを見つめるしかなかった。母の手を握った。じゃがいもの皮をむいて千切りにしたり、キャベツをみじん切りにしたり、メロンを割ったりしたときのナイフの跡がついて指の皮膚は傷だらけででこぼこになっていた。骨が歪んでいた。私がよく知っているその両手に、何度も私が握ったその両手にほんのわずかなぬくもりと意思を感じる。それから母を裏庭に座らせた。母を昨日と同じ、そしていつもの朝と同じ日陰に座らせた。小さな平鍋や寸胴鍋や、人形用の小さなフォークやナイフなどを持ってきてあげた。そして母を見ていた。母は雑草をひと束選び、夜露の雫を寸胴鍋のなかに集め、小石をひと掴みと混じり気のない土をひと掴み合わせた。次に、土と草と雨あがりの水を何かを見きわめるかのように混ぜはじめた。朝は母から遠いところにあり私からも遠かった。だんだんと暑くなるなかで母を見ていたが、もはや母を見ているのではなく、ただ悲しいことを思い出しているかのようだった。後ろのほうでベッドの継ぎ目が疲れたような音をたてて、サロマンが起き上がった。

台所の壁には無垢な朝の光が悲しげに色あせて映っていた。昨日からひっくり返して乾かしておいた皿に近づき、昼食のための鍋をひとつ選んだ。食事を作っているということが重大な秘密であるかのように振る舞った。立ち止まり、いつもと同じような速さで円を描くように意味もなく手を動かしつつ、視線の端でサロマンの様子をうかがっていた。髪はぼさぼさで苦しみに満ちた顔をして、ひげは伸び、シャツはボタンをかけ違えたままズボンからはみ出し、ベルトはゆるんで、焼酎で酔っぱらったみたいにサロマンは台所をふらふらと歩き、みなしごのように、見開いた大きな目で私のまなざしを探し求めた。そうして、彼の姿が視界のなかに手の平分以上入ってくるといつも、私は玉ねぎを探したり、オリーブ油の雫をふき取ったり、じゃがいもの皮を床から拾ったりするふりをした。サロマンは、私が感じる憐れみのなかでしか私のものになりえないのに、彼はずっと自分が私のものなのだと思っていて、それはずっと自分は誰かのものなのだと思っていたからで、ずっとそうやって、子供の頃から自分が自分の思い通りに振る舞うことを拒んできたからだ。サロマンは台所では身体を作っている実質のない身体のようで、ただの物のようで、そよ風や沈黙でできた身体のようで、人のかけらのようだった。当たり障りのない声と何も語らないまなざしは、人間のかけらが突然完全な人間に姿を変え、あらゆる責任と苦しみのすべてを引き受けたかのようだった。やがて明るい光のなかで、お湯が沸いてじゃがいもが浮かび上がり、私も自分が内側から沸き立ってくるのをはっきりと感じたとき、壁が壁であり、あらゆるものがあるべき姿に見えたその瞬間に、というのも、すべては一瞬ごとに決定的になっていたので、立ち止まってサロマンをじっと見つめると彼も止まって私をじっと見つめた。目と目を合わせ、互いのなかに自分自身を見ているかのようだった。そのとき、彼のあるいは私のまなざしのなかに、私が見たものは一生というわけではないものの、こうなっていたかもしれないという私たちの姿だった。それがちっぽけな瞬間でも、それしか知らなかったから、今このときよりも何よりも大きいと判断したのだろう。そして、明るい光のなかで私がサロマンに、その顔の表情や肩や腕に注意を向けはじめると、彼のすべてが壊れはじめた。顔の皮膚には乾いた大地のようにひびが入りはじめ、肉が剥がれて血がどろりと流れ出した。真っ赤な血にまみれ、肉の下から骨が現れているそのなかで、私を見つめたままの目はより大きく、しかし相変わらず弱々しく相変わらず無垢なままだった。それは死そのものの表象であり、死んでいくことをなぞっているようだった。サロマンの履いている紐のほどけたブーツに目を落とし、それからもう一度ゆっくりと視線を上げて彼の目を見ると、その顔はもとのままで、彼は女か子供のような弱々しい涙がこぼれそうな、うつろな目つきをしているのだった。それでも、私はあれが自分の目の錯覚ではなかったのだと悟ったし、あれが世界が最後に示した鮮明さなのだとはっきり理解した。彼のそばに行った。絵か彫像か子供の服を脱がすかのように、服を脱がせて、清潔でアイロンのかかった服、きちんとした服、ズボンに白いシャツを寝室で選んだ。そうしていると、時間が慈悲深く内側から広がるかのように思え、その先には、私たちがもっとつながっていて、あらゆる優しさがそこに集まり、私たちが犯してもいない罪の許しを全身で求めていたあの瞬間があった。私は彼に白いシャツを着せ、そのシャツは身体にそって滑らかで、さらにズボンをはかせポケットにコインを二枚入れて、ゆっくりとベルトを締めた。私は彼を椅子に座らせて、光と影のなかでくしを洗面器の水で濡らして根気よくきっちりと愛情をこめて彼の髪をとかした。それから彼にドアを開けてやり、彼がそばを通り過ぎるのを見ているとき、ジュダスの店に行くのだとわかって、彼が遠ざかり道の先に消えていくのを見たときに、これが最後なのだという確信が、もう二度ともう二度と私たちは会うことはないのだということを私は悟った。

私は座らなかった。台所で立ったまま地平線を見すえるかのように、視線をどこに向けるともなく、その私のそばを庭のあらゆる音を引きずるかのように熱いそよ風が吹き抜けて、服の上から私の身体の線を浮かび上がらせ、旗のように、ほんの少し服を持っていこうとする。お腹の小さなふくらみに両手を当てるとそれが私のなかにある死だと理解した。私は自分のなかに死を宿しているのだ。私のまなざしとそよ風が止まった。ゆっくりと一挙一動に死の悲しみにくれた手の力に打ち勝つようにして台所を横切り、じゃがいもにフォークを刺してみるとなかまでもう煮えていた。フォークと木のスプーンであきらめきったように、それがまるで囚人の務めでもあるかのようにじゃがいもを潰してスープにした。そして、二、三歩歩いて、裏庭への戸口で立ち止まると、日の光が木々の葉のすき間を抜けて、くっきりと浮かびあがるように地面の影に光の穴を描いているのが見えて、まるで日の光がダムの水のなかに差しこんで水とひとつになり、きらめく水の光線そのものになったかのようだった。そして、安らぎのなかで雀の鳴く声や雀が至るところでたてる心地のよい音は、朝の柔らかな暖かみによって残され、まだ許された、かなたまで広がる沈黙のようであり、途切れつつもいつまでも続く私の母の囁きは大地の音のようで世界創成の音のようであった。私は母に近づいた、何かの上で縮こまっている母の身体、老女の柔らかい身体に近づいた。母は自分が作っていた像の上にかがみこんでいた。よく見ようとさらに近づいた。それは私だった。土と小石と細い草で作られ、本物の肌でできたような、その顔は私の顔だった。それは私だった。穏やかにお腹の上に置かれて、爪や指の関節のしわまで詳細に完全に形作られた手は私の手だった。それは私だった。母を立たせ、私たちは母と娘になった。朝が私たちふたりを包んでいた。母の手を握った。母は私を見つめてはくれなかったが、生まれて初めて、母が私を見てくれたと確信した。目に見えないものだけが見える、ある瞬間に朝と同じくらい大きな目に見えない悲しみが私の目に宿っているのはわかる。そして、時間とはそれ自身の上に何度も何度も積み重ねられた、あの瞬間なのだ。幾度となく私たちは重ねた手を自分たちの前方に伸ばす、すると私たちの腕は重ねられた両手のその同じところで尽きるのだ。幾度となく私たちの視線は、世界や大地、存在するものについての不動の仕草のようにかけがえのないものなのだ。そして、その大きな時間のなかに以前には決してなかったかのごとく母という言葉が存在した。母という言葉は口にしたことはなかったが、存在したのだ。母さん。台所へ彼女を連れていった。椅子にまっすぐに座らせた。母のヘアピンを一本一本ゆっくりとはずして、束ねた髪を解いた。長くつややかな、白と灰色の彼女の髪を解いた。くしを大きく動かして肩と背中にかかるまで梳いた。指を髪のなかに通した。私の指のあいだを髪がすべっていくのが感じられた。もう一度頭の上で束ねなおした。顔がずっときれいにずっと若々しくなった。彼女に食事を与えた。スプーンを運ぶたびに、それを数えて一、二、三と言っているみたいだった。まるで誰かが声に出さずこっそりと数えているみたいで、だからどういうわけかひとさじひとさじが数えられているように見えるのだった。スプーンがかつんと皿に当たるまでスープ皿を傾けて最後の一滴まですくってスープを飲ませた。母の顔を洗って服を脱がせた。きれいに洗ってちゃんとアイロンもかけた上等な新しい服を持ってきた。スカートとシャツ。それを着せて寝室へ連れていった。ベッドを整えるあいだ、母の唇が立てるぶつぶつ言う音の向こうに、ふと気がつくと窓のない部屋に閉じこもって、ものを書いている男のたてるかすかな物音がずっと小さく、さらにゆっくりとしたものになっていき、花のような小さな喘ぎ声を立ててインクがゆっくり紙につくと、途端に言葉が新しい意味を持つかのようだった。私はもう一度母の手を自分の手で握った。そのまなざしは沈黙そのものだった。沈黙は死なのだ。母をベッドに寝かせた。頭をクッションの上に置いて、両足をそろえ、胸の上に両手をそろえた。白いシーツの上に横たわる母。純粋そのものだ。空気は彼女の肌には冷たい水のようだ。石灰は朝を迎えるたびに永遠に清らかになる。私の母、娘の頃の母、母さん、子供の頃の母、子供のまなざし、肌、娘の頃の母。触れないくらいにそっと触れずに感じられるように、母の顔を愛撫した。母を見つめた。私の母を最後にじっと見つめてから私は立ち去った。母さん、あなたはまるでただ休んでいるかのように眠りにつくのをただ待っているかのようだった。母さん、私はあなたを腕のなかに感じるのがどれほど好きだったか、あなたの腕のなかにいるのが私はどれほど好きだったか。母さん、あなたにとって死は残酷なことではない、というのも、あなたはずっと以前から誰にとっても死んでしまっていたのだし、ただ単に私に愛というものを理解させるためだけに存在することをずっと以前に選んだのだから、そして今の私はもうあと戻りすることはできないし、私は完全に消えてしまうのだから、あなたの旅は終わったので、あなたは休むことができる。さようなら、母さん。ありがとう、沈黙よ。台所で私は頭にハンカチを巻いて首のところで結んだ。後ろを振り返ることなく外に出て、しかし台所の涼しい日陰や表から入ってきて誰が聞くというのでもないざわめきや、地面の下の棺桶のようにぽつりと忘れ去られ、そこに存在する台所を思い浮かべていた。

太陽は自分のなかに何かを抱えこんだみたいに私に重くのしかかる。自分のなかに太陽を抱えて、ありったけの光と熱を野原に厳かにぶちまける。あと戻りは決してできないのだから、私ももはやあとに戻ることはできない。自分たちが選ばなかった、あのことに対する後悔だけが残り存在する。ただ、年老いたコルクガシの木や、彫刻のような形のオリーブの木々や小鳥たちの飛び交うこの空と大地のなかで止まってしまった石や、この大地と年を経たこの世界の鮮明さ、そして空でありコルクガシの木でありオリーブの木である目が涙を流すことなく泣いている、この道は千回も通っているが千回とも同じだ、私、そして私と大地の音、それから私の足元で砂を噛みしめるような音、ただそれだけだった。そして進んでいるが、まるで止まっているようで、ときおり足を止めざるをえないような気が本当にして、足がかたまってしまう気がするけれど、私は進んでいくのだ。終末と絶望とが近づいてくる。そして、私には今わかるのだ、終末と絶望とは永遠にどうすることもできない癒えることのない孤独ゆえの安らぎで、永遠にどうすることもできない苦しみゆえの悲しみで、すべては永遠にどうすることもできず、いつまでも続く夜にたったひとりで泣いている者の沈黙なのだ。モンテ・ダス・オリヴェイラスはもう近くで、ガブリエル老人が見える。私は足が動いているのを感じるし、歩を早め、逃げようとするが彼の前で私は立ち止まっている。ガブリエル老人は何年も何年ものあいだ私を見つめ、そして行くんじゃないと私に言う。私もまた老人になってしまい、このまなざしのなかに彼の長い長い人生を経験するが、彼は私を見つめて、行くんじゃないと言う。彼は行くんじゃないと言い、太陽がさらに彼を苦しめる。その顔の表情にはそよ風もその一瞬の涼しさも感じられてはいない。彼のまなざしを突き放し、私は先へ進む。時間も人生も言葉も、源流や泉の水も私のものではない。ガブリエル老人は、その顔の表情というよりも、すべてを知り尽くしたまなざしであり、自分自身に対して名づけられた孤独の名称で、殉教の苦しみに喘ぐ死という言葉そのものなのだ。その顔の表情は、まさにその顔の表情や痛み、そして優しさなのだ。その影というよりは、嘆願する影なのだ。子供のような確信したまなざし、そして彼の恐怖。私が背を向けたその一瞬、ガブリエル老人は、何かの手によってか、あるいは何かの謎、またはある秘密によって押し潰され、彼をよく知る大地に倒れ、死んでしまう。大地は彼の百五十年間の人生をよく知っていたが、今や死んでしまった彼は何も思い出さない。地面の上の彼の身体は、それが墓であり、その遺体には雀がやってきて、たまたま胸の上に止まったりする。その身体は、太陽のもとで大地に耕される畝のようだ。死んでしまった彼の身体はひとりぼっちのありったけの沈黙を、空に、私が進んでいく道に、野原、すなわち全世界に向かって叫んでいるのだ。やがて暑くなる時間帯には、この死は永遠のものとなり、その輝きが死を永遠にし、どこであろうとも一瞬一瞬がいつまでも続くこの死となるのだ。そして私は先へ進む。先へ進んで、両手をお腹の上に、死んだ子供の上にそえる。私は自分のなかに死を宿しているのだ。太陽は広大な野原の広がりと私の悲しみを叫んでいる。私の視線の奥、私のなかにモンテが見える。私は先へ進む。私は孤独そのものなのだ。

妻とすれちがい、太陽を目のなかに感じ、どこへ行くのかわからないまま僕の足が通りを進んでいくのに気がついたとき、僕の身体には弱さ以外の何ものもないように思えた。彼女が僕を見ているのはわかっていたので、通りの向こうまでできるだけまっすぐに歩いていった。それから、日陰のところで立ち止まって壁に寄りかかった。一匹の犬も一羽のにわとりも、誰ともすれちがわなかった。鳩だけが何にもとらわれないといった様子で、空に完全な円ではないものの弧を描いて飛んでいた。その朝はずっと鳩だけが通り過ぎていくのだが、僕に視線を向けることはなかった。指で喉を締めつけられるような感じがして吐き気をもよおした。頭を下げて、吐くような声を出すと、空っぽの胃が腹のなかでよじれたので、口を開け、舌を伸ばしたけれど何も食べていないので吐かなかった。ふたたび立ち上がった。ぼんやりとした世界が見えるだけだ、空はよそよそしく、家並みもよそよそしく、そこにあるものはどれもよそよそしかった。それでも歩き続けた。僕はどこへ行くのかもわからないままに自分の身体に運ばれていった。沈黙はおそらく僕に聞こえてくる囁きで、それはおそらく絶望や言葉にならない悩ましい不安をしつこく繰り返していて、そのせいでさらに悩ましくなるのだ。僕は不安そのものだった。僕はあの瞬間であり、あの瞬間とは、理解もせず、しかしそこに立ち会っている者が抱く魅惑そのものだった。僕は自分自身がいなくなった空っぽの場所で、僕の目のなかには僕がいるのだが、僕のしぐさは僕の不在そのものなのだった。それでも歩き続けた。歩いていった。自分の身体が自分を運んでいたのだ。通りは不安で居心地が悪い。僕の人生は、他人事のように僕が何も決めないまま、僕自身が存在しないかのごとく進んでいくのだ。僕と僕の代わりに僕である誰か。僕の両手は僕の意志よりも強い。僕の足は僕のものでないのに歩いていく。沈黙は僕に何か叫んでいるけれどまったくわからないし、僕の知らない、僕には聞こえないことだ。そして、毒気のある朝のせいで僕は広場を横切った。何も怪しまずに、どこにでもいる男のひとりのように、ありふれた瞬間として自分の影のなかに世界全体の苦しみを抱えていない普通のひとりの男のように、いつもの朝と同じように僕は広場を横切りジュダスの店に入り目を伏せた。するとジュダスの店は、それがありきたりの朝なら涼しかったはずなのに、陰のように涼しかったはずなのに、外のように暑く太陽と光そのもので、僕を見つめる男たちがいて、悪魔が微笑んでいて、僕の前には一杯の赤ワインがあり、カウンターは焼けるように熱く、汗が僕の肌で煮えたぎっていて、悪魔は僕の前で微笑んでいて、その悪魔のまなざしが僕のまなざしを引き寄せ、男たちが僕を見つめていて光と太陽があり、僕の両足から力が抜け両腕の肉は萎びてしまい、僕の両腕はその死の重みで委縮してしまい、僕の顔の前に僕の顔があり、鏡に映った顔のような僕の顔、僕の顔は打ち負かされてぼろぼろで、年老いて死を目の前にしていて、その僕の前で誘惑者は、お前のかみさんは、と言って微笑み、そして、ジョゼは、と言って微笑み、ふたりは、と言って微笑み、けだものみたいに、と言って微笑み、あいつが彼女の上になって、と言って微笑み、けだものみたいに、と言って微笑んだ。赤ワイン一杯は僕をさらに熱くし、光と太陽と死、そして死と死、悪魔は微笑み、ジョゼはと言って、それから何度も何度もニヤリとした。それがいつもの朝だったならジュダスの店は涼しかったはずだ。ジュダスの店は影のように涼しかったはずなのに、ジュダスの店は外のように暑かった。太陽があり光があった。男たちは僕を見つめていた。僕は赤ワインを飲んだ。悪魔はニヤリとした。悪魔はニヤリとして、お前のかみさんはジョゼのところにいて、ふたり一緒にけだものみたいに、あいつがかみさんの上になって犯しあっているぞと言った。

それからわけのわからない憤激にかられたかのように通りを歩いた。そして何か重いものを抱えながら通りを歩きまわったが、それが底知れぬ苦悩であったのだと今になってわかる。支えを失って僕は自分のなかに落ちこみ、わけもない憤激と深い心の痛みを抱いたまま、自分自身の内側に向かって投げ出され、どうしてよいかわからない有様だった。僕は死そのものだが死が何なのかわからない。僕は痛みであり、落胆し拷問にかけられているようだが、何もわからない。僕は何もわからないということそのものであり、息ができないような、いつまでも息ができないような苦痛なのだ。通りを歩きまわって、ここに着いた。ここにたどり着いたけれど、僕は変わらないままなので、どこにもたどり着いてはいない。僕は町からモンテ・ダス・オリヴェイラスへと続く道の途中にいるが、まだ僕は広場にいて、さらにジュダスの店に僕はいる。悪魔がニヤニヤしながら、けだものみたいに、と言っている。地面に照りつける太陽は僕をじりじりと焦がすけれど、もし空の上を歩いていたとしても、焼けつく熱さはこれ以下ということはなく、僕の苦しみも小さくならないだろう。太陽が地面に照りつけ僕を焦がす。沈黙は僕を悲しくさせる。穀物畑がどこまでもひろがっているのも僕を悲しくさせる。太陽が太陽の上に、そして太陽のなかにも、また太陽のそばにもあり、太陽という太陽は、その熱さはきらきらと輝く僕の死であり、そして僕の心の痛みで、僕の前で告げられる僕の死の知らせで僕の悲しみなのだ。僕は自分がたどり着かなかった場所にいる。ここでこのまま先へ進んでいく。オリーブの木やコルクガシの木のある八月、土地は耕され土のにおいがする。僕の妻とジョゼはこの熱さであり、僕の足は歩き続けている。あるいはそうじゃないのかもしれない。ひょっとしたら僕の手に負えないこの熱さが僕なのかもしれない。歩き続けている足は僕なのだけれど、それはもう僕のものではない。自分よりもずっと大きいこの苦しみが僕なのだ。僕は僕を見ている目だ。道は続き、僕は耳をそば立てている耳で、僕の一歩一歩の下には砂がある。僕の一歩一歩の下には砂がある。道は続いている。ガブリエル老人が見える。夜に打ちのめされた、その顔には悲しみと無気力があふれている。そしてガブリエル老人の声が聞こえる。行くんじゃない、死にかけているような声だ、行くんじゃない、弱々しく食い下がる、行くんじゃない。彼のすがるような目を見る。病気の子供が慈悲を求めるようなまなざしを僕は感じる。まるで彼が見えないかのごとく、まるで彼が聞こえないかのごとく、そして彼などどうでもいいというかのように、まるで彼の声にナイフを突き刺すような感じで歩き続ける。僕の後ろで、黙ったままの彼の身体が倒れる。ガブリエル老人は死んだ。彼の百五十年の生涯が放棄されたのだ。僕の後ろで、ガブリエル老人が痛ましく、逆らいもせずに、それゆえに、痛ましく、死んだ。僕の後ろで、彼の確信は永久に失われてしまい、大地や風や太陽の光のなかに溶けていく。穀物畑の上に悪魔がニヤリとするのが大きくなって、あいつがかみさんの上になって、ふたり一緒にけだものみたいに、と言っている。僕の顔の汗は千人の男たちの汗のようだ。僕の顔は千の顔だ。世界は閉じてしまった。丘の向こう側の先には何も存在しない。ここでも向こうと同じように、存在するのは僕の絶望と断念だけなのだ。僕のまなざしの先の僕のなかにモンテが見える。ひとりきりで、僕は孤独そのものなのだ。

雌犬が羊たちのあいだからまるで一頭の羊が麦の切り株で腹をいっぱいにしてきたかのように出てきて、俺を見た。その目は誠意に満ちて大きく優しく慰めているかのようだった。こいつもわかっているのだ。目で呼び、雌犬の毛を手で撫でてやった。犬は俺の足元に横たわり、この一瞬一瞬が最後だということをやはりわかっているのか、感じている様子だった。大きなコルクガシの木は俺のずっと上まで伸び、さらにその向こうに空があった。広大な平原は春のそよ風をはるかに超えて、この暑い盛りの暑さすべてよりも大きくどこまでも広がっていた。俺の左右に後ろに前に世界が存在していた。俺はそうしていたし、今もそうしている。俺は思う、ゆっくりと近づいてきて必ず来る、近づいてくる、そしてそれはいつまでも続く昼であり、永遠の夜で、一瞬とは言えない止まってしまった一瞬なのだ、大きな事柄はもっとも滑稽な事柄より小さいだろうが、それでも大きな事柄はそれなりに大きく、それはそれしかないからなのだ。俺は思う、今日がその日だ。かつては沈黙は罪のないことのように思えたこともあったが、同じ沈黙が今は残酷な暗殺者のように思える。雌犬の毛を手で撫でてやる。羊たちは何も知らずに草を食んでいる。そして俺の両目は死を見て取って暗黒になっている。死がやってくる前にもたらされる苦しみの印なのだ。死の確信なのだ。力よりも何よりも強いこの苦しみで俺は息が詰まりそうだ。俺にはわかる、そんなふうにわかっているということが俺にすべてを与え、俺からすべてを奪い、俺を男にし、俺を教え、俺に死を見せ、俺に忘れることを強要するのだ。そして空の根っこは大地に打ちこまれているが、俺のなかにも打ちこまれているように感じる。俺にはそう感じられる、それは太陽がすぐそばにあると感じられたり、手が雌犬の毛を撫でていると感じるのと同じだが、空は俺のものではないということはわかる。わかっていて、死そのものもわかる。俺の死は俺だけのものだ。俺は俺のなかでは悩ましいほどにちっぽけだ。そして俺は俺のなかでは俺のすべてなのだ。俺は取るに足らない小さな存在で、俺はすれちがいと過ちの過去そのものであり、この空を見るしぐさであり、未来がないことを確信している。暑さのなかで土の匂いに気づいて唇とまなざしで微笑む。もう二度とない。俺の微笑みは悲しい。いつもそうだった。微笑みながら、自分で自分をあざ笑い自分を悼む。俺の目がそんなふうに暗いから俺を悼む者は誰もいない。自分で自分を悼む。涙があとからあとからこぼれるけれど、俺の乾いた目には虚しく空が映り、乾いた顔はこの暑い時間に燃えて、乾いた唇は自分自身を蔑んで笑って泣いている。雌犬の毛を手で撫でてやる。土の匂いだ。大地の奥深く、世界の内奥と母。俺は思う、なぜだ。

俺が手を挙げると、この瞬間を正確に知りながらひたすら待っていた雌犬が慈愛に満ちた目で俺を見た。口笛を吹くまでもなく、雌犬が羊たちを集めてモンテへ向かって連れていくのが見える。黒い子羊の皮の下に、そしてシャツの下に残っている俺のなかのあるものが俺を前に進ませる。一歩一歩、杖を前に伸ばす。ゆっくりと長い半円を描いて、杖は地面に当たるが、そこをまるで絶えず自分を追い越し続けるかのように俺は追い越していく。進んでいくと、彼女が思い出され、サロマンが思い出され、母さんが思い出される。頭のなかでぐるぐるまわる彼女とサロマンと母さん。彼女の悲しげなまなざしとサロマンの子供のようなすがるまなざし、そして俺の母の、死を悼む死のまなざし。進んでいくと、俺の足取りのなかで一緒に、火のそばに座り遠くでじっとしているはずの母が進んでくる。自分が居る場所で死を待つことが母にとっては時間のなかを進むことなのだ。そして、時間のなかを進むことしかできないのだ、たとえ俺の足が地面を踏みしめていたとしても、ちょうど俺の足が地面を踏みしめているように見えるとしても、時間のなかを進むことしかできないのだ。今この瞬間、母は火を見ている。やわらかく燃えている火を、いつもやわらかい火を、やわらかな苦しみに包まれた心臓がゆっくりとそのなかで燃えていく。常にやわらかく、心臓を押し潰す悲しみの火だ。母はある秘密を知っていて、それを見つめ、その秘密のなかの死を見て、火を見つめて、俺を見る。母さん、あなたはもう待たなくてもいいけど、あなたの苦しみはまだ終わらない。俺は思う、存在しないこととは永久に忘れられている誰かを忘れるということで、何度も死んだまま死を迎えるということだ。羊たちは俺の前を歩く俺の沈黙だ。サロマンは俺のいとこだが、いとこと呼んだことはなく、父親の姉の息子で、俺の前に現れた頃は何もかもにびくびくしている子供で、コルクガシの木のことをオリーブの木だと思っていて、鵯を燕だと思っていて、犬を呼ぶみたいに羊を呼んで、手を伸ばして何かあげようとするふりをしてご褒美だとか言っていたが、今はどこにいるんだ。いったいどこでお前は人生に見放されてしまったんだ。いったいどこで俺たちは人生に見放されてしまったんだろう。俺は思う、存在しないこととは永久に忘れられている誰かを忘れるということで、何度も死んだまま死を迎えるということだ。そして、あの人。サロマンの妻との約束、そしてその顔の表情。お前に嘘をついたことはなかった。俺がお前に空だと言えば、それは空だった。俺がお前に太陽とか水と言えば、それは太陽とか水だった。俺がお前に朝だと言ったが、それはお前の目のなかに映る朝が、お前の目が俺を欺くことはなく、俺を欺くのだ。ある朝の過ちがお前の目のなかに生まれたのだ。俺たちは夢を見ていた。夢を見ていて何も見えなかったのだ。俺は愛という言葉を恐れない。言葉なんて恐くない。俺がどんなふうに死と言うか見てごらん、死、死、死、死、死、死。こんなふうに繰り返して、そこから意味を抜き取ってしまうんだ。死から死を抜き取ってしまうんだ。闇と孤独を抜き取ってやろう。死、死、死、死、死。言葉なんか恐くない。目の前のお前の目を見て、朝と言い、そしてこれが俺たちの最後の言葉になればと願うのは、もう一度、愛という言葉だ。

俺はモンテ・ダス・オリヴェイラスへの道を進み、歩き続け、前へ進んでいく。大地は熱い。羊たちは俺の影ほどの大きさになっている。ガブリエル老人が見える。苦しそうに俺を見る。俺は前進し、歩き続け、前へと進んでいく。俺は急いでいるんだ。彼の、行くんじゃないと言う、その声は俺が十歳だった頃と同じだ、行くんじゃないと言う。長い時間、ガブリエル老人の話をずっと聞いていたのを俺は思い出す、行くんじゃない、と言うあの声には重みがあり、行くんじゃないと言われると、俺が十歳で太陽が最後の光で俺たちを照らしていて、生きることが悲しくなかった頃のように、できるならば腰を下ろして彼のそばにいただろう。行くんじゃない。俺は行かねばならぬ。急いでいるんだ。俺は前進し、歩き続け、前へと進んでいく。俺の背後でガブリエル老人が大地の上で死ぬ。死んだガブリエル老人は大地だ。俺は急いでいるんだ。木々なんかどうでもいい。ガブリエル老人も、大地もどうでもいい。俺は急いでいるんだ。すべては俺が存在しないところで俺を待っているのだ。俺のいないところには何も存在しないけれど、俺はどこにももういないのだ。すべては俺をもっと完全に破壊するために待っているのだ。俺は急いで決めなければならない。俺は急いで消える必要があるんだ。俺は急いでいるんだ。向こうにモンテ・ダス・オリヴェイラスがあり、太陽がある。俺は前進し、歩き続け、前へと進んでいく。俺は孤独そのものなのだ。

そして世界は終わった。何の理由もなく、つまり説明して理解されえるような理由もなく世界は終わった。それはまるで目を閉じ、目を閉じても見えるものさえ見えないような一瞬のことだった。子供たちは死に、日の光のもと毎週土曜日に、そして八月に散りばめられていた子供たちの笑い声も死に絶えた。世界はまるで空から夜が降りてきたように終わり、もう二度と子供たちの笑い声は聞こえないし、もう二度と土曜日は来ないし、もう二度と八月も来ないし、もう二度と日の光はなかった。それは世界がなくなったということだが、なくなったということですらなく、死んでしまった人が、その人がまだ感じられるときには、普通いて、姿が見え、存在する、あの空っぽの空間ですらなかったのである。それは単なる不在ではなかった、というのも、その不在を感じられる人は誰もいなかったからである。それは世界に初めて夜が訪れてから毎晩毎晩のあらゆる恐怖が積み重なったいつまでも続くひとつの夜だった。しかし、恐怖もまた存在しなかった、というのも、恐ろしいと感じる者が誰もいなかったからだ。木々の生えていた場所では、その形とそれにまつわる思いが死んでしまっていた。小川やその冷たい水、そして冷たい水が立てる静かな音が小川とともに死んでしまっていた。広い野原や乾いた草、地面に打ち捨てられた石、野原の広大な広がり、大地の上を吹く風や穀物畑、見渡す限りの野原や大地も死に絶えてしまっていた。家も白く塗られた外壁も死んでしまった。小鳥たちは飛んでいる途中で、夕暮れ時のさえずりとともに死に絶えてしまっていた。もはや午後も朝も夜もなくなった。夜明けにどんよりとした目をして、一日がゆっくりと立ち上がることももう二度とないだろう。夕暮れ時に腰をおろして平穏を夢見る者はもう誰もいないし、夜が家々の上を漂い、すりきれた星のマントで覆うことも二度とないだろう。世界は終わり、時間も止まってしまったのだ。一瞬一瞬やまなざしも存在していないのだから、一刻一刻も存在していないので一分一分は進まなくなった。無限であるということは、無限でもなく無でもない、ということが果てしなく続くことなのだ。あらゆるものが死んでしまったなかでは死は存在していなかったのだ。死体もなかったし、死の記憶も死んでしまっていたのだ。子供たちは死んでしまった、そのことだけが唯一嘆くべき価値があることだが、誰にも悼まれなかった、というのはもはや痛みもなく、もはや涙もなく、さらには涙する目も痛む胸もなかったからだ。ジョゼとその母親、サロマンとその妻、悪魔、未亡人の料理女も、すべての男たちと女たちが死んでいったなかで、みんな死んでしまった、それはひとつの巨大な群集の小さな点が自分が死んだことにもみんなが死んでしまったことにも気づけぬまま同じ瞬間に死ぬようなものだった。みんな消えてしまって何も残らなかった、無のなかにある無の、そのなかにあるちっぽけな無すらも残らなかったのだ。すでに死んでいた者たちの墓もそのまま残ることはなかった、なぜならそれらすべての者も何もかもが消えてしまったからで、彼らはみなもう一度さらにとどめを差されるように二回目の死を迎えたからだ。櫃のなかに閉じこめられた声は永遠に沈黙してしまい、その言葉の意味も沈黙さえも残ることはなかった。窓のない部屋に閉じこもって、ものを書いている男は文の途中で突然止まった。そして彼にとっての終末は、彼がそのなかで生きていたページからインクが消えていったことであり、一枚一枚の紙のページが逃げるように消えて、すべてが絶対的な無となっていったことであり、また記憶が空気にも、はたまた風にもならなかったことであった。世界は終わった。そして何も残らなかった。確実なものは何もなく、影すらもない。灰もなく、しぐさもない。言葉もなく、愛もない。火もなければ、空もなく、道もない。過去もなく、観念や煙すらもない。世界は終わり、そして何も残らなかった。微笑みひとつなく、思考もない。希望もなく、慰めもない。そして無のまなざしだけ。

監訳者あとがき

黒澤直俊

本書は現代ポルトガルを代表する作家ジョゼ・ルイス・ペイショット José Luís Peixoto の実質的なデビュー作である。ペイショットの作品は『ガルヴェイアスの犬』（原題 *Galveias*, 木下眞穂訳）がすでに新潮社から出版されていて、その「訳者あとがき」でもこの『無のまなざし』についての言及があるので、ここでは重複を避けつつ、できる限り中身には触れないように、出版当時の反響などについて簡単に紹介したいと思う。

作品は二〇〇〇年十月に出版された作家の最初の長編小説である。デビュー作はその年の五月に刊行された、父の死がテーマの中編 *Morreste-me*『あなたは死んでしまった』であるが、こちらは大手新聞社が若手の文芸投稿を促すために作っていたコーナーで発表されたもので、一九九六年に一部が新聞に掲載されていたが、出版社から公刊されるのは二〇〇九年からで、それまでは自費出版であった。手元には九七年にやはり自費出版の小さな詩集もあるので、九〇年代半ばあたりから作家は書き溜めていた詩などをささやかな形で広めようとしていたらしい。

ペイショットは一九七四年に南部アレンテージョ地方のガルヴェイアスという小さな町に生まれている。首都の新リスボン大学で英語とドイツ語をメジャーに近代語近代文学を専攻し、卒業後、国内で教員を勤めたが、その後、西アフリカ沖の島国カーボヴェルデで政府派遣のポルトガル語講師を務め、一年をその地で過ごした。作品の最後の二章ほどはそこで書かれたという。この作品の出版から職業作家・詩人として自立し、現在まで定期的に長編小説を発表するほか、詩や文芸批評、演劇など幅広い分野で、旺盛な活動を展開していて、名実ともに現代ポルトガルを代表する作家である。

二十一世紀を迎える直前に出版されたこの作品は一躍注目を浴び、爆発的なベストセラーとなった。出版は十月であるが、月の七日付の日刊紙Públicoの文芸欄には当時一級の批評家であった、哲学者のエドゥアルド・プラード・コエーリョEduardo Prado Coelho（一九四四―二〇〇七）が、世紀の変わり目に登場したポルトガル文学の新星として挙げた三人のうちのひとりとして、「星ではなく、星を隔てている黒い空間」という作品の本文（本書一六四頁、一六八頁）から引用したタイトルで絶賛している。この書評からの引用は原書の腰巻や宣伝文などでしばしばお目にかかるものだが、「この驚くべき作品の持つ迫力は、……狂気をそれ自身のうちに秘めながら、内奥に向かって畳み込むように語っていく、その様式にあり、一抹の光の純粋なすじが物語を集約し、忘却から救い出す。書くという行為も含め、すべてが終末を迎えるが、すべてが終わるという極限の中で、自らの死そのものも終わってしまい、聞いたこともない、想念をはるかに超えた空間に突入する。……その場所は空虚な場所ではない、なぜなら場所を形成するまでには至らず、すべてはあたかも原初の初まりのごとく繰り返されることが可能なのだから」と述べている。原書タイトルはNenhum Olharで、olharは、動詞として「視線を向けて見る」、名詞はその行為、すなわち「（じっと）見ること、視線」を意味するが、nenhumは否定辞で、本来ならば「存在しない視線」あるいは「あらゆる視線の中のどれにもあてはまらない視線」とでも解釈できるが、訳書のタイトルとしては「無のまなざし」とした。先の書評は「無のまなざしを発して、視線は視線に出会い、作家は作品を見出す。星についてではなく、星を隔てている黒い空間について書き綴るために」と結ばれている。十月半ばのPúblico紙には記者と作家の対談が掲載されていて、創作の意図などをうかがい知ることができる。すでにお読みの読者は気づいていると思うが、作品にはあらゆる類の寓意が盛り込まれている。聖書に関わるものから世界文学まで様々な言及があるといってよく、タイトルのNenhum Olharにしても、神の視線が常に我々に注がれているというキリスト教的な世界観へのアンチテーゼで、「人間は孤独で迷えるものだが、その人間を徐々に退廃へと追い込んでいく、大きな力が存在するというパラドックスを作品の中に込めた」と作家は述べている。作品の舞台はポルトガルのアレンテージョで、自然の描写や登場人物の行動様式、さらに心象風景はまぎれもなくアレンテージョそのものと言えるが、作品の中では一度たりとアレンテージョという言葉や実在の地名は登場しない。どこでもない普遍的な空間において、現実にはあり得ないような物語が展開されているのである。とはいえ、ペイショットは、具体的な描写、例えば礼拝堂の様子とか、製材所などについては個人的に自分が知っていた故郷の町に実在したものをモデルにしたと述べている。さらに、これはいく度となく指摘されてきたことだが、名前を有する登場人物の名は、すべて聖書に登場するものである。ある種の連想やイメージがすでにバイアスされていると言ってよい。ただし、訳では日本で一般に知られているものではなく、ポルトガル語の言い方に即した形にした。それはポルトガルのアレンテージョの心象世界が媒介的なプリズムとなっていることを再現したかったからである。

ペイショットは、この作品に続けて、二〇〇二年十月に『暗がりの中の家』という二作目の長編小説を発表している。こちらはどこでもない世界で展開される物語としての性格をさらに強めたもので、完成度の高い注目すべき作品ではあったものの、当時の世界情勢を反映した終末感を高めたことが災いしたのか、あまり取り上げられることはなかった。その次の長編である二〇〇六年十二月の『ピアノの墓場』は歴史的に実在した人物を取り上げて小説化したもので、作風も大きく変わり、こちらは各国語に翻訳され評価が高い。この三つの作品がペイショットの初期三部作とでもいえるもので、成熟期の『ガルヴェイアスの犬』へとつながっていく。デビュー当初から、ポルトガル語圏唯一のノーベル文学賞受賞者であるジョゼ・サラマーゴ José Saramago（一九二二─二〇一〇）との類似性が指摘され、サラマーゴの再来、新たなサラマーゴといった呼び方がされることも多いが、作品を検討してみると、文体的には影響を受け、傾倒したポルトガル作家として自身が挙げているアントニオ・ロボ・アントゥーネス António Lobo Antunes（一九四二─）に近いことがわかる。特に『ピアノの墓場』ではその傾向が強い。

最後に訳者について簡単に紹介しておきたい。二〇〇一年頃だったと思うが、この作品を私は大学でのポルトガル文学の講読に使っていたことがある。学部三、四年のポルトガル語を専攻する学生たちの語学力はほとんど覚束ないものといってよいが、ひとりだけ明晰に文意を鋭く理解し、センスの良い日本語に訳すことができる学生がいた。その後、ある程度できた訳文を推敲したり、引き受けてくれる出版社を探したりするのに時間がかかり、結局、今まで時間がかかってしまった。ひとえに私の怠惰さの故であり、誠に申し訳なく思う。訳文自体は、私自身もチェックしたし、複数の方々が目を通しているものではあるが、誤りはまだ残っているにちがいない。翻訳とは訳者の思い込みによる過ちとの戦いであると私は考えているが、文学翻訳の場合には、さらに一定の幅の中での芸術的再現行為であるのだからなおさらである。原作は翻訳によって新たな命を与えられ、生き延びるとは、ヴァルター・ベンヤミンの言葉だが、どこまで原文を生かし切れたかは大方の判断によるほかはない。

[著者紹介]

ジョゼ・ルイス・ペイショット　José Luís Peixoto

1974年、ポルトガル内陸部のアレンテージョ地方、ガルヴェイアスに生まれる。2000年に発表した初長編『無のまなざし』でサラマーゴ賞を受賞、新世代の旗手として注目を集める。スペインやイタリアの文学賞を受賞するなどヨーロッパを中心に世界的に高い評価を受け、2014年に発表した『ガルヴェイアスの犬』（*Galvaias*　邦訳：木下眞穂訳、新潮社、2018年）でポルトガル語圏のブッカー賞とも称されるオセアノス賞（ブラジル）を受賞。詩人、紀行作家としても活躍する。作品はこれまで20以上の言語に翻訳されている。現代ポルトガル文学を代表する作家のひとり。

［訳者］
細山田純子（ほそやまだ じゅんこ）
東京外国語大学卒。ポルトガル語翻訳者。

［監訳者］
黒澤直俊（くろさわ なおとし）
1956年、宮城県生まれ。東京外国語大学卒。著書『キックオフ！ ブラジルポルトガル語』（大修館書店、1996）。『言語学大辞典』（三省堂、1988–）「世界言語編」でガリシア語、ポルトガル語、ブラジルポルトガル語を担当。共著に『プログレッシブポルトガル語辞典』（小学館、2015）（発音・校閲担当）など。ポルトガル語、アストゥリアス語の言語文学を専攻。東京外国語大学名誉教授。東京大学文学部、上智大学、神田外語大学非常勤講師。

現代ポルトガル文学選集
無のまなざし

発　行	2022年9月10日初版第一刷
定　価	2400円＋税
著　者	ジョゼ・ルイス・ペイショット
訳　者	細山田純子
監訳者	黒澤直俊
装　幀	石井裕二
発行者	北川フラム
発行所	現代企画室 http://www.jca.apc.org/gendai/ 東京都渋谷区猿楽町29-18ヒルサイドテラスA8 Tel. 03-3461-5082 Fax. 03-3461-5083 e-mail. gendai@jca.apc.org
印刷所	中央精版印刷株式会社

ISBN978-4-7738-2209-0 C0097 Y2400E